Dion Fortune

Ein dämonischer Liebhaber

Weitere Bücher von Dion Fortune im Smaragd Verlag

Die Seepriesterin

Mondmagie – Das Geheimnis der Seepriesterin

Durch die Tore des Todes ins Licht

Priesterin – Leben und Magie der Dion Fortune

Handbuch für Suchende

Dion Fortune

Ein dämonischer Liebhaber

Roman

Smaragd Verlag

Aus dem Englischen von Regine Hellwig

Originaltitel „The Demon Lover“

Thorsons Publishing Co.Ltd., Großbritannien

Erste Auflage August 1991
2 3 4 5 / 99 97 95
Titelbild: Norbert Lösche
Smaragd Verlag, Neuwied
Druck und Verarbeitung: Fuldaer Verlagsanstalt GmbH,
Fulda
Satz: Pro Publishing Service GmbH, 41363 Jüchen
ISBN 3-926374-24-1

1

Hinter einem der imposanten, ehrwürdigen Häuser am Bloomsbury Square stand ein einstöckiger Bau, der früher zum Billardspiel gedient hatte. Er war mit dem Haupthaus durch einen kurzen Gang verbunden und über seinen fensterlosen Mauern wölbte sich ein Glasdach. Die Menschen, die diesen Raum jetzt nutzten, waren scheinbar mit Dingen beschäftigt, die das Tageslicht scheuten, denn man hatte quer durch die Kuppel eine Decke gezogen. Außer dem ständigen Surren des elektrischen Ventilators hinter den Schallbrettern des Luftabzugsschachtes drang kein Laut nach draußen. Die fensterlosen Mauern und das doppelte Dach machten das Gebäude licht- und schalldicht. Den Menschen, die den Raum jetzt mit Beschlag belegt hatten, war dies sehr recht, denn nichts durfte ihr Tun stören, weder Geräusche noch Licht. Außerdem wollten sie vermeiden, die Aufmerksamkeit der Nachbarn zu erregen.

Die Nacht war schwül, aber die Männer, die sich um den Tisch versammelt hatten, schien die drückende Hitze nicht zu stören. Ihre Gesichter waren höchst unterschiedlich. Der Vorsitzende der Versammlung machte den Eindruck eines wohlhabenden Kaufmanns; rechts neben ihm saß ein Mann, dem man den Rechtsanwalt schon von weitem ansah, zu seiner Linken ein gütiger alter Herr mit einem langen weißen Bart; neben ihm ein Mechaniker der besseren Klasse und ihm gegenüber ein Journalist. Am Ende des Tisches jedoch saß ein Mann, den man nicht so leicht einordnen konnte. Er konnte Diplomat sein oder ein Detektiv oder einer jener pseudo- aristokratischen Abenteurer, die sich an die gute Gesellschaft zu hängen pflegen. Nach dem

Mechaniker war er der Jüngste, und das Protokoll vor ihm auf dem Tisch verriet ihn als den Schriftführer.

Wenn auch die Mitglieder des Kreises so unterschiedliche Typen darstellten, konnte man aus gewissen Merkmalen doch schließen, daß sie eine gemeinsame Idee verband. Jeder von ihnen besaß die nicht sehr verbreitete Fähigkeit, regungslos dazusitzen, bis es einen Grund gab, sich zu rühren. Jeder strahlte eine besondere Kraft und Ruhe aus, und jeder, der Schriftführer ausgenommen, hatte ausdruckslose Augen. Bei ihm zeigte sich Erregung: nur durch eine Veränderung der Pupille, die größer wurde und sich wieder zusammenzog – ein seltsames Bild. Die sehr dunklen haselnußbraunen Augen mit grünen Sprenkeln und die Blässe seiner Haut erweckten einen unangenehmen Eindruck, den seltsamerweise auch nicht die Regelmäßigkeit seiner Züge mildern konnte. Es war das Gesicht eines Mannes, der überaus interessant, überaus bezaubernd – und überaus gewissenlos sein mochte.

Die Männer erledigten ihre Geschäfte ruhig und gelassen. Dennoch unterschied sich die heutige Versammlung von ähnlichen dieser Art: das siebente Mitglied lag schlafend auf einem Ruhebett. Niemand beachtete es, nur der Schriftführer warf ab und zu, wenn er seine Aufzeichnungen unterbrach, einen raschen Seitenblick auf den Schläfer und schien darauf vorbereitet zu sein, aufzuspringen und ihn aufzufangen, wenn er auf den Boden rollen sollte.

Man sprach sehr leise, fast im Flüsterton, verlas Rechenschaftsberichte über große Summen und nahm sie ohne jeden weiteren Kommentar zur Kenntnis.

Plötzlich unterbrach ein sonderbarer Laut die Stille. Aus dem Mund des Schlafenden war ein Zischen gekommen. Niemand beachtete dieses sonderbare Verhalten, nur der Sekretär machte auf der Unterlage, auf der er schrieb, ein Kreuz. Eine Weile verstrich, die Männer fuhren mit ihren Geschäften fort. Plötzlich kam aus der Ecke des Schläfers ein zweites, dieses Mal längeres Zischen; der Schriftführer machte auf seiner Schreibunterlage ein weiteres Kreuz. In kurzen Zwischenräumen folgte ein drittes und ein viertes Zischen, und den ersten beiden Kreuzen wurden zwei weitere hinzugefügt. Nach dem vierten Kreuz sah der Sekretär von seiner Arbeit auf und schien auf einen Befehl zu warten. Zum ersten Mal warfen jetzt auch die anderen Mitglieder der Versammlung einen Blick auf den Schläfer.

„Wenn er tief genug in Trance ist, werden wir die Abrechnung beiseitelegen und das Housemann-Problem behandeln", sagte der Vorsitzende.

„Er hat die vierte Stufe der Hypnose erreicht", bemerkte der Sekretär.

„Das reicht."

Die Anwesenden nahmen mit lautlosen vorsichtigen Bewegungen Platz, so daß das bisher unbeachtete siebente Mitglied zum Mittelpunkt der allgemeinen Aufmerksamkeit wurde.

Der Schriftführer streckte seine magere braune Hand aus und verstellte den Lampenschirm. Jetzt lag das Gesicht des Schläfers noch mehr im Schatten. Dann erhob er sich, ging zur Couch und setzte sich neben den immer noch regungslos Daliegenden. Er beugte sich vor und klopfte mit einem besonderen Rhythmus auf eine bestimmte Stelle am Kopf des Bewußtlosen. Im selben Augenblick stieß der Schläfer, ohne daß auch nur ein Muskel seines Gesichtes zuckte, den außergewöhnlichsten Laut aus, der sich je einer menschlichen Kehle entrungen hat, dem seltsamen Geräusch eines defekten Plattenspielers nicht unähnlich. Jetzt verlangte der Schriftführer mit ruhiger, sachlicher Stimme, als spräche er in ein Telefon, eine Nummer. Er benutzte den bewußtlosen Mann also als Übertragungsmittel.

„Fünfzig Nord, vierzehn Ost", wiederholte er mehrere Male, als wollte er damit eine bestimmte Verbindung herstellen. Nach mehreren Wiederholungen antwortete der Schlafende in deutscher Sprache und fragte seinen Gesprächspartner, wer rufe.

„Dreißig, null", erwiderte der Sekretär. „Ist dort die Prager Loge?"

„Ja", antwortete der Schläfer auf Englisch mit leicht ausländischem Akzent.

„Wir wünschen nähere Auskünfte über Bruder Hermann Housemann, von dem wir zuletzt aus Prag gehört haben, jener Housemann, der versucht haben soll, dem Vatikan Informationen über die Politik der Bruderschaft in der Frage der französischen Anleihe zu verkaufen."

„Er hat Prag Anfang Mai verlassen, um in die Schweiz zu reisen. Versuchen Sie es bei der Loge in Genf“, antwortete der Schläfer.

Erneut wiederholte der Schriftführer das rhythmische Klopfen auf dem Schädel des Liegenden, und wieder ließ sich der eigenartige Laut vernehmen, der ein wenig an den Schrei einer Eule und ein wenig an das Klingeln eines Telefons erinnerte.

„Sechsundvierzig Nord, sechs Ost“, verlangte der Sekretär. Dieses Mal fragte der Schläfer in französischer Sprache, wer rufe.

„Dreißig, null“, erwiderte der Schriftführer erneut; dann fragte er den Bewußtlosen noch einmal nach Nachrichten über Hermann Housemann. Man teilte ihm mit, daß dieser Genf Ende Mai verlassen habe, nach Neapel gereist und von dort nach New York weitergefahren sei.

Erneut wiederholte der Schriftführer sein Klopfen, und wieder entlockte er dem Schläfer denselben, sonderbaren Laut.

„Vierzig Nord, vierundsiebzig West“, rief er mehrere Male. Schließlich antwortete eine Stimme mit stark amerikanischem Akzent. Noch einmal bat man um Auskunft über Hermann Housemann, und jetzt endlich kam eine zufriedenstellende Antwort.

„Er ist Anfang Juni mit dem Dampfer „Cedric“ der White-Star- Linie eingetroffen und hat mit den Führern der Talamani-Partei gemeinsame Sache gemacht. Wir haben ihn nach hier zitiert. Daraufhin ist er panikartig in den Westen geflohen. Da haben wir ihn zum Tode verurteilt und beschlossen, das Urteil durch den ‚Dunklen Strahl der Vernichtung‘ zu vollstrecken.“

Die um den Tisch versammelten Männer wurden unruhig und sahen einander an.

„Und was ist aus ihm geworden?“ fragte der Schriftführer.

„Er hat in Buffalo Halt gemacht, den Wagen nach Niagara bestiegen und ist über die Hängebrücke gegangen.“

„Nach Kanada?“

„Nein, in den Fluß“, antwortete der Schläfer, dessen ausdrucksloses Gesicht in seltsamem Widerspruch zu dem herausfordernden Ton seiner Stimme stand.

Die Männer in dem schwach erleuchteten Raum sahen einander an. Der Mechaniker bedeckte seinen Mund mit der Hand, um ein nervöses Lächeln zu verbergen; der Journalist zuckte mit den Schultern; der Rechtsanwalt spielte nervös mit Federhalter und Papier, und die Pupillen des Schriftführers öffneten und schlossen sich wie die einer Katze. Schließlich brach der Patriarch zur Linken des Vorsitzenden das Schweigen.

„Das gefällt mir nicht", sagte er, „das gefällt mir ganz und gar nicht. Ich kann diese Methoden nicht billigen. Soll doch eine höhere Macht als die unsrige richten; wir sollten nicht selbst Recht sprechen!"

„In der Bruderschaft macht sich ein Geist breit, der nur Unheil bringen kann", ergriff der Vorsitzende mit tiefer, dröhnender Stimme das Wort und starrte den Schriftführer an, als wenn dieser für den Tod des Amerikaners verantwortlich wäre. Die Pupillen in den sonderbaren Augen des Sekretärs verschwanden jetzt völlig, und die Iris begann, grüne Strahlen zu sprühen, die an das Feuer eines schwarzen Opals erinnerten. Aber es war der Journalist, der die Verteidigung aufnahm.

„Es ist nicht die Zeit für Halbheiten", sagte er. „Seid überzeugt, daß eure Politik die richtige ist, und macht reinen Tisch. Vergeßt nicht, wie sehr sich unsere Position gewandelt hat, seit der neue Geist seinen Einzug in die Bruderschaft gehalten hat. Wir waren ein Haufen Altertumsforscher, jetzt sind wir zu einem Faktor geworden, mit dem die internationale Politik zu rechnen hat."

Einer nach dem anderen kam zu Wort, jeder in äußerster Erregung, nur der Schriftführer verhielt sich nach wie vor schweigend. Auch wenn ihn niemand direkt beschuldigte, schien ihn doch jeder für den neuen Geist im Orden verantwortlich zu machen. Schließlich hatte jeder gesagt, was er zu sagen hatte, und unter den Männern, die um den Tisch versammelt waren, machte sich wieder Schweigen breit. Der Schriftführer erhob jetzt seine seltsamen Augen zu dem Vorsitzenden.

„Soll ich ihn wecken?" fragte er.

Dieser nickte verdrießlich. Mehrere Male fuhr die braune Hand des Sekretärs mit einer eigenartigen, huschenden Bewegung über das Gesicht des Schläfers, der sich schließlich rührte und fester in die Kissen schmiegte. Der todesähnliche Zustand hatte einem natürlichem Schlaf Platz gemacht. Nach ein oder zwei Minuten bewegte er sich erneut, erwachte, setzte sich auf und blinzelte benommen, als das Licht der Lampe seine Augen traf. Aus einer Thermoskanne schüttete der Sekretär dampfenden Kaffee in eine Tasse und reichte sie ihm, denn, obwohl die Nacht schwül war, zitterte der Mann vor Kälte. Der heiße Trank brachte ihn jedoch schnell wieder auf die Beine. Er fragte, ob man Nachrichten von Hermann Housemann erhalten habe. Man wiederholte die Worte, die von seinen eigenen Lippen gekommen waren. Als man an die Stelle mit dem Selbstmord kam, stieß er einen langen Pfiff aus, wobei er den Schriftführer unfreundlich anstarrte.

Kurz darauf löste sich die Versammlung auf, und die Mitglieder verließen zu zweit oder zu dritt den Raum. An der Tür jedoch tat jeder dieser besonnenen Männer von Welt etwas Merkwürdiges: Er wandte sich um und beugte das Knie, als verließe er eine Kirche. Tatsächlich, im Schatten am unteren Ende des Raums konnte man undeutlich die Umrisse eines Altars erkennen, auf dem ein rotes Licht brannte.

Als letzter verließ der alte Mann mit dem langen, weißen Bart den Raum. Er blieb vor dem Schriftführer stehen und hielt ihm seine runzlige alte Hand hin. Nach einem unmerklichen Zögern legte sich die magere braune in seine.

„Lucas", sagte der alte Mann, " niemand würdigt Ihr Engagement für die Bruderschaft mehr als ich, aber ich hoffe zu Gott, daß Sie sich nie etwas wünschen, was Ihnen besser versagt bliebe."

2

Als er allein war, schaltete der Schriftführer den elektrischen Ventilator aus, und Stille senkte sich wie etwas Greifbares auf den Raum. Einen Augenblick ließ er die Hand auf dem Schalter ruhen, als sei er unentschlossen, was als nächstes zu tun wäre. Dann trat er zum Tisch, schaute zerstreut auf die herumliegenden Papiere herunter, traf aber keine Anstalten, sie zusammenzulegen. Tief in Gedanken versunken, ließ er noch einmal die Ereignisse vor seinem inneren Auge vorüberziehen und versuchte, sich über ihre Bedeutung klarzuwerden. Offensichtlich stand es mit seinem Ruf in der Bruderschaft nicht zum Besten. Selbst die, die für ihn eingetreten waren, hatten nur Entschuldigungen vorgebracht, und seine Gegner gehörten zu den einflußreichsten Mitgliedern. Schon seit einiger Zeit hatte es unter der Oberfläche geschwelt, und die Vorgänge des Abends hatten die allgemeine Unzufriedenheit an den Tag gebracht. Lucas' Tun erregte Mißfallen: Man hatte es ihm mehr als deutlich zu verstehen gegeben. Er mußte es also ändern oder auf ernste Unannehmlichkeiten gefaßt sein, denn bekanntlich ist es eine Sache, in einer okkulten Bruderschaft aufgenommen zu werden, aber eine ganz andere, wieder heil herauszukommen.

Er kannte die Führer gut. Es waren Männer, die nach den höchsten Idealen strebten, aber sehr strenge Richter. Widerstand war zwecklos. Zuerst würde man ihn vor die Loge zitieren und von ihm eine Erklärung fordern; fiel diese nicht zufriedenstellend aus, würde man ihm befehlen, alle Abzeichen, Symbole und Manuskripte an die Archive zurückzugeben, und ihn dann in einem jahrtausendealten Ritual feierlich davor warnen, sich in Zukunft okkulter Kräfte zu bedienen, da es auf eigene Gefahr geschähe. Als letztes würde man ihn ersuchen, den Orden zu verlassen und sich nie mehr bei seinen Brüdern blicken zu lassen.

Setzte er seinen Weg jedoch auf dem Pfad zur Linken fort, oder machte er sich die Kräfte, die er erworben hatte, zu eigennützigen Zwecken dienstbar, bekäme er es mit Wesen zu tun, die nicht von dieser Welt waren. Kein Mensch krümmte ihm ein Haar, kein Mensch riefe das Gesetz an, und auch sein Name würde nicht als der Name des Übeltäters genannt werden, und dennoch würde ihm ein Unglück zustoßen. Dann würde es zu spät sein, er hätte keine Chance mehr, Gutes oder Böses zu tun, seine Zeit wäre abgelaufen.

Lucas wußte das alles sehr wohl. Die Hände tief in den Hosentaschen vergraben, wanderte er langsam im Zimmer hin und her und überlegte, wie er, wenn er sich dazu entschlösse, der Bruderschaft zu trotzen, dem Untergang entrinnen könnte.

Obwohl eine vielversprechende Laufbahn als Journalist vor ihm lag, hatte er vor sechs Jahren plötzlich Fleet-Street* verlassen und war zur Überraschung und zum Ärger seines Kollegen Schriftführer einer Gesellschaft für das Studium der Völker geworden. Seine Kameraden verstanden nicht, warum er es tat, und Lucas klärte sie nicht auf. In Wirklichkeit war er für den weltlichen Schlupfwinkel verantwortlich, den selbst die geheimste der okkulten Bruderschaften haben muß, und dieser hatte er sein Leben geweiht. Am Abend war die Bemerkung gefallen, daß er seit seiner Amtsübernahme der Bruderschaft zu einem völlig anderen Aussehen verholfen hatte. Das entsprach den Tatsachen. Bis dahin hatte die Bruderschaft der grauen Theorie der Wissenschaft gehuldigt, und erst er hatte sie mit der praktischen Anwendung vertraut gemacht. Früher hatten sich die Mitglieder damit zufriedengegeben, sich mit dem Individuum, seiner Entwicklung und Wiedergeburt zu beschäftigen. Erst Lucas hatte dem Orden vor Augen geführt, daß er mit seinen Methoden auch auf internationaler Ebene mitmischen könnte, und hatte bei einigen Staatsstreichen mit derartigem Erfolg eingegriffen, daß die Mehrheit der Bruderschaft ihn als ihren künftigen Führer sah. Nur ein kleiner Teil beobachtete sein Treiben mit Miß-

---

* Fleet Street – Straße in London, in der fast alle großen britischen Zeitungsverlage

trauen. Aber wie er an diesem Abend gesehen hatte, gehörten gerade die Ältesten der Bruderschaft dieser Minderheit an, und nur sie hatten die Macht, zu binden und zu lösen. Die Unterstützung der Mehrheit zu haben war zwecklos, wenn diejenigen, die die Schlüssel zur Macht besaßen, ihm die Tür vor der Nase zuschlagen würden. Vor kurzem war Lucas klar geworden, daß diese Tür bereits vor geraumer Zeit zugefallen war. Keine Arbeit, mochte sie noch so hart sein, nicht einmal das aufopfernde Engagement für die Sache würde ein Mitglied in der Bruderschaft vorwärts bringen, wenn sein Herz nicht rein war. Lippenbekenntnisse nützten nichts; die erfahrenen Hellsichtigen beurteilten einen Mann weder nach seinen Worten noch nach seinen Taten, sondern einzig und allein nach den Farben seiner Aura, und diese verräterische Strahlung sagte immer die Wahrheit. Man mag noch so betont sonntags zur Kirche gehen und um den Hals ein Kreuz tragen, es wird den dunkelroten Schimmer nicht verbergen, den die Ausschweifungen der letzten Nacht hinterlassen haben, oder das helle reine metallische Blau vortäuschen, das jeder, der in die höheren Grade aufrücken will, aufweisen muß.

Lucas wußte, seine Aura zeigte zwar das okkulte Grün, aber dieses Grün war nicht das richtige, und er konnte es nur in das richtige verwandeln, wenn er sich völlig änderte. Dazu hätte er seinen zügellosen Ehrgeiz und seinen verzehrenden Hang nach Macht verleugnen und sich zur Nächstenliebe zwingen müssen, doch er war weder zu dem einen noch zu dem anderen imstande. Er verachtete seine Mitmenschen viel zu sehr, um für sie mehr als geringschätziges Mitleid empfinden zu können, und wozu sollte man leben und streben, wenn man sich die Früchte der Macht, die man erworben hatte, versagen mußte? Er würde zu jedem freundlich sein und auch sonst jede andere Befähigung nachweisen, die man von ihm verlangte – aber sich Macht erkämpfen und dann, in die Enge getrieben, darauf verzichten zu müssen, sie für eigene Ziele einzusetzen, das war für ihn völlig undenkbar. Er war bereit, jeden Preis für seine Lehrjahre zu zahlen. Er hatte gekämpft, wie Jakob um Rachel gekämpft hatte, aber seit zwei Jahren trat er auf der Stelle, und Männer, die nur halb so viele Fähigkeiten besaßen wie er, hatten ihn überflügelt und vor ihm die höheren Grade erreicht. Er hatte seine theoretischen Studien abgeschlossen, aber die Oberen hatten nicht die Absicht, ihn nun in die praktischen Anwendungen einzuweihen. Er kannte die verborgenen Kräfte, die in den Menschen und in der Natur schlummern, nicht aber die Geheimformeln, die diese Kräfte zum Gehorsam zwangen, und ohne diese Kenntnis war all sein Wissen nutzlos – er besaß das Schloß, aber nicht den Schlüssel dazu.

Wie ein Tiger im Käfig rannte er im Zimmer hin und her und zermarterte sich den Kopf. Die Führer hatten offen ihre Unzufriedenheit zum Ausdruck gebracht. Es bestand Gefahr, daß es zu einer Kehrtwendung in der Politik der Bruderschaft kam, und damit würden seine Flügel drastisch beschnitten werden – wenn man ihn nicht sogar von seinem Posten als Schriftführer entheben würde. Für diesen Ernstfall hatte er allerdings vorgesorgt. Im Haus nebenan lebte ein greiser General, der langsam vor sich hindämmerte und auf den Tod wartete. Er litt an schwerer Bronchitis, es kam immer wieder zu Erstickungsanfällen, und der nächste konnte der letzte sein. In weiser Voraussicht hatte Lucas diese Bekanntschaft gepflegt, und als man ihn zum ‚Delta-Grad' zuließ, hatte er die ihm dadurch verliehene Macht benutzt, den alten Mann zur Abfassung eines Testaments zu seinen Gunsten zu bewegen. So hoffte Lucas, bald zur Elite der Grundbesitzer zu gehören. Dann würde es für ihn leichter sein, den ethischen Normen der Bruderschaft zu entsprechen und die so heiß begehrten höheren Grade zu erreichen. Als einziges fürchtete er eine Anfechtung des Testaments. Wehe, wenn seine Transaktion seinen Führern zu Ohren käme. Ihre Reaktion konnte er sich leicht ausmalen, kannte er doch den Widerwillen der Weißen Okkultisten gegen die Schwarze Magie und ihre drastischen Gegenmaßnahmen. Er durfte sicher sein, sie würden seine Tat als rabenschwarz beurteilen, auch wenn er mit dem Geld nichts Böses anzufangen trachtete. Aber war es bei ihm nicht besser aufgehoben als bei des Generals Neffen und Nichten dritten und vierten Grades?

Dennoch hatte Lucas eine gesunde Angst vor den dunklen Mächten, die den Menschen, der vom Pfad zur Rechten abgewichen war, fast immer in ihre Gewalt bekamen. Einige, aber nicht viele, hatten es ungestraft getan, aber das waren Männer, die, bevor sie sich dem Pfad zur Linken zuwandten, so hoch gestiegen waren, daß sie denen, die Recht über sie sprechen wollten, überlegen waren, und den okkulten Anschlägen mit gleichen Mitteln begegnen konnten. Aber diese Menschen waren rar. Kaum einer konnte sich lange halten, wenn er die ganze Bruderschaft gegen sich hatte.

Lucas wägte also seine Aussichten ab, die nicht allzu rosig waren, es sei denn, es gelang ihm, in den Besitz der Geheimformeln zu kommen, die allein ihn befähigten, den Kampf auf gleicher Ebene aufzunehmen. Der Abend hatte ihm deutlich bewiesen, daß die Bruderschaft ihm die Formeln nicht anvertrauen würde. Wie um alles in der Welt sollte er es anstellen, hinter diese sorgfältig gehüteten Geheimnisse zu kommen?

Mit großen Schritten wanderte Lucas durch den Raum, und mit wachsender Unruhe wurde sein Gang schneller. Mit Augen, die nichts von der Umgebung wahrnahmen, starrte er vor sich hin und bewegte sich im Takt einer Pendeluhr im Zimmer hin und her.

Plötzlich hielt er inne. Während er herumgewandert war, hatte er sich mehr und mehr der Liege genähert, auf der der Mann gelegen, der als Empfänger des okkulten Telefons gedient hatte. Er blieb stehen und starrte auf die Kissen, als ob der Schläfer immer noch dort läge und ihm dieser die Lösung seines Problems verraten könnte. Plötzlich fiel Lucas ein, daß jeder in tiefer Trance die okkulten Zeremonien ‚belauschen' und dabei die Geheimformeln erfahren konnte – vorausgesetzt, er wagte es. Lucas hatte, wie jeder Okkultist, Nerven wie Drahtseile, aber nicht einmal er wagte es, sich dieser Gefahr auszusetzen.

Immer noch starrte er auf die Liege, als erwarte er eine Eingebung. Angenommen, er könnte Spencer auf seine Seite ziehen und ihn dazu bewegen, ihm beim Raub der Geheimnisse zu helfen? Er verwarf den Gedanken. Die Brüder waren alle Auserwählte und weder durch Drohungen noch durch Versprechungen leicht zu verführen. Außerdem würde Spencer genauso wenig wie er das Risiko eingehen wollen. Aber die Idee als solche war gut. Wenn es ihm gelänge, ein Trancemedium zu finden, das nicht genug von diesen Dingen verstand, um sich davor zu fürchten, könnte er sein eigenes okkultes Telefon haben und ungestraft ‚mithören'. Die Mächte würden wohl das Medium bestrafen, aber es würde ihnen kaum gelingen, den Mann ausfindig zu machen, der mit dem Medium gearbeitet hatte.

Tief in Gedanken versunken, sammelte Lucas jetzt die Papiere ein, drehte das Licht aus und ging zu Bett.

3

Sommerferien. Die Schule hatte ihre Pforten geschlossen, und die meisten Schüler waren bereits auf dem Weg aufs Land oder an die See. Nicht alle jedoch sind in der glücklichen Lage, Ferien zu machen. Die Schülerin, die jetzt aus dem dunklen Tor der Handelsschule in den strahlenden Sonnenschein hinaustrat, gehörte nicht zu den ‚Glücklichen', sondern war dringend darauf angewiesen zu arbeiten. Nur mit größten Opfern war es ihr möglich gewesen, einen Sekretärinnenkurs zu belegen, den sie soeben beendet hatte. Im dritten Semester war sie halb verhungert, und die Anstrengungen der Schlußprüfungen hatten sie in einen Zustand versetzt, der sie mehr wanken als gehen und die Menschen auf der Straße nur noch wie graue Geistergestalten wahrnehmen ließ.

In der Hand trug sie einen Briefumschlag mit einer Adresse eines Hauses in der Nähe, ihren Zeugnissen und einem Empfehlungsschreiben. Das Herz wurde ihr schwer bei dem Gedanken, was wäre, wenn sie die Stelle nicht bekäme. Drei andere Mädchen, ebenfalls Briefumschläge in der Hand, schlossen sich ihr auf der sonnigen Straße an und fragten sie nach ihrem Ziel. Es war dasselbe. Das Herz wurde ihr noch schwerer. Es würde also um die begehrte Stelle einen heißen Kampf geben. Sie erinnerte sich an ihr Gesicht, das sie vor wenigen Augenblicken, als sie den Hut feststeckte, im Spiegel angesehen hatte: Bleich, mit tiefen Schatten unter den Augen, die Züge erschöpft. Sie mußte sich eingestehen, sie würde nicht Veronica Mainwaring wählen, wenn sie auf der Suche nach einer Sekretärin wäre.

Die anderen schwatzten fröhlich miteinander, ohne sich Sorgen um die Zukunft zu machen. Sie würden nur auf die Ferien verzichten, wenn sich ihnen eine sehr gute Stelle böte. Anders Veronica. Sie war wild entschlossen, sich jede ihr bietende Stelle anzunehmen. Ohne Beschäftigung war der Londoner Sommer ohnehin öde und langweilig.

Auf ihr Läuten ließ sie ein Butler mit unbewegtem Gesicht durch eine schwere Doppeltür herein und führte sie in einen Raum, der wie ein Wartezimmer aussah. Veronica, in einer fast schon tranceähnlichen Verfassung, hatte das Gefühl, den Geist des Hauses spüren. Der Butler kam ihr nicht vor wie ein gewöhnlicher Butler, sondern wie der Laienbruder einer geheimnisvollen Bruderschaft. Ob seine blütenweiße Hemdbrust wohl ein Kreuz verbarg, das an einer langen Kette um seinen Hals hing? Und trug er an dieser Kette vielleicht das Symbol eines seltsamen heidnischen Kultes? Sie hatte das sichere Gefühl, daß die mit Pomade behandelten Strähnen, die sorgfältig auf seinem fast kahlen Haupt arrangiert waren, einen Wissensschatz bargen, den man normalerweise nicht im Schädel eines Butlers antrifft. Die Atmosphäre des Raums schien vor Elektrizität zu vibrieren. Dennoch herrschte großer Frieden, der sich wohltuend auf die überreizten Nerven des Mädchens legte. Sehnsucht, hier in dieser Stille bleiben zu dürfen, überfiel Veronica. Nun fürchtete sie umso mehr, den begehrten Posten nicht zu bekommen, denn mindestens die Hälfte der Vermittlungsstellen für Sekretärinnen in London schien Kandidatinnen jeglicher Art, Größe und Altersklasse geschickt zu haben, vom Backfisch im Mousselinkleid mit malerisch großem Hut bis zum grimmigen weiblichen Wesen von fünfzig Lenzen im klassisch geschnittenen grauen Kostüm. Je länger Veronica die Anwesenden betrachtete, desto geringer schätzte sie ihre eigenen Chancen ein.

Plötzlich öffnete sich die Tür. Ein Mann trat über die Schwelle. Er war mittelgroß, feingliedrig, und bewegte sich mit einer federnden Gelenkigkeit, die Veronica an einen Jäger auf der Pirsch erinnerte. Nachdenklich und ohne jegliche Regung musterte er die holde Schar der Weiblichkeit. Schließlich kam die Reihe an Veronica. Die Augen des Mannes senkten sich mit einem beobachtenden, nicht unsympathisch wirkenden Blick tief in die ihrigen und nahmen den Ausdruck höchster Spannung an. Er schien sie jedoch nicht anzusehen, sondern durch sie hindurchzusehen. Einen Moment später hatten seine Augen wieder ihren normalen Ausdruck angenommen. Zum ersten Mal, seit er das Zimmer betreten hatte, brach er das Schweigen:

„Würden Sie mir bitte in mein Büro folgen? Ich möchte gerne mit Ihnen sprechen."

Veronica folgte ihm in den Raum nebenan. Er war groß, freundlich eingerichtet und wirkte nicht so sehr wie ein Büro, sondern eher wie ein Herrenzimmer. Das zeigten schon die Bücherregale. Ein süßlicher, weihrauchähnlicher Duft hing in der Luft. Nur ein Safe in der Wand und ein Schreibtisch am Fenster verrieten, daß der Raum für geschäftliche Angelegenheiten genutzt wurde.

Der Mann setzte sich an den Schreibtisch und bat Veronica mit einer Handbewegung, auf einem Stuhl ihm gegenüber Platz zu nehmen.

„Ich heiße Lucas", sagte er. „Und wie heißen Sie?"

Sie nannte ihm ihren Namen und überreichte ihm mit zitternder Hand ihre Zeugnisse, die er zwar entgegennahm, aber nicht ansah.

„Wie alt sind Sie?" lautete seine nächste Frage.

„Dreiundzwanzig".

„Was haben Sie gemacht, bevor Sie auf die Handelsschule gingen?"

Sie erzählte es ihm: Sie hatte sich um ihre verwitwete Mutter gekümmert, bis diese starb und mit ihrem Tod die Zahlung der kleinen Rente, von der sie beide gelebt hatten, eingestellt worden war. Ihre mageren Ersparnisse hatten knapp für eine Ausbildung gereicht.

„Sind Sie gesund?" fragte er. „Ich meine, wenn Sie nicht überarbeitet sind? Haben Sie irgendwelche schweren Krankheiten?"

Sie konnte diese Fragen zu seiner Zufriedenheit beantworten.

„Ich glaube, Sie entsprechen meinen Erwartungen", bemerkte der Mann schließlich. „Wie sind Ihre Gehaltsvorstellungen?"

Veronica, die kaum zu hoffen gewagt hatte, die Stellung zu bekommen, hatte an die Gehaltsfrage noch keinen Gedanken verschwendet und nannte daher aufs Geratewohl eine Summe, die eine ihrer Konkurrentinnen auf dem Weg nach hier genannt hatte. Kaum war die Zahl ihren Lippen entschlüpft, blieb ihr Herz vor Schrecken stehen. Hatte sie zuviel verlangt? Würde er sie jetzt wegschicken? Aber ihre Forderung schien den Mann auf dem Drehstuhl in keiner Weise aus der Fassung gebracht zu haben.

„Wir werden sehen!“ Er nickte mit dem Kopf. „Wann können Sie anfangen?“

Veronica erklärte ihm, daß sie zur Zeit ohne Beschäftigung sei und sofort eintreten könne.

„Das paßt mir sehr gut“, sagte er. „Warum die Sache aufschieben? Wenn wir schon miteinander arbeiten wollen, können wir es auch gleich tun. Sie werden oben zwei Zimmer bekommen. Ich selbst wohne auch im Haus, aber lassen Sie sich darüber keine grauen Haare wachsen. Außerhalb der Arbeit werden Sie mich nie sehen. Hier gehen viele Herren ein und aus. Ich weiß nicht, ob Sie die Frau des Butlers als würdige Anstandsdame akzeptieren werden, aber eine andere kann ich Ihnen nicht bieten. Also, nehmen Sie sich ein Taxi und holen Sie Ihre Sachen.“

Veronica nahm den Posten an. Was er ihr angeboten hatte, übertraf alle ihre Erwartungen. Sie stellte keine weiteren Fragen, weder an Lucas noch an sich selbst, sondern war nur froh, gerettet zu sein. Lucas begleitete sie bis zur Haustür und sah ihr nach, während sie die Straße hinunterging, wobei um seine Lippen ein Lächeln spielte. Er war mit dem Handel hochzufrieden.

Veronica kehrte in das Mädchenheim zurück, das während der langen Monate der Schulzeit auch ihr Zuhause gewesen war. Es gab nur wenig zu packen, und nachdem sie ihre Habseligkeiten zusammengetragen hatte, ging sie in das Büro, um ihre Rechnung zu begleichen.

„An welche Adresse sollen wir Ihnen die Post nachschicken?“ fragte die Vorsteherin.

Veronica gab sie ihr.

„Sie haben also eine Stellung mit Wohnung und Verpflegung gefunden? Was müssen Sie denn tun?“

Erst bei dieser Frage wurde Veronica bewußt, daß sie gar nicht nach der Art ihrer Arbeit gefragt und sich auch Lucas nicht nach ihren Fähigkeiten und Papieren erkundigt hatte. Zögernd gestand sie: „Das weiß ich nicht!“

„Aber Miss Mainwaring, Sie werden doch nicht etwa behaupten wollen, Sie hätten eine Stellung, noch dazu eine mit Kost und Logis, angenommen, ohne zu wissen, für wen sie arbeiten? Wissen Sie den wenigstens, ob ihr Arbeitgeber ein Mann oder eine Frau ist?“

„Oh ja, es ist ein Mann. Sein Name ist Lucas“, antwortete Veronica. Dabei fiel ihr auf, daß das wirklich alles war, was sie wußte. Sie kannte weder die Arbeitszeit noch ihre Pflichten noch die Ansprüche, die er an sie stellen oder die Fähigkeiten, die er verlangen würde. Und noch etwas wurde ihr klar. Er hatte ihr für die Stellung als Sekretärin mit Unterkunft dasselbe Gehalt geboten, das sie verlangt hatte in der Annahme, für sich selbst sorgen zu müssen. Seine Anforderungen mußten also schon außergewöhnlich sein.

„Ich mache mir Sorgen um Sie“, sagte die Vorsteherin. „Aber Sie bleiben ja in der Nähe. Kommen Sie doch einmal vorbei und erzählen Sie, wie es Ihnen ergangen ist.“

Veronica verabschiedete sich und brachte ihre Habseligkeiten mit einem Taxi zu ihrem neuen Heim. Wieder öffnete ihr der Butler mit dem unbewegten Gesicht die Tür, und wieder hatte sie das Gefühl, eine Kirche zu betreten. Ein seltsames, unbeschreibliches Gefühl der Verlassenheit überkam sie. Aus dem unteren Geschoß tauchte eine freundliche Frau auf und führte sie in die Zimmer im oberen Stockwerk, von deren Fenster sie in die Krone einer großen Platane im Garten des Nachbarhauses sehen konnte. Der rückwärtige Teil des Grundstücks, auf dem ihr neues Heim lag, war durch einen großen einstöckigen Anbau ausgefüllt.

Veronicas Zimmer waren freundliche, altmodisch eingerichtete Räume mit tiefen bequemen Sesseln vor den Bogenfenstern, wie man sie überall in Bloomsbury findet, denn die reichen Kaufleute der City, die während ihrer Glanzzeit in diesem Stadtteil wohnten, wußten Behaglichkeit zu schätzen. Das Licht flutete durch hohe Schiebefenster herein und schwere Holzläden schlossen Licht und Luft aus, wenn man es wollte. Ein mächtiger alter Kamin erzählte von den guten alten Zeiten, und durch die offene Tür erhaschte man einen Blick auf das Zimmer daneben, mit einem riesigen Himmelbett, auf dem sich ein Federbett türmte. Alles verriet, daß man die Tradition noch nicht vergessen hatte und auch die derzeitigen Besitzer des Hauses Gemütlichkeit zu schätzen wußten, wenn vielleicht auch nicht Hygiene.

Veronica wurde durch die Stimme des Butlers aus ihren Träumen gerissen.

„Miss, um sieben Uhr gibt es Abendbrot. Wir werden es, wie alle Mahlzeiten, nach oben bringen."

„Wird mich Mr. Lucas heute abend noch brauchen?" fragte sie.

„Keine Ahnung. Er ist nicht zu Hause."

Und mit dem Hinweis, „läuten Sie, wenn Sie etwas brauchen!" verließ der Butler das Zimmer. Sie war allein.

Nachdem sie ihre Sachen ausgepackt hatte, ließ sie sich auf dem breiten, mit Ripsseide bezogenen Sessel am Fenster nieder und sah dem Treiben der Vögel in der Krone des großen Baumes zu. Seltsamerweise fühlte sie sich wie eine Gefangene, zwar frei wie die Löwen auf der Terrasse des Zoologischen Gartens, aber doch von unsichtbaren Schranken umgeben. Sie wünschte, die Vorsteherin hätte geschwiegen. Jetzt mußte sie sich mit diesen lästigen Zweifeln herumplagen. Warum überließen die Leute nicht jeden sich selbst? Sicher, sie wußte nicht, welche Arbeit sie für Lucas tun mußte, aber warum sollte etwas Böses dahinterstecken?

Die Frau des Butlers kam mit einem Tablett ins Zimmer und Veronica entschloß sich, durch gezielte Fragen ihrer Unwissenheit ein Ende zu machen.

„Mrs. Ashlott, sind Sie schon lange hier?"

„Ja, vierzig Jahre. Ich kam als junge Braut nach hier. Ashlott war schon als Kind hier."

„Lebt Mr. Lucas schon lange hier?"

„Nein. Erst fünf oder sechs Jahre. Er ist noch ein Neuling."

„Wohnt noch jemand außer Mr. Lucas in diesem Haus?"

„Nein, Miss. Normalerweise nur ich und Ashlott, aber es geht hier zu wie in einem Taubenschlag, den ganzen Tag. Manchmal auch nachts. Ich habe immer Gästebetten bereit."

„Was ist Mister Lucas eigentlich von Beruf?“ fragte Veronica, indem sie all ihren Mut zusammennahm.

„Schriftführer, Miss.“

„Und die anderen Herren?“

„Oh! So fragt man Leute aus“, meinte Mrs. Ashlott. „Rede nicht und schweige still.“ Mit diesem alten Spruch verschwand sie.

Es war bereits nach zehn Uhr, und Veronica dachte daran, zu Bett zu gehen, als es klopfte. Auf ihr „Herein“ betrat Lucas das Zimmer.

„Bleiben Sie sitzen“ sagte er, als sie sich nervös erhob, denn der Verdacht der Vorsteherin war ihr eingefallen.

„Ich werde Sie nicht lange aufhalten. Ich möchte Ihnen nur etwas zu Ihrer Arbeit sagen. Ich werde Sie plötzlich und unerwartet brauchen, das heißt zu jeder Zeit, an allen vierundzwanzig Stunden des Tages. Ich möchte daher nicht, daß Sie in den nächsten Tagen ausgehen. Bitte bleiben Sie zu Hause, damit ich Sie immer erreichen kann für den Fall, daß ich Sie plötzlich brauchen sollte. Später, nach der Probezeit, werde ich es so einrichten, daß Sie regelmäßige Dienststunden haben. Die Arbeit wird nicht Ihre ganze Zeit in Anspruch nehmen. Einen großen Teil des Tages werden Sie nichts zu tun haben, aber ich möchte, daß Sie sich zur Verfügung halten.“

Bei seinen Worten wurde ihr das Herz schwer. Die Stellung war ihr also doch nicht sicher? Die Ungewißheit und die erneute Angst nach Lucas Bitte, das Haus in den nächsten Tagen nicht zu verlassen, lähmten sie, und sie reagierte daher beinahe unterwürfig. Er blieb noch einige Minuten und plauderte freundlich mit ihr, offensichtlich von dem Wunsch erfüllt, sie möge sich bald heimisch fühlen. Seine Worte hatten ihre Wirkung nicht verfehlt. Eine Veronica, die sich ihrer Stellung gewiß gewesen wäre, hätte es vielleicht gewagt, Fragen zu stellen und Kritik zu äußern. So aber blieb sie stumm. Sie mußte auf diesem, ihrem ersten Posten wenigstens so lange ausharren, bis sie ein gutes Zeugnis bekam. Mit einem einzigen Satz hatte er sie gefügig gemacht. Mindestens eine Woche würde sie ohne Murren die absonderlichsten Anweisungen von ihm entgegennehmen und ihm jeden Gefallen tun. Und mehr als eine Woche brauchte Lucas nicht, um sein okkultes Telefon einzurichten.

4

Am nächsten Morgen wartete Veronica schon um neun Uhr auf die Stimme ihres Herrn. Es wurde zehn, aber er kam nicht. Um elf Uhr erschien er endlich, angenehm nach Seife duftend und in bester Laune. Das Tagewerk begann. Veronica sah sich der Sisyphos-Arbeit gegenüber, umfangreiche, chiffrierte Dokumente abschreiben und dann vergleichen zu müssen. Lucas selbst arbeitete unermüdlich, schien jedoch für sie weiter nichts zu tun zu haben.

Die Hände gefaltet, saß sie vor ihrem Schreibtisch und betrachtete ihn. Stunde um Stunde verstrich, er arbeitete immer noch, und sie wartete immer noch. Um ein Uhr legte er eine Mittagspause ein und bat sie, um zwei Uhr wiederzukommen. Als sie zur angegebenen Zeit wieder erschien und ihn fragte, was sie jetzt tun sollte, wurde er etwas verlegen, als ob er diese Frage nicht erwartet hätte. Suchend schaute er sich im Zimmer um, sein Blick blieb an den Möbeln hängen, als benötigten diese Veronicas Dienste. Schließlich kehrte sein Blick zu dem Mädchen zurück, und es sah so aus, als bemühte er sich, ein Lächeln zu unterdrücken.

„Ich habe im Moment wirklich nichts für Sie zu tun", sagte er."Aber Sie können das da anschauen." Er deutete auf einen Haufen Morgenzeitungen, die auf einem Stuhl lagen.

Veronica las, wie die Tories über die Liberalen schimpften, die Liberalen über die Tories, und die Sozialdemokraten über beide. Den ganzen Nachmittag. Schließlich, um fünf Uhr, streckte sich Lucas, der die ganze Zeit unermüdlich gearbeitet hatte, und kündigte ihr an, daß er jetzt ausgehen werde.

„Brauchen Sie mich heute abend noch?" fragte Veronica.

Er schüttelte den Kopf. „Ich werde spät zurückkommen."

„Hätten Sie etwas dagegen, wenn ich einen kurzen Besuch im Mädchenheim machte? Es ist ganz in der Nähe, und die Leiterin bat mich, sie zu besuchen."

Während Veronica sprach, schaute sie auf und bemerkte mit Verwunderung, daß die Pupillen in Lucas' Augen völlig verschwunden waren. Zwei grünlich braune Scheiben schauten sie an, ohne jegliche Spur eines Ausdrucks, unmenschlich, feindselig, furchterregend. Sie konnte sich nichts Schrecklicheres vorstellen als dieses Gesicht, aus dem jegliche Menschlichkeit verschwunden war. Wie angewurzelt stand sie da und starrte auf das grauenvolle Bild, bis Lucas' Stimme den Bann brach.

„Wie ich Ihnen schon sagte, möchte ich, daß Sie jetzt nicht ausgehen", antwortete er, und fügte beinahe entschuldigend hinzu: „Es könnte jemand anrufen." Langsam nahmen die Pupillen in seinen Augen wieder die normale Größe an. Er warf ihr einen durchdringenden Blick zu und fragte, als er ihre Bestürzung bemerkte: „Was ist los?"

„Nichts", erwiderte Veronica, denn sie konnte ihm wohl kaum erklären, daß es sein Gesicht gewesen war, das sie so in Schrecken versetzt hatte. Er starrte sie weiter an, aber nicht mit jener männlichen Neugierde, die schon oft beleidigend wirkt, sondern völlig unpersönlich. Offenbar schien das Ergebnis seiner Prüfung nicht zufriedenstellend ausgefallen zu sein, denn er ging einen Schritt auf sie zu. Instinktiv zog sich Veronica zurück, aber Lucas machte einen weiteren Schritt auf sie zu, woraufhin Veronica erneut einen Schritt zurücktrat. Damit war sie am Schreibtisch angelangt, der sie an jedem weiteren Zurückweichen hinderte. Lucas trat nun direkt auf sie zu und sah ihr fest in die Augen. Sie war nicht in der Lage, den Blick abzuwenden, und starrte ihn hilflos und fasziniert an. Er war kein großer Mann, und sein Gesicht war daher fast auf derselben Höhe mit dem ihrigen, aber von ihm ging eine zwingende Kraft aus, die sie in Bann hielt. Sie starrte ihm weiter in die Augen und verspürte nicht einmal den Wunsch, den Blick abzuwenden. Eine ungeheure Lebenskraft strahlte aus diesen Augen, bezwingend und magnetisch. Immer noch schaute Veronica ihn an.

Vielleicht wäre sie so stehengeblieben und schließlich zur Salzsäule erstarrt, hätte der Mann nicht selbst den Bann gebrochen. Der Ausdruck seiner Augen änderte sich, der Kraftstrom wurde unterbrochen, und sie sah wieder ein gewöhnliches, menschliches Gesicht mit olivfarbenem Teint, klar geschnitten und in keiner Weise besitzergreifend. Ihr Grauen vor ihm war verschwunden und hatte einer seltsamen Faszination Platz gemacht. Was würde er als nächstes tun? Ihre Augen folgten jeder seiner Bewegungen. Sie wußte, daß er ihren forschenden Blick bemerkte, ja, ihn sogar erwartete. Jetzt tat es ihr leid, daß er ausgehen wollte; ohne ihn würde alles leer und leblos erscheinen. Er sah hoch, fing ihren Blick auf und lächelte. Sie machte keinen Versuch, sich abzuwenden.

„Gehen Sie nach oben", sagte er. „Mrs. Ashlott wird Ihnen das Abendbrot bringen. Sie werden den Anforderungen entsprechen."

Gehorsam ging sie zur Tür, die er für sie öffnete. Sie hörte das Klick des Schlosses und stieg die Treppe hinauf. Als sie sich auf halber Höhe umschaute, bemerkte sie, daß er ihr nachschaute, und daß aus seinen Augen eine geheime Befriedigung leuchtete. Sie wunderte sich ein wenig darüber, aber im Augenblick schien ihr Kopf leer zu sein und seinen Dienst zu versagen. Sie ging in ihr Zimmer, warf sich aufs Bett und fiel in einen tiefen Schlaf, aus dem sie erst zwei Stunden später erwachte, als Mrs. Ashlott das Abendessen servierte.

Sie war nicht hungrig, tat aber so, als ob sie äße, um Mrs. Ashlott einen Gefallen zu tun. Als der Tisch abgeräumt war, setzte sie sich auf den Platz am Fenster und beobachtete den Sonnenuntergang. Ihre Unruhe war verschwunden und hatte einem tiefen Frieden Platz gemacht. Selbst ihr Geist ruhte. Sie starrte auf den großen roten Ball, dessen Strahlungskraft durch die dicke Londoner Luft an Glanz eingebüßt hatte, und das Gesicht der Sonne war genauso ausdruckslos wie ihr eigenes. Langsam verschwand der rote Ball hinter dem Horizont. Plötzlich wurde es im Zimmer trotz der Augustnacht kühl. Veronica richtete sich zitternd auf. Was war das? Was war los? Plötzlich fiel ihr das Grauen wieder ein, das Lucas' Augen in ihr hervorgerufen hatte. Sie sprang auf. Wo war sie? Die Ashlotts, wer waren sie? Und Lucas, wer war er? Und wer waren die geheimnisvollen ‚Herren'? Und sie – war sie in eine Falle gelaufen? Würde Lucas sie nicht mehr weglassen? Und wenn ja, was würde er mit ihr tun? Was waren seine Motive? War es Wirklichkeit oder nur ein böser Traum? Eines jedoch war ihr klar, nicht einen Moment länger würde sie an diesem schrecklichen Ort bleiben. Sie mußte fort, um jeden Preis.

Sie setzte den Hut auf und griff hastig nach ihrer Geldbörse. Ihre restlichen Habseligkeiten konnte sie später abholen lassen. Auf Zehenspitzen schlich sie den Gang hinunter, der dicke, dunkle Teppich schluckte jedes Geräusch. Aber in einer Nische stand eine Bank, und auf der Bank saß ein Mann und las. Es war Lucas.

„Ich dachte mir, daß Sie es versuchen würden", sagte er, ohne aufzublicken. Veronica war verzweifelt. Einen Augenblick blieb sie, wie vom Donner gerührt, unsicher stehen, dann lief sie weiter. Weil der schwere Teppich ihren Schritt dämpfte, hörte Lucas sie nicht, und sie war bereits ein ganzes Stück an ihm vorüber, als er ihr Manöver bemerkte. Sie stürzte buchstäblich die Treppen hinunter, beinahe ohne die Stufen mit den Füßen zu berühren, schwang sich um die Biegung des Treppengeländers und war schon über den nächsten Absatz hinausgeeilt. Plötzlich ließ sich ein dumpfes Dröhnen hinter ihr vernehmen; mit einem Satz war Lucas die ganze Treppe hinuntergesprungen und auf dem Korridor gelandet und packte sie von hinten. Sie schrie laut auf, und eine Hand schloß sich über ihrem Mund. Verzweifelt wehrte sie sich, doch der Arm, der sie umfangen hielt, verstärkte seinen Griff und zwang sie zu atemloser Unbeweglichkeit. Schließlich blieben beide bewegungslos stehen.

Es war das erste Mal, daß Veronica mit einem Mann in engere Berührung kam, als es der übliche Händedruck mit sich bringt, und ihre erste Empfindung war höchstes Erstaunen. Seine Kraft war so viel stärker, als sie erwartet hatte. Er war so überraschend grob: sein sehniger Arm drückte sie unbarmherzig gegen seine Brust. Er roch nach starkem Pfeifentabak und nach Rasierseife, ungewohnte Düfte. Veronica war mit ihren Beobachtungen so beschäftigt, daß sie vergaß, sich zu fürchten, und plötzlich fühlte sie, wie Lucas seinen Arm löste, ihre Taille umschlang und sie auf den Armen hinuntertrug. Sein Atem streifte über ihren Körper. Im Wohnzimmer angekommen, ließ er sie auf das Sofa fallen.

Er trat ein Stück zurück und sah sie, während er seine durcheinandergeratenen Haare in Ordnung brachte, atemlos und lachend an. Veronica ordnete ihre Röcke und nahm den letzten Rest ihrer Würde zusammen.

„Ich möchte gehen", sagte sie.

„Ach wirklich?" sagte Lucas und steckte die Enden seiner Krawatte wieder unter die Weste. „Ich kann Sie aber nicht entbehren."

„Warum nicht?"

„Zufälligerweise brauche ich Sie."

„Sie können sich ja eine andere Sekretärin nehmen".

„Ich brauche keine Sekretärin."

„Ja, aber, warum haben Sie mich dann engagiert?"

„Mein liebes Kind, das verstehen Sie doch nicht. Es hat daher keinen Sinn, daß ich meine Zeit mit Erklärungen vergeude."

Er zog seine Weste herunter, schüttelte mit einer Armbewegung die Manschetten hervor und richtete den Kragen seines Jackets. Dann widmete er Veronica seine ungeteilte Aufmerksamkeit. Ihre Blicke senkten sich mehrere Sekunden ineinander, dann berührte Lucas den weichen, zarten Hals des jungen Mädchen mit seinem dünnen braunen Zeigefinger.

„Sie haben etwas um Ihren Hals", sagte er.

Unwillkürlich griff Veronica hin.

„Fühlen Sie, es ist ein Halsband aus Stahl!"

Seine Worte riefen in ihr eine bildhafte Vorstellung hervor, und in diesem Augenblick fühlte sie unter ihrer Hand kaltes hartes Metall.

„Eine stählerne Kette ist daran befestigt", fuhr die eintönige Stimme des Mannes fort. „Eine dünne Stahlkette. Fahren Sie mit der Hand daran entlang."

Er nahm ihre Hand in die seine und zog sie an sich, und sie fühlte die Glieder einer Kette durch ihre Finger gleiten.

„Und ich halte das Ende fest", fügte er bedeutungsvoll hinzu. „Wenn Sie versuchen sollten zu schreien oder anderen etwas zu erzählen, was ich nicht wünsche, wird sich diese Kette zusammenziehen und Sie würgen. Fühlen Sie nur, wie sie sich zusammenzieht."

Veronica spürte, wie etwas Starres ihren Hals umklammerte. Der Druck nahm ständig zu. Sie keuchte und begann, als ihre Luftröhre immer mehr zusammengepreßt wurde, nach Luft zu schnappen. Da berührte Lucas ihre Stirn.

„Die Spannung hat nachgelassen," sagte er, „aber denken Sie daran, wenn Sie mich verraten wollen, wird dasselbe wieder geschehen."

Veronica holte tief Luft und erhob sich. Sie war viel zu verblüfft, um Angst zu empfinden. Lucas lächelte sie freundlich an.

„Gehen Sie jetzt zu Bett", sagte er. „Schlafen Sie gut, und träumen Sie süß. Wir sehen uns morgen früh um zehn Uhr wieder."

5

Veronica ging zu Bett, aber der Schlaf wollte sich nicht einstellen. Die Ereignisse des Tages waren so seltsam gewesen, daß ihre Verwunderung beinahe größer war als ihre Angst.

Wenn eine Begebenheit ganz ungewöhnlich ist, fragt man sich, ob man seinen eigenen Sinnen und seiner Erinnerung trauen darf. In der Rückschau erscheint einem das Erlebte als eine Ausgeburt der Phantasie. So war Veronica davon überzeugt, sich die Balgerei mit Lucas und die abenteuerliche Geschichte mit dem Halsband und der Kette eingebildet zu haben, denn was hätte ihn dazu bringen sollen, eine zweitklassige Stenotypistin gegen ihren Willen zurückzuhalten? Er hatte nicht versucht, ihr den Hof zu machen, und seine Berührung war keineswegs zärtlich gewesen, im Gegenteil, er hatte sie wie einen widerspenstigen jungen Hund behandelt. Und was war mit dieser merkwürdigen Erscheinung, diesem Halsband und der Kette, die plötzlich auf seinen Befehl hin aufgetaucht waren? Sie waren das Greifbarste an der ganzen Geschichte. Veronica erinnerte sich sehr genau an den würgenden Druck auf ihrer Kehle; würde, wenn sie versuchte, sich von Lucas loszureißen, dasselbe wirklich wieder geschehen? Würde sie die Qual der Strangulierung, die Atemnot, wieder spüren, wenn sie den Versuch machte, um Hilfe zu rufen, und erzählte, was er ihr zu erzählen verboten hatte? Wenn dem so wäre, dann saß sie wirklich in der Falle. Und jene merkwürdige Kette, was würde damit geschehen, wenn sie versuchte wegzulaufen? Würde sie auf der Straße hinter ihr herklirren? Dann müßte sie wohl jeder bemerken.

Verwirrt saß sie im Bett und starrte durch das offene Fenster in die warme Sommernacht hinaus. Es war zu spät, um sofort etwas zu unternehmen, aber sie beschloß, bei Tagesanbruch aufzustehen und, ehe die anderen wach wurden, aus dem Hause zu schlüpfen. Durch diese Gedanken getröstet, begann sie, sich auszuziehen.

Die Ereignisse des Abends verblaßten im Land der Schatten, während die tägliche Zeremonie des Entkleidens sie in den Alltag zurückbrachte, wo die Leute sich nicht gegenseitig jagen und sich keine gespenstischen Ketten aus dem Nichts materialisieren. Als sie sich jedoch anschickte, das Licht zu löschen, kam ihr plötzlich wieder alles ins Bewußtsein. Angenommen, es wäre wahr, was er gesagt hatte – sie hinge wirklich an einer unsichtbaren Kette die, wenn sie Lucas nicht gehorchte, sich zusammenziehen und sie würgen würde – dann wäre sie ihm hilflos mit Leib und Seele ausgeliefert. Sie könnte nicht davonlaufen, sie könnte nicht schreien, und dennoch wären ihre Fesseln unsichtbar für jeden anderen außer ihr selbst. Niemand würde ihr Glauben schenken, und selbst, wenn sie versuchte, anderen davon zu erzählen, würde Lucas' Macht sie schnappen, sie strangulieren, und sie würde wieder nach Luft schnappen müssen. Kerzengrade saß sie im Bett und hatte Mühe, nicht laut aufzuschreien, als sie sich des Horrors ihres unsichtbaren Gefängnisses bewußt wurde. Sie dachte an die Löwen im Zoologischen Garten und an den ersten Eindruck des Hauses. Sie war tatsächlich in einem Käfig eingesperrt, in einem Käfig, dessen Stäbe sie nicht nur an der Flucht hinderten, sondern sie sogar nach dem Willen ihres Herren und Gebieters von Gottes guter Luft abschneiden konnten. Und das Schlimmste an der Sache war, diese Stäbe waren unsichtbar. Es hatte keinen Sinn, die Hilfe oder das Mitgefühl ihrer Mitmenschen anzurufen. Und die Wand zwischen ihr und den anderen, war seltsamerweise das Schlimmste. Sie war in der Welt der Menschen so allein, als wenn Lucas sie auf einen anderen Planeten gebracht hätte. Sie glaubte, daß Ashlott sie verstehen, ihr aber nicht helfen würde, und der Schutzmann an der Ecke oder die Vorsteherin im Mädchenheim, sie alle würden denken, sie wäre verrückt, und dennoch waren das Halsband und die Kette so sehr Wirklichkeit, daß sie sie zu würgen vermochten. Verzweifelt ließ sie sich in die Kissen sinken und wartete auf die Morgendämmerung.

Derweilen schrieb Lucas unten im Büro in seinem Tagebuch. Eine Lampe mit grünlichem Schirm warf einen Kreis hellen Lichtes auf den Schreibtisch, der übrige Raum lag im Dunkeln. Anscheinend war er mit den Ergebnissen des Tages sehr zufrieden, denn ein Lächeln umspielte seine Lippen.

„Die Dinge haben sich heute nachmittag gut angelassen", schrieb er in kleinen ordentlichen Druckbuchstaben und füllte die Zeilen des vor ihm liegenden Buches. „Mußte die Karten früher auf den Tisch legen, als ich eigentlich wollte. Habe aber V.M. beeinflußbar vorgefunden. Habe sie gut in der Hand. Sie dürfte sich ohne Schwierigkeiten in Trance versetzen lassen. Sie wird sich gut machen, vorausgesetzt, ihr Körper hält es aus, denn sie ist sehr zart und überanstrengt. Habe Mrs. Ashlott angewiesen, sie aufzupäppeln. Mrs. A. denkt jetzt, ich hätte ein gutes Herz. V.M. hat versucht durchzubrennen. Bin ihr die Treppe nachgejagt und habe sie ins Büro getragen, wo ich ihr suggerierte, ich hätte ihr ein Halsband und eine Kette angelegt. Hat diese Suggestion sehr gut angenommen. Sagte ihr, das Halsband würde sie würgen, wenn sie versuchte, etwas auszuplaudern, und sie ist fast erstickt. Seltsam: die Wirkung war dieselbe wie bei Asthma. Ich muß aufpassen, daß sie nicht eines Tages wirklich erstickt."

Lucas schloß das Buch und legte es in sein privates Safe. Ja, er hatte allen Grund, mit seinem Tagewerk zufrieden zu sein. Seine Sehergabe hatte es ihm ermöglicht, aus der Schar von Frauen, die ihm die Vermittlungsagenturen auf seine Anfrage nach einer Stenotypistin geschickt hatten, ein gutes Medium auszusuchen. Es sah so aus, als ob er einen Haupttreffer erzielt hätte. V.M. war sicherlich sehr sensitiv. Die Frage war nur: war sie stark genug? Das Arbeiten in Trance war sehr anstrengend. Schon die Männer, die als okkultes Telefon dienten, wenn die Logen miteinander in Verbindung traten, waren immer sehr erschöpft, und das, obwohl sie sich abwechselten. Aber er konnte sich nicht eine ganze Schar Sekretärinnen halten, die einander ablösen würden. Die Last lag also auf Veronica allein. Wahrscheinlich würde sie aushalten, so lange er sie brauchte. Alles, was er schließlich wollte, waren die Geheimformeln. Hatte er sie erst einmal erlangt, war er unabhängig. Ja, mit den Geheimformeln und dem

Besitz von General Soburrys Landgut war das Leben für Lucas wieder lebenswert. Nun, er hatte ein vielversprechendes Trancemedium in seine Gewalt bekommen, und der General war wieder krank, wie seine Haushälterin Ashlott erzählt hatte. Die Dinge ließen sich gut an. Dennoch wollte er einen Blick auf sein Horoskop werfen, um zu sehen, was ihm dieses verkündete.

Wie alle, die sich mit der verborgenen Seite der Dinge beschäftigten, kannte Lucas aus Erfahrung den Einfluß des Makrokosmos, des Universums, auf den Mikrokosmos, den Menschen, und er wollte, wenn vermeidbar, sich nur auf ein Unternehmen von so großer Tragweite einlassen, wenn die Sterne günstig standen.

„Es stimmt schon, ein Mensch kann Herr seiner Sterne werden“, pflegte er zu sagen, „aber warum soll ich gegen den Strom schwimmen, wenn ich nur ein wenig warten muß, bis ich mit der Flut schwimmen kann?“. So berechnete er die himmlischen Gezeiten und richtete seine Pläne so ein, daß ihm die Sterne halfen und keine Steine in den Weg legten.

Was er in jener Nacht herausfand, war nicht schlecht. Neptun, der Planet der Okkultisten, hatten einen guten Aspekt im Haus des Glücks und wurde von Mars, dem Kämpfer, verstärkt; die einzige ungünstige Konstellation war Venus, die sehr trübe ins Haus des Todes eingezogen war.

Lucas studierte sorgfältig die Himmelskarte. „Ach, man kann nicht alles haben“, tröstete er sich, „Venus gehört ohnehin zu den Damen, die mich bisher kaltgelassen haben“. Damit ging er zu Bett.

In der Annahme, die Ashlotts würden sich nicht vor sieben Uhr rühren, man im Mädchenheim aber zu dieser Zeit bereits wach wäre, da berufstätige Mädchen früh aufstehen und frühstücken, stellte Veronica den Wecker auf fünf Uhr. So hatte sie genügend Zeit, ihre armselige Habe in zwei Koffer zu packen und ins Mädchenheim zu laufen. Die Heimleiterin war schon beunruhigt gewesen, als sie diesen Posten angenommen hatte, und würde ihr sicherlich helfen, auch wenn Veronica klugerweise das Grauenvollste von allem verschwieg: die Geschichte mit dem Halsband und der Kette, die ihre ganze Erzählung unglaubwürdig erscheinen lassen würde. Die Tatsache, daß Lucas ihr die

Treppe hinterhergejagt war und sie mit Gewalt gehindert hatte, das Haus zu verlassen, würde voll und ganz ausreichen.

Sie fiel in einen unruhigen Schlummer und fuhr immer wieder, von Angst geschüttelt, hoch, jeder Nerv, jeder Muskel gespannt, ihr ganzes Sein zur Abwehr bereit.

Endlich begann es zu dämmern. Als es hell genug war, stand sie auf und packte. Es war noch nicht einmal sechs Uhr, als sie sich auf Zehenspitzen den Korridor entlang schlich. Dieses Mal saß kein Lucas auf der Bank, obwohl sie beinahe erwartet hatte, ihn dort vorzufinden. Niemand versperrte ihr den Weg.

Das Herz klopfte ihr bis zum Hals, während sie weiterschlich. Daß die Ashlotts im Erdgeschoß schliefen, wußte sie, jedoch nicht, wo Lucas' Zimmer war. Ein paar braune schwere Schuhe vor einer Tür einen Stock tiefer verrieten es ihr. Hastig stahl sie sich daran vorbei und wagte kaum zu atmen.

Die Halle war erfüllt von der verbrauchten Luft eines geschlossenen Hauses. Die große Eingangstür bot keine Schwierigkeiten, die Riegel waren nicht vorgeschoben, und nur ein Schnappschloß schützte das Haus vor Eindringlingen, denn Mrs. Ashlotts ‚Herren' kamen und gingen zu jeder Tages- und Nachtzeit. Die Tür ließ sich leise öffnen, aber Veronica wagte nicht, sie hinter sich zu schließen. Einen Augenblick blieb sie auf der breiten Steintreppe stehen. Begann die merkwürdige Kette schon, sich zusammenzuziehen und sie zu würgen? Nichts geschah. Einen Augenblick später eilte sie die Straße hinunter – frei!

Bereits nach fünf Minuten war sie im Mädchenheim, wo die Leiterin, in einen Schlafrock gehüllt, sie überrascht, wenn auch ein wenig mißbilligend, betrachtete.

„Was führt Sie denn zu so früher Morgenstunde nach hierhier?" fragte sie.

Veronica war zu atemlos, um antworten zu können, und die Leiterin, wohl in der Annahme, etwas Unangenehmes müßte passiert sein, schob sie ins Büro, um sie den neugierigen Blicken eines Dienstmädchens zu entziehen. Dort sah sie das Mädchen mit durchdringendem Blick an und wartete auf eine Erklärung. Die Welt ist immer schnell mit einem guten Ratschlag und einer Warnung vor dem Sumpf des Lebens zur Stelle, aber wenn ein junger Mensch erst einmal in der Patsche sitzt, überlegen die lieben Mitmenschen, wie sie es am besten anstellen, nicht mit hereingezogen zu werden.

Verlegen setzte Veronica zu einer Erklärung an:

„Dort, wo ich arbeite, hat es eine kleine Unstimmigkeit gegeben. Mr. Lucas, der Mann für den ich arbeite ... ich glaube, er hat sich vergessen ... wir haben miteinander gerungen ... ich möchte nicht zurückgehen. Kann ich hierbleiben? Ist mein kleines Zimmer noch frei?"

„Ja", sagte die Leiterin etwas ungnädig. „Ja, doch, Sie können schon bleiben, wenn Sie wollen, solange es keine Scherereien gibt, die wollen wir nicht. Ich werde den Hausmeister nach Ihrem Gepäck schicken. Ich habe mir gleich gedacht, daß Sie schlecht beraten waren, diese Stellung anzunehmen."

Sie schwieg und schaute Veronica neugierig an. Jede Frau hat ein Gespür für eine Romanze, selbst wenn es die garstige Geschichte von der „geküßten Tippmamsell" ist, wie sich nach Veronicas halbem Geständnis vermuten ließ.

„Was ist Mr. Lucas eigentlich für ein Mann?" fragte die Leiterin schließlich.

„Er ist ein seltsamer Mensch", begann Veronica langsam zu erzählen. „Der merkwürdigste, der mir je begegnet ist." Die Erinnerung zauberte ihr Lucas' Bild vor Augen: glatte, olivfarbene Haut, eine scharf geschnittene Nase, schmale Lippen, ein energisches Kinn und unheimliche, grün-braune Augen. Was würde er wohl tun, wenn er herausfand, daß sie ihm entschlüpft war? Von diesem Bild gefesselt, das lebhaft vor ihr stand, schwieg sie und vergaß die Gegenwart der Leiterin völlig. Aber, oh Grauen, plötzlich wurde die Erinnerung lebendig, wirklich, sie begann, sich zu bewegen. Eine magere, braune Hand streckte sich wie in der Nacht zuvor nach ihr aus, und eine Stimme – die Leiterin mußte sie doch auch hören! – sagte:

„Ein Stahlband liegt um Ihren Hals. Wenn Sie noch mehr erzählen, werden Sie gleich nicht mehr atmen können. An Ihrem Halsband ist eine Stahlkette befestigt, und ich halte das Ende fest in der Hand. Sie kommen jetzt sofort zurück."

Ein Ruck! Veronica taumelte zwei Schritte zur Tür. Ein neuer Ruck an der Kette, und sie nahm zwei weitere Schritte.

„Wo wollen Sie hin?“ fragte die Leiterin und warf ihr einen argwöhnischen Blick zu.

„Ich – ich habe meinen Entschluß geändert“, stammelte Veronica, „ich muß doch zurückgehen.“

Die Leiterin brach in schallendes Gelächter aus.

„Wenn Sie das tun, brauchen Sie sich hier nicht wieder blicken zu lassen“, schimpfte sie und schlug hinter dem jungen Mädchen die Tür zu.

Auf der Treppe wurde Veronica bewußt, daß ihr damit die letzte Zufluchtsstätte genommen war. Mehr denn je war sie in Lucas' Hand. Ihre Geldbörse hatte sie am Abend zuvor bei dem Kampf auf der Treppe verloren, aber sie hatte ohnehin nur ein paar Schillinge enthalten. Von der Kette, die sie zog, abgesehen, blieb ihr ohnehin nichts anderes übrig, als zu dem geheimnisvollen Haus zurückzukehren. So ging sie denn wieder dorthin.

Mrs. Ashlott putzte gerade die Stufen vor dem Haus, als Veronica eintraf. So brauchte sie nicht zu läuten.

„Na, schon so früh unterwegs?“ fragte die gute Frau und ein Lächeln überzog ihr freundliches Gesicht. „Das hab ich gern, wenn junge Damen früh aufstehen. Die wenigstens können das heutzutage. Zu meiner Zeit war das noch anders. Ich werde Ihnen gleich das Frühstück bringen, Miss, sicherlich sind Sie sehr hungrig.“

Veronica, den Tränen nahe, konnte nicht antworten. Am Eimer vorbei schlich sie ins Haus und die Treppe hinauf. Immer noch standen Lucas' Schuhe vor der Tür auf der Matte, sein warmes Wasser zum Rasieren daneben. Er gehörte wohl nicht zu denen, die Mrs. Ashlotts Wohlwollen für Frühaufsteher verdienten.

In ihrem Zimmer angekommen, warf sich Veronica aufs Bett und fiel in einen bleiernen Schlaf, aus dem sie erst durch Mrs. Ashlott geweckt wurde, als diese im Nebenzimmer den Frühstückstisch deckte.

Während des Frühstücks überdachte Veronica noch einmal ihre Lage. Sie stand ohne jeden Pfennig da; durch ihr seltsames Benehmen hatte sie sich das Wohlwollen der Leiterin des Mädchenheims verscherzt; Lucas hatte sie mehr denn je in der Hand.

Der Gute trällerte derweil fröhlich singend in der Badewanne, sehr zufrieden mit sich und der Welt. Er hatte schließlich auch allen Grund dazu. Veronica, die um zehn Uhr nach seinem Begehr fragen kam, wurde mit der Bemerkung beglückt, sie sähe aus, als hätte sie die Nacht auf dem Dach verbracht, und sie täte gut daran, zur Erholung einen Spaziergang im Regents Park zu machen.

„An der Leine natürlich", fügte er, schadenfroh lachend, hinzu. „Aber wenn Sie artig sind, und ich glaube, Sie werden artig sein, schenke ich Ihnen eine hübsche blaue Schleife für Ihr Halsband. Und wie wäre es mit einem Glöckchen? Möchten Sie gerne ein Glöckchen an Ihrem Halsband haben, Miss Mainwaring?"

Veronica zog sich hastig zurück. Eine von Lucas' Eigenschaften, die ihr so viel Grauen einflößte, war gerade diese lustige Art, mit der er oft die abscheulichsten Dinge sagte. Das, und seine Augen – seine Augen, wenn sich die Pupillen bis zur Größe von Stecknadelköpfen zusammenzogen. Veronica hatte noch nicht viel Lebenserfahrung. Für sie war ein Bösewicht ein Bösewicht, und er mußte auch danach aussehen, aber Lucas sah, obwohl er dunkel war, wie es sich für einen Bösewicht gehört, nicht aus wie ein solcher. Er benahm sich auch nicht so, von dem dramatischen Augenblick abgesehen, als er ihr über die Treppe nachgejagt war. Damals allerdings hatte er sich genauso aufgeführt, wie man sich auf dem Land einen Bösewicht vorstellt. Aber sein späteres gleichgültiges Benehmen hatte diesen Eindruck beinahe völlig verwischt. Nein, Lucas war nicht im geringsten bösartig, es war ihm einfach alles egal. Und darin liegt der Schlüssel zu den schlimmsten Grausamkeiten unserer Welt.

6

Als Veronica von ihrem Spaziergang nach Hause kam, fand sie die Order von Lucas vor, sie solle sich hinlegen und ausruhen, er würde sie abends brauchen. Der zweite Teil der Botschaft genügte, um den ersten unmöglich zu machen. Sie ging auf ihr Zimmer, aber der Schlaf wollte sich nicht einstellen. Unruhig warf sie sich im Bett hin und her und grübelte, was er denn wohl von ihr wolle.

Veronica war jung an Jahren und jung für ihre Jahre. Nach der Schule hatte sie mit ihrer Mutter in einem Dorf in Surrey gelebt. Der Garten, die Kirche, und gelegentlich ein Kaffeekränzchen mit den Damen aus der Nachbarschaft hatten nicht unbedingt dazu beigetragen, ihren Horizont zu erweitern. Bis zum Tod der Mutter waren die Jahre spurlos an ihr vorübergegangen, und erst dieses Ereignis hatte ihrem friedlichen Leben ein Ende gesetzt. Sie war ein liebes, sanftes Mädchen, aber es hatte auch nie einen Grund gegeben, anders als lieb und sanft zu sein. Mutter und Tochter hatten nur füreinander gelebt und sich ihre eigene kleine Welt geschaffen. Die Mutter, eine überzeugte Christin, erzog das Mädchen im Sinne der Kirche, und so lebten sie brav und gottesfürchtig. Aber nichts hatte Veronica auf das Leben jenseits der Grenzen ihres ruhigen Dorfes vorbereitet, und so hatte sie die Grausamkeit der Welt bald am eigenen Leib erfahren: In der Handelsschule war sie den Rücksichtslosigkeiten der Mitschülerinnen wehrlos ausgeliefert gewesen. Die anderen, imstande, dem Druck des Lebens und dem Existenzkampf die Stirn zu bieten, hatten sie rücksichtslos von dem begehrten Platz in der Klasse oder einem bequemen Schrank im Ankleideraum verdrängt, und im Mädchenheim war es nicht anders gewesen.

Jetzt war sie in Lucas' Hand, und genauso hilflos wie bisher. Sie wußte nicht, was sie tun sollte oder an wen sie sich wenden könnte. Sie wußte nicht einmal, ob ihr jetziges Dasein typisch für das Leben in der Arbeitswelt war, und ob ein Protest ihrerseits, wie schon so oft geschehen, als Überempfindlichkeit verspottet werden würde. Sie hatte die Leiterin des Mädchenheims um Hilfe gebeten und zu ihrem Erstaunen erfahren, daß man ihr offensichtlich sogar die Schuld für Lucas' Benehmen zuschob, als ob sich sein Charakter auf den ihren abgefärbt hätte, dem sie nicht hatte Widerstand leisten können, und dem sie sich doch so brennend gern entzogen hätte. Irgendwie hatte die Leiterin des Mädchenheims die Stelle der Mutter eingenommen, der sie denselben Gehorsam und das gleiche Vertrauen entgegengebracht hatte; aber jene, die sich den Gehorsam des Mädchens, eine angenehme Ausnahme unter den unerzogenen Kostgängern, nur allzu gerne gefallen ließ, war doch nicht bereit gewesen, das Vertrauen zu erwidern. Warum sollte sie auch? Sie mußte leben und hatte selbst Sorgen genug, und wollte sich nicht auch noch mit den Problemen anderer belasten.

Nach der Zurückweisung durch die Leiterin waren Veronicas Hilfsquellen erschöpft. Es kam ihr nicht in den Sinn, sich an ihre Mitschülerinnen zu wenden, denn mit keiner von ihnen hatte sie Freundschaft geschlossen, was ihr den Ruf eingebracht hatte, hochmütig zu sein. Hätte sie es jedoch getan, hätten diese sich um sie wie kleine fauchende Katzen geschart, und sie gegen den gemeinsamen Feind, den Arbeitgeber, verteidigt, um so mehr, als dieser ein Mann war, der versucht hatte, die Hilflosigkeit eines Mädchens auszunutzen. Die Häuser der Ärmsten der Armen hätten ihr offen gestanden, und männliche Verwandte dritten und vierten Grades wären um Hilfe für sie ersucht worden, nur allzu bereit zu einem Angriff. Aber Veronica wußte das nicht. Sie hatte nie gelernt, den Sinn der Sprache der einfachen Leute, durch einen Dialekt verstümmelt, zu begreifen und unechter, kitschiger Schmuck vermochten noch immer, Tugenden wie Mut und Großzügigkeit vor ihren Augen zu verbergen. Sie war völlig hilflos, eine Lady, aus ihrer gewohnten Umgebung gerissen, mutterseelenallein in der großen weiten Welt. Lucas hätte wahrhaftig kein besseres Opfer finden können als sie. Sie war mutig und besaß eine schnelle Auffassungsgabe, aber keine Erfahrung, und das Ende war daher abzusehen: Veronica, das Ideal eines jungen englischen Mädchens, würde untergehen.

So stieg sie bekümmert zu ihrem weiß und blau eingerichteten Schlafzimmer hinauf. Der Raum, der sie – nach der Kammer im Mädchenheim – so begeistert hatte, kam ihr jetzt wie ein Pferch vor, in dem man Tiere hält, bevor man sie schlachtet. Sie hatte noch nicht viel vom Leben gesehen, und von Männern noch viel weniger, doch dank ihrer Intuition hatte sie Lucas schnell durchschaut. Seine Sorge für sie glich der Sorge des Schlächters für das Tier, das er mästet, und seine Freundlichkeit war nichts als Heuchelei. Er besaß nicht das geringste Gefühl. Vielleicht hätte sie sich dem erstbesten Polizisten anvertraut, wenn sie nicht eine seltsame Scheu davon abgehalten hätte. Lucas erfüllte sie mit Schrecken, aber gleichzeitig faszinierte er sie. Das Wesen der Suggestion an sich und die subtilen sexuellen Reaktionen, die bei Menschen in Hypnose auftreten können, waren ihr fremd. Das hatte man ihr in der Schule nicht beigebracht. Sie wußte nur eines: Lucas' Macht übte auf sie eine gewisse Faszination aus. Als der Augenblick ihrer nächsten Begegnung mit ihm näherrückte, vertauschte sie ihren zerdrückten Rock und ihre Bluse gegen ein kleines graues Abendkleid, das seit der letzten Tee-Party im Garten von Surrey im Schrank ein Schattendasein geführt hatte. Sie bürstete ihr welliges braunes Haar und schlang ein Band herum. Ihre Augen waren zwar vom Weinen verquollen, und doch war sie jetzt ein ganz anderes Mädchen als das magere, verhärmte Geschöpf, das vor einigen Tagen seinen Fuß über die Schwelle dieses Haus gesetzt hatte.

Um neun Uhr schickte Lucas nach Veronica. Als sie Ashlott über die mit dicken Teppichen bedeckte Treppe zu dem Raum, halb Büro, halb Studierzimmer folgte, in dem Lucas seine Tage verbrachte, klopfte ihr das Herz bis zum Hals. Dort saß er, rauchte seine übliche Pfeife nach dem Abendbrot und winkte ihr beim Eintreten fröhlich zu. Er war bester Stimmung und mit dem Leben zufrieden. Offenbar wurde er immer erst abends munter und war nachts besonders aktiv. Schweigend ließ sie sich in dem großen Sessel nieder, den er ihr angewiesen hatte, und in dem ihre zarte Gestalt völlig verschwand. Lucas stand vor ihr, stopfte seine Pfeife und betrachtete sie spöttisch.

„Na, waren Sie ein braves Mädchen und haben geschlafen?"

Veronica bejahte die Frage mit leiser Stimme.

„Das ist recht. Ich habe Ashlott angewiesen, uns nicht zu stören. Trotzdem werden wir die Tür abschließen. Sie brauchen mich nicht so anzusehen, ich werde Sie nicht fressen. Aber wenn Sie jemand plötzlich weckt, während Sie in Trance sind, wäre das für Sie äußerst unangenehm."

Er ging durch das Zimmer zur Tür und drehte den Schlüssel herum. Dann klopfte er seine Pfeife aus und legte sie fort. Veronica saß wie angewurzelt im Sessel und beobachtete jede seiner Bewegungen, die einen unheimlichen Zauber auf sie ausübten. Sein schneller, geräuschloser Schritt, sein rascher, dennoch anmutiger Gang, all das war anders als bei jedem Mann, den sie bisher gekannt hatte. Er war so lebendig, daß jedes andere Wesen neben ihm leblos, müde und verbraucht erscheinen mußte. Die kühnen Augen mit ihrem seltsamen Glanz, die schlanken Gelehrtenhände mit ihren langen Fingern, das rabenschwarze Haar, über das er mit der Hand strich, wenn er verwirrt war, der hübsche Mund mit den schmalen Lippen, der insgeheim immer auf ihre Kosten zu lachen schien, obwohl der Ausdruck seiner Augen nie heiter war – all dies vermittelte dem Mädchen ein lebhaftes Verständnis für die Persönlichkeit des Mannes. Ohne die unheimlichen Augen hätte Lucas den Eindruck eines angenehmen Mannes gemacht. Mit den Augen jedoch stimmte etwas nicht. Sie hatten nicht den nachdenklichen, nach innen gerichteten Blick eines Mannes, der sich in okkulte Betrachtungen versenkt, sondern es lag eher eine Art Losgelöstsein in ihnen, als gehörte er nicht zu den Wesen, die unsere schöne Welt bevölkern; Lucas stammte von einem anderen Planeten oder aus einer anderen Zeit, er hatte keine Bande zu den Menschen oder ihresgleichen; unsere kleinen Wehwehchen bedeuteten ihm nichts. Woher er gekommen war, dorthin würde er zurückkehren, und als Beute mit sich nehmen, was er uns genommen hatte. Sicher-

---

* Einen Granatapfel mit jemandem essen, bedeutet in der griechischen Mythologie, die Ehe einzugehen.

lich lag es nicht in seiner Absicht, in Persephones* Fehler zu verfallen und die Samen des Granatapfels zu essen, die jene an ihren finsteren Liebhaber band. Veronica, die Lucas betrachtete, spürte, daß er nicht von dieser Welt war und sie von ihm daher auch keine menschliche Barmherzigkeit erwarten durfte.

Unruhig wanderte Lucas im Zimmer hin und her. Er schien zu warten, bis es völlig dunkel war. Als der letzte Lichtschimmer verschwunden war, trat er auf Veronica zu und ließ sich auf die Knie vor ihr nieder, so daß sein regelmäßiges dunkles Gesicht mit dem ihren auf gleicher Höhe war.

„Schauen Sie mir fest in die Augen, Miss Mainwaring", befahl er.

Veronica, die sich sehr fürchtete, aber dennoch fasziniert war, tat wie ihr befohlen. Aus seinen Pupillen pulsierte mit einem seltsamen inneren Leuchten, als sei an der Stelle, wo bei anderen Menschen das Gehirn war, ein helles Feuer, dessen Widerschein durch die Linsen seiner Augen strahlte. Sie war nicht mehr imstande, den Blick abzuwenden. Immer strahlender und heller wurde das Leuchten, und jetzt verschwanden die Augen des Mannes ganz – sie blickte in den Flammenherd, der sich hinter seinem Wesen verbarg. Durch die Flammen hindurch drang sie vor zu dem, was dahinter lag. Plötzlich verlor sie den Boden unter den Füßen und tauchte hinab in grenzenlose blau-schwarze Tiefen und stürzte zwischen den Gestirnen hindurch in den Weltraum. Dann bewegte sie sich in einem Bogen wieder nach oben, so wie der Taucher, der an die Oberfläche schießt. Das Blau wurde lichter und verwandelte sich in die helle Farbe des Saphirs des Himmels vor Sonnenaufgang. Durch die rosigen Wolken der Morgendämmerung kehrte sie zurück und wachte in ihrem Stuhl auf.

Lucas stand in Hemdsärmeln vor ihr. Die grüne Schreibtischlampe brannte noch, obwohl bereits durch das Fenster das Zwielicht des Morgens drang.

„Na? Wieder heil angekommen?" fragte er. „Es war doch gar nicht so schlimm, oder?"

Von dem schrecklichen Sturz in den Weltraum abgesehen, mußte ihm Veronica zustimmen.

Lucas stieß einen Seufzer der Erleichterung aus, der in ein Gähnen überging, reckte und streckte sich und lief durch den Raum, als wolle er wieder Leben in seine verkrampften Glieder bringen. Durch das geöffnete Fenster drang ein kalter Luftzug und wirbelte einen Wust von Papier durcheinander, der auf dem Schreibpult lag und Lucas Handschrift trug. Veronica wunderte sich, woher die Papiere gekommen waren, denn sie hatten noch nicht dort gelegen, als sie vor einigen Augenblicken die Augen schloß. Lucas schauderte in der kalten Luft. Er nahm sein Jacket auf, das auf dem Fußboden lag und zog es an. Plötzlich wurde Veronica bewußt, daß sie ebenfalls fror, so entsetzlich fror, als habe sich die eisige Kälte des Weltraums in ihren Knochen eingenistet. Ein Zittern machte sich in ihrem Körper breit. Lucas lächelte, als hätte er darauf gewartet, und griff nach einer Thermosflasche, die auf dem Schreibtisch stand. Als er sie öffnete, stieg eine kleine Dampfwolke in die Luft.

„Kalt?“ fragte er. „Das ist immer so nach einer Trance. Trinken Sie etwas Heißes. Nehmen Sie einen Schluck Kaffee!“ Er goß den Inhalt der Thermosflasche in eine Tasse, die bereit stand.

„Wenn ich gewußt hätte, daß unsere Sitzung so lange dauert, hätte ich auch für mich eine kleine Erfrischung bereitgestellt. So muß ich mich mit Bier begnügen. Nach einem solchen Ausflug nehme ich nicht gerne Alkohol zu mir. Los, trinken Sie das, während ich mich auf die Suche nach Bier mache.“

Er ließ Veronica allein, die ihren Kaffee voll Verwunderung schlürfte und sich über Lucas' Benehmen wunderte. Obwohl die Stehlampe auf dem Schreibtisch nur ein schwaches Licht verbreitete, wurde es im Zimmer immer heller. Das Licht kam durch das Fenster. Im Efeu zwitscherte und raschelte es, als ob auch die Sperlinge erwacht wären. Veronica war völlig durcheinander und fragte sich, was die Vögel wohl zu dieser Nachtstunde aufgescheucht haben mochte. Lucas kehrte mit dem Bier zurück und schaltete die Lampe auf dem Schreibtisch aus. Jetzt sah Veronica, daß das Zimmer von einem kalten grauen Licht erfüllt war, Zwielicht, aber nicht das des schwindenden Tages, sondern eines dämmernden Morgens. Plötzlich wurde ihr bewußt, daß sieben Stunden ihres Lebens spurlos verschwunden waren. Aber sie hatte doch nicht das Bewußtsein verloren – sie war doch nur einige Augenblicke im Weltenraum versunken und dann wieder aufgetaucht. Es konnte eine halbe, höchstens zwei Minuten gedauert haben, und doch fehlten in ihrem Leben sieben Stunden, ohne daß sie sich auch nur im geringsten daran erinnern konnte. Zur Zeit der Abenddämmerung hatte sie die Augen geschlossen und mit der Morgendämmerung erst wieder geöffnet. Was in dieser Zeit mit ihr geschehen war, würde sie nie erfahren. Die sieben Stunden waren unwiederbringlich verloren, nie würde sie darüber Rechenschaft abgeben können. Da stand Lucas, sehr müde, aber sonst ganz der alte; dort lag ein Stoß Manuskripte, die anscheinend in diesen Stunden geschrieben worden waren und deren Inhalt sie nicht kannte, und durch das Fenster wehte ein kühles Morgenlüftchen, das die heiße Londoner Nacht abgelöst hatte.

Ein neues Grauen war in Veronicas Leben getreten, das Grauen vor der Frage, was in den vergangenen sieben Stunden mit ihr geschehen war. Schließlich sah sie Lucas durchdringend an, als könnte sie ihn mit der Kraft ihres Blickes zur Wahrheit zwingen.

„Was ist geschehen?"

„Sie sind ausgestiegen."

„Was heißt ausgestiegen?"

„Aus Ihrem Körper ausgestiegen. Ihre Seele hat Ihren Körper verlassen, ich habe sie hinausgejagt."

„Aber warum?"

„Weil ich Ihren Körper als Empfangsgerät für ein drahtloses Telefon benutzt habe. Wenn Ihre Seele in Ihrem Körper ist, reagieren Ihre Stimmbänder auf die Reize Ihrer Gehirnnerven und kommen als Sprache zum Ausdruck. Aber wenn Ihre Seele den Körper verlassen hat, können die Gehirnimpulse anderer Menschen auf Ihre Stimmbänder einwirken. Dann sprechen diese durch Sie. Können Sie Deutsch? Nein? Nun, heute nacht haben Sie fließend Deutsch gesprochen und mir viel von dem erzählt, was ich wissen wollte. Das ist der Grund, kleines Mädchen, warum ich Sie brauche. Und deshalb möchte ich Sie behalten. Sie können herumgehen und sich die Zeit nach Belieben vertreiben, solange Sie Ihrem Empfindungsvermögen nicht schaden, aber Sie dürfen nie ganz fortgehen."

Er trat dicht an sie heran und sah ihr tief und fest in die Augen. „Sie können nur so weit gehen, wie Ihre Kette reicht, weiter nicht – verstanden?"

Veronica hörte ihm zu, ohne den Sinn seiner Worte zu erfassen. Sie gingen über ihren Horizont. Eins jedoch begriff sie: Lucas benutzte sie für merkwürdige Dinge, er schätzte sie als Werkzeug und würde sie von nun an wie ein Haustier, das seinem Herrn zu Diensten ist, halten. Grauen und Furcht überkamen sie. Das Ganze hatte nichts Menschliches mehr an sich. Lucas betrachtete sie nicht als menschliches Wesen, sondern als ein sehr wertvolles Werkzeug oder Instrument; die Zwecke, für die er sie benutzte, waren keine menschlichen, aus sinnlicher Begierde oder Habsucht geboren, sondern übermenschliche und lagen völlig außerhalb unseres irdischen Lebens. Was er vorhatte, wußte sie nicht, aber sie wußte eins: er fügte ihrer Seele Schaden zu. Trotz seiner Liebenswürdigkeit und Freundlichkeit tat er ihr Böses an, wenn auch nicht im körperlichen, so doch im seelischen Sinne, was letzten Endes viel schlimmer war. Kalte Todesangst packte sie, keine physische, die der menschlichen Schlechtigkeit galt, sondern eine Angst vor überirdischen Phänomenen, denn mit einem Menschen hatte Lucas nicht viel gemein. Und dennoch: Während er am Tisch saß, mit den Beinen baumelte und aus einer Teetasse Bier trank, machte er nicht nur einen sehr menschlichen Eindruck, sondern er sah auch aus wie jeder andere. Erneut starrte sie ihn durchdringend an und versuchte zu ergründen, welche Züge an ihm nicht menschlich waren. Es waren seine Hände, seine Augen und, seltsamerweise, seine Füße. Veronica konnte nicht erklären, warum sie die Füße in ihre Aufzählung mit einschloß, aber sie tat es.

Als Lucas aufsah, traf sein Blick den ihren – über die Teetasse hinweg lächelte er ihr zu.

„Gehen Sie schlafen, Miss Mainwaring", befahl er.

„Ich bin aber nicht müde," erwiderte sie.

„Natürlich. Ich habe vergessen, daß Sie sieben Stunden einen besonders tiefen Schlaf genossen haben. Also gut: Sie sind nicht müde, aber ich bin es. Gute Nacht oder Guten Morgen, was auch immer Ihnen besser gefällt."

7

Veronica fand bald heraus, daß ihr Leben nach weltlichen Gesichtspunkten leicht war. Keine Plackerei mit Maschineschreiben oder Buchhaltung. Den lieben langen Tag konnte sie machen, was sie wollte: lesen, nähen, stricken, spazierengehen oder ins Kino. Nur überanstrengen durfte sie sich nicht. Dann wurde Lucas böse.

Drei oder vier Mal in der Woche kam Ashlott, um sie ins Büro zu holen. Dann sah ihr Lucas tief in die Augen, schickte ihre Seele in den Kosmos und benutzte ihren Körper für seine Zwekke. Im Morgengrauen kehrte ihr Ich geängstigt, verwirrt und vor Kälte zitternd in die leere Hülle zurück. Doch nie wieder verlor sie ihr Erinnerungsvermögen so vollständig, wie beim ersten Mal. Bruchstücke blieben zurück. Manchmal, wenn sie im Sturzflug in die Tiefe raste, erkannte sie Fratzen, die sie schwermütig anschauten oder frech angrinsten. Dann umrundete sie wie ein erschreckter Vogel den Nadir, um zu den Dämmerwolken emporzuschießen. In einer schrecklichen Nacht, die sie nie vergessen würde, hatten Gespenstergestalten sie durch den Weltraum gejagt, und sie war lange vor der befohlenen Zeit vor Entsetzen schreiend aufgewacht. Lucas stand vor ihr und drückte sie halb verärgert, halb bestürzt in den Sessel. Sie hatte ihm von den Teufelsfratzen und den Krallenhänden erzählt, aber er hatte nur mit den Schultern gezuckt und weder eine Bemerkung gemacht noch eine Erklärung abgegeben. Dennoch dauerte es diesmal länger, bis er sie wieder rufen ließ. Drei Wochen war sie nun schon in diesem seltsamen Haus. Ein schwüler September war einem glühendheißen August gefolgt. Eines Tages kam Lucas, einen Schlüssel in der Hand, zu ihr:

„Es tut mir leid, daß ich nicht eher daran gedacht habe. Hier ist der Schlüssel zum Garten. Wenn ich fort bin, können Sie sich dort unten aufhalten. Übrigens, ich werde am Wochenende wegfahren."

Kurze Zeit später sah sie ihn in der Kluft eines Motorradfahrers davonbrausen und nahm an, er werde seine Ferien auf dem Land verbringen. Voll Sehnsucht dachte sie an klare, vom Wind verwehte Landschaften und frische Luft. Bloomsbury, zu keiner Jahreszeit ein sehr angenehmer Teil Londons, ist im Sommer unerträglich, eine Einöde, ein Tummelplatz für Katzen. Also ging Veronica in den Garten hinunter, wo sie mit einem kränklichen Kind Ball spielte, dessen Kindermädchen es vorzog, einen Schmöker zu lesen. Als das Kind den Garten verließ, holte sich Veronica ein Buch und ließ sich unter einem der Bäume nieder. Wenn der Garten auch durch die Hitze vertrocknet und welk war, bot er dem Auge doch einiges an Grün, und sie war dankbar, daß sie nicht in den vier Wänden eingesperrt war.

Indessen hatte Lucas den Londoner Verkehr hinter sich gelassen und sauste mit beträchtlicher Geschwindigkeit nach Norden. Auch er war froh, der Enge aus Stein und Mörtel entronnen zu sein. Es war lange her, seit er das letzte Mal mit seinem Motorrad unterwegs gewesen war. Da er sich so viel mit Veronica und den Informationen beschäftigte, die er von ihr erhielt, mußte er die freien Tage am Wochenende für seine gewöhnliche Arbeit verwenden. Aber das spielte keine Rolle, ein solches Medium würde er so schnell nicht wieder finden. Klar wie eine Glocke, erklangen die Botschaften aus ihrem Mund, und es gelang ihm, Stück um Stück, die Rituale der höheren Grade der großen Bruderschaft, der er angehörte, wie ein Puzzle zusammenzusetzen. Er kicherte bei dem Gedanken daran, was sein Geheimschrank inzwischen alles verbarg.

Er sauste den Nordhang der Hügel hinunter, die London vor den kalten Winden schützten, und ließ die dumpfe Luft der Stadt hinter sich. Der Wind sang in seinen Ohren, und sein Blut sang mit, denn er war ein Mann, noch jung, und auch wenn er seine ganze Kraft für die okkulten Studien eingesetzt hatte, bedeutete dies noch lange nicht, daß er kein Mann mehr war. Manchmal fragte er sich, ob sie es wert war, diese strenge Askese, der

Verzicht auf die Dinge, die das Leben für die meisten Menschen lebenswert erscheinen lassen. Vor und hinter ihm fuhren andere Motorräder, manche mit einem Beiwagen, und manche hatten ein Mädchen auf dem Rücksitz. Lucas hatte nie ein Mädchen dabei gehabt, höchstens einmal einen der Brüder, der in Eile war, aber nie ein Mädchen. Frauen spielten in seinem Leben keine Rolle. Der Orden, dem er angehörte, ließ keine Frauen zu, und die wenigen, die er in seiner Zeit als Journalist gekannt hatte, waren aus seinem Leben verschwunden, als er dem Orden beigetreten war.

Unterwegs kehrte er in einem Wirtshaus ein. In der Nische am Fenster saßen ein junger Mann und ein Mädchen, tranken Tee, verzehrten Eier mit Brunnenkresse und neckten sich verliebt. Lucas war kein Eremit. Wenn die Farbe seiner Haut nicht trog, floß in seinen Adern das Blut der romanischen Rasse, und sein Temperament ähnelte der Lebhaftigkeit der Südländer. Er beobachtete den Mann und das Mädchen und fühlte sich verloren. Zum ersten Mal seit vielen Jahren betrachtete er wieder aufmerksam eine Frau. Es mußte doch lustig sein, mit einem Mädchen hinauszufahren. Aber er hatte seine Arbeit, und nichts durfte ihn dabei stören. Und dennoch: warum sollte er auf alle angenehmen Dinge des Lebens verzichten? Dann wäre er schließlich nicht besser dran als General Sawberry, der außer seinem Rollstuhl und seinem Atmungsgerät nichts anderes mehr kannte. Warum sollte er wie ein Sklave arbeiten, um Macht und Unabhängigkeit zu erringen, und dann, endlich am Ziel angekommen, wäre er zu alt und zu verbraucht, um die Früchte seiner Arbeit genießen zu können. Nachdenklich trank Lucas seinen Tee. Ein neuer Gedanke war ihm in den Sinn gekommen, sorgfältig erwog er das Für und Wider. Was würde geschehen, wenn er die so lange vernachlässigten Annehmlichkeiten des Lebens zuließ? Im Orden, dem er als Schüler angehört und gedient hatte, zu völliger Selbstbeherrschung erzogen, war es ihm nicht schwergefallen, die Frauen und alles, was mit ihnen zusammenhing, aus seinem Leben zu verbannen. Seine Studien hatten ihn so stark in Anspruch genommen, daß Körper und Geist voll und ganz beschäftigt waren. Er hatte daher kaum etwas vermißt oder sich nicht bewußt gemacht, wie sehr sich sein Leben von dem anderer unterschied, bis er zum einsamen Beobachter des uralten Spiels zwischen Mann und Frau geworden war. Wäre er in seiner fast klösterlichen Einsamkeit in dem alten Haus in Bloomsbury geblieben und hätte sich um keine andere Frau als Mrs. Ashlott gekümmert, die zwar eine gute Seele, aber durchaus nicht dazu angetan war, einen jungen Mann vom Pfad der Tugend abzubringen, hätte seine Männlichkeit in ihm weiter geschlummert. Aber so hatte er zugelassen, daß Veronica als störendes Element in seine Abgeschiedenheit eingedrungen war. Als er sie zum ersten Mal gesehen hatte, erschöpft, mager, schäbig gekleidet, war sie, genauso wenig wie die gute Frau des Butlers, der Traum seiner schlaflosen Nächte gewesen. Er hatte sie in die Klasse der Alltagsfrauen eingereiht, im Gegensatz zu den wundervollen Frauen, die es in Romanen und auf der Bühne gab. Für ihn war Veronica etwas Unpersönliches, ein Werkzeug, das seinen Zwecken dienen sollte wie eine Schreibmaschine oder ein Telefon. Er hatte sie benutzt, wenn er sie brauchte, und wieder in die Ecke gestellt, wenn er fertig war. Zu ihrem Unglück jedoch war Veronica nach ihrem Einzug in das große Haus nicht dieselbe geblieben. Um ihre Leistungsfähigkeit zu erhalten, hatte Lucas sie von Mrs. Ashlott aufpäppeln lassen, und das Ergebnis konnte sich sehen lassen, nicht nur das psychische. Die fahle Blässe der Haut war verschwunden, die trüben Augen hatten an Glanz gewonnen, und ihre zerbrechliche Gestalt war überraschend voller geworden. Mit der Rückkehr der Lebenskraft hatte sich auch ihre Spiritualität verändert. Ihre innere Kraft, die bisher allein dazu gedient hatte, sie am Leben zu erhalten, begann allmählich, sich in kaum wahrnehmbaren Schwingungen auszubreiten, so daß es Lucas, der die Ausstrahlung einer Person sofort zu erkennen vermochte, nicht verborgen geblieben war.

Veronica, die Lucas mit den gleichen Augen betrachtete wie ein Vogel die Katze, hatte nicht ein einziges Mal ihre weiblichen Tricks, die selbst die unerfahrensten Frauen beherrschen, angewandt, aber die Flut ihrer Sexualität war ausgeströmt, und Lucas, der sich so sorgsam vor all diesen Verführungen geschützt hatte, stand schon in Flammen, ehe er wußte, wie ihm geschah. Er hatte ein Band geknüpft, und ein Wesen der Außenwelt hatte es genutzt, hatte sich daran entlang gehangelt und war in sein

Innerstes eingedrungen, wo es die schwachen Barrieren niedergerissen hatte. Und durch den Spalt, so schmal er auch war, brach sich die Flut der Sexualität Bahn.

Veronicas Gegenwart verstärkte sein Selbstbewußtsein und seinen Lebensdrang. Wenn sie um ihn war, erschien ihm das Leben in leuchtenderen Farben, sie war Motivation für ihn, und wenn sie nicht bei ihm war, traten bei ihm Entzugserscheinungen auf, wie sie einem Alkoholiker nicht unbekannt sind. Das Leben kam ihm schal und sinnlos vor.

All dies ging ihm, wenn auch nicht klar, durch den Kopf, als er das schwere Motorrad wieder auf die Straße schob und nachdenklich stehenblieb. Er war sich nur bewußt, daß er etwas vermißte, das amüsant schien, und fragte sich, ob es sich lohnte, es sich zu verschaffen. Den tieferen Grund dieses Impulses fand er nicht. Sonst hätte er London ohne Zögern den Rücken zugewandt und wäre mit seiner kleinen Maschine die Landstraße hinunter geflüchtet. Nie hätte er das Bersten der Dämme, die er so sorgfältig errichtet hatte, riskiert, um seine Kräfte bei sich zu behalten. Aber die Natur ist ein altes schlaues Weib, das eifersüchtig über alles wacht; sie enthüllte ihm die Bedeutung des Rufes nicht, der in seinen Ohren klang, und duldete schon gar nicht, daß ihr eines ihrer Kinder den Gehorsam verweigerte; der Mensch war nicht zum Alleinsein geboren, und es war nicht gut, daß eines ihrer Wesen sich von den Zwängen des Miteinanders befreite, so lange es noch imstande war, die Vorteile sozialer Bindungen zu genießen.

Okkulte Macht kann auf zwei Arten erworben werden: Entweder indem der Mensch in Bereiche vordringt, in denen Kraft noch nicht in eine Form gebracht worden ist, sondern noch brach liegt, frei, sich in jeden sich öffnenden Kanal zu stürzen. Oder er kehrt zum Ursprung zurück, um sich dort unverbrauchte Kraft zu holen. Lucas hatte den zweiten Weg gewählt. Mit den Gaben der modernen Wissenschaft gesegnet, hatte er sich freiwillig auf eine frühere Stufe der Entwicklung begeben, in eine Zeit, wo der Raum noch leer war und die Formen erst geschaffen wurden, eine Zeit, die vor jener lag, in der Jehovah den Menschen gelehrt hatte, daß er seines Bruders Hüter und für ihn verantwortlich sei. Lucas, der Ungesellige, der Einzelgänger, war in den Strom der Evolution gerissen worden. Er, der ausgezogen war, um die Herrschaft über seine Art zu gewinnen, war auf dem Weg zur Vollkommenheit zu Samson geworden, den man seiner Locken beraubt hatte. Die Quelle seiner Kraft war die völlige Freiheit von jeglichem Gefühl der Verpflichtung seinen Mitmenschen gegenüber.Er erkannte weder Skrupel noch Mitleid, und so hatte er den Menschen gegenüber, die mit beidem zu kämpfen hatten, einiges voraus. Der Okkultist auf dem Pfad zur Linken kann, ähnlich wie der Faden einer elektrischen Glühlampe, nur in einem moralischen Vakuum leuchten. Lucas' Seele aber war jetzt nicht mehr hermetisch verschlossen.

Gut, daß ihm das nicht bewußt war. Es wäre der Anfang vom Ende gewesen, denn ein Fürst des Bösen muß ein Sklave des Guten werden; ein Sklave, der manches einstecken muß, bevor er wieder an den Scheideweg gelangt, wo er einst den Pfad zur Linken gewählt hat. Die Natur hatte Lucas zu ihrem Gefangenen gemacht. Würde er rechtzeitig entkommen, um seinen eigenen dunklen Pfad weiter zu verfolgen? Oder würde er von dem immer stärker strömenden Sog mitgerissen und in die Tiefe gezogen werden, aus der er sich einst mit übernatürlichen Kräften emporgearbeitet hatte, um noch einmal den mühsamen, schmerzvollen Aufstieg zu beginnen? Würde er, Äonen hinter der Entwicklung seiner Mitmenschen, dabei schmerzhaft leiden, weil er die Erinnerung an das Gute nicht ganz verloren hatte?

An jenem Tag war zum ersten Mal seit seiner Kindheit ein Gedanke haften geblieben, der nicht um sein eigenes Ego gekreist war – er hatte Veronica den Schlüssel zu dem Garten ausgehändigt. Die Natur hatte ihn an der Nase herumgeführt. Denn wer einmal zum Bösen gesagt hat ‚Sei Du mein Heil', darf seinem dunklen Herrn nicht die Treue versagen, denn sein Gott ist der eifersüchtigste aller Götter, und seine menschliche Natur wird ihn verraten, wenn er auch nur einen einzigen Gedanken von seinem Pfad der dunklen Tugend abweicht. Nur der ganz Starke darf hoffen, gegen die Strömungen des Kosmos anschwimmen zu können.

8

Die Sonne war untergegangen und hatte mit ihrer Glut Londons Schornsteine übergossen. Ihre letzten Strahlen waren verblichen, aber Veronica saß immer noch in dem armseligen Garten am Bloomsbury Square. Seit sie das kleine Dorf in Surrey verlassen hatte, war sie der Natur nie mehr so nahe gewesen, und das Leben, das sie damals führte, kam ihr fast wie eine Erinnerung an ein anderes Leben vor. Sie war erschöpft und apathisch. Kein Lüftchen regte sich, und die Schwüle des Sommertages lastete drückend auf ihr. Gedankenverloren starrte sie vor sich hin, denn Lucas hatte alles getan, um ihren Denkprozeß zu verlangsamen. Tief in ihrem Inneren fürchtete sie sich zwar immer noch, plante aber keine Flucht mehr. Zu hilflos fühlte sie sich, zu sehr in Lucas' Gewalt, als daß sie gewagt hätte, sich mit ihrem Kerkermeister anzulegen. Sie hegte nur noch eine schwache Hoffnung, daß er sie nicht bewußt leiden lassen und ihr keine Bürden auferlegen würde, die sie nicht tragen könnte.

So bemerkte sie den Mann nicht, der hinter dem Gitter stand und sie durch die Ligusterhecke beobachtete, die den Garten umschloß. In ihre Gedanken versunken, hatte sie den Platz in London vergessen und war wieder daheim im Hügelland von Surrey. Ein Tagtraum nach dem anderen zog vor ihrem geistigen Auge vorüber. Der Märchenprinz, der ihr in Wirklichkeit noch nie erschienen war, wurde aus seinem Schloß herbeigefleht und mit der Aufgabe betraut, den Drachen zu erschlagen (der Drache war natürlich Lucas). Dann würde sie sich wie ein Vogel in die Lüfte erheben, davonfliegen und endlich Ruhe haben. Für sich selbst baute sie keine Luftschlösser, die Hügel von Surrey waren für ihre müde kleine Seele gut genug. Sie dachte an die Kletterrosen, die Birnbäume und die blauen Lupinen ihres kleinen Gartens, an die alte Dienerin, halb Pflegerin, halb Haushälterin, die im Garten Tee serviert hatte, und an die schnurrende Katze auf dem Flickenteppich vor dem Küchenherd.

Währenddessen beobachtete der Mann sie weiter durch die Hecke.

Sie erhob sich, legte ihre vernachlässigte Handarbeit zusammen und schritt langsam über den verdorrten Rasen auf das Tor zu. Die Dämmerung war einer schwülen dumpfen Nacht in der Stadt gewichen und nahm selbst der Dunkelheit ihre wohltuende Wirkung. Am Tor angelangt, wurde sie gewahr, daß ein Augenpaar sie anstarrte. Sie war so in ihre Wachträume versunken, daß die Augen nicht zu einem Gesicht zu gehören schienen. Erst eine Stimme riß sie aus ihren Träumen.

„Das Tor ist zugesperrt. Sie müssen aufschließen, wenn Sie hinauswollen", hörte sie eine Stimme, und plötzlich stand sie Lucas gegenüber...

Sie zuckte zusammen und kehrte in die Wirklichkeit zurück, der sie auf den Flügeln der Phantasie entflohen war. Sie hatte davon geträumt, zu Hause in der kleinen Villa in Surrey zu sein, wo die Katze schnurrte, der Teekessel sang, und die Birnen an der Mauer des Hauses reiften. Das seltsame Leben in dem Haus am Bloomsbury Square war nur eine Phantasie, die sie sich zu ihrem eigenen Vergnügen ausgemalt hatte, und die sie nach Belieben abschütteln konnte. Aber jetzt, als Lucas' seltsame Augen in die ihren starrten, tauchte sie wieder in das Tagesbewußtsein ein, wie ein Schwimmer aus dem tiefen Wasser, mit einem Schock, nach Luft schnappend, heftig kämpfend, um den Kopf über Wasser zu halten.

Die Suche nach dem Schlüssel bot ihr einen Vorwand, die Augen von Lucas abzuwenden, was ihr stets schwerfiel, wenn er sie erst einmal mit seinem Blick gefesselt, denn sie wartete immer noch auf die Veränderung in seinen Pupillen, für jeden Augenblick dankbar, den sie normal blieben. Das rostige Schloß gab widerstrebend nach, und sie stand vor Lucas. Dieser schien seinen Gedanken nachzuhängen, aber das Mädchen hatte das Gefühl, von ihm heimlich beobachtet zu werden. Immer noch schweigend öffnete er die Haustür und machte in der dunklen

Halle Licht. Ohne ihn eines Blickes zu würdigen, steuerte sie geradewegs auf die Treppe zu und warf ihm über die Schulter ein freundliches ‚Gute Nacht‘ zu, auf das er nicht einging. Als sie den ersten Treppenabsatz überquerte, sah sie, daß er sie immer noch beobachtete und unverändert dort stand, wo sie ihn verlassen hatte, Gesicht und Kleidung grau vom Staub der Straße. Sie hastete in die schützende Dunkelheit des oberen Stockwerks und war dankbar, diesem verwirrenden, prüfenden Blick entgehen zu können. Warum war er so unerwartet zurückgekommen? Warum sah er sie so seltsam an, als ob er sie nie zuvor gesehen hätte? Auf keine der Fragen fand sie eine Antwort. Diese Unsicherheit war nicht unbedingt beruhigend, und so graute bereits der Morgen, als sie in einen unruhigen Schlummer fiel.

Sie beendete gerade ihr Frühstück, als sich die Tür öffnete und Lucas auf der Schwelle erschien.

„Ich möchte Ihnen empfehlen“, sagte er, „dieses Mousselinkleid auszuziehen und etwas Altes anzuziehen und einen Hut, den der Wind nicht vom Kopf wehen kann, und wenn Sie ein liebes Mädchen sind, nehme ich Sie auf eine kleine Spritztour mit.“

Veronica starrte ihn verständislos an. Welches neue Experiment hatte er jetzt im Kopf? Er beobachtete sie mit amüsiertem Lächeln.

„Meinen Sie nicht auch, Sie hätten einen kleinen Urlaub verdient?“ fragte er. „Sind Sie jemals auf dem Sozius eines Motorrads gefahren? Es macht großen Spaß, dessen kann ich Sie versichern. Ich dachte, wir könnten nach Brighton zum Lunch fahren, uns ein Konzert oder etwas ähnliches zu Gemüte führen und dann in der abendlichen Kühle zurückkommen.“

Veronica starrte ihn immer noch stumm an, und das Gesicht des Mannes verdunkelte sich.

„Sie machen ein Gesicht wie sieben Tage Regenwetter. Glauben Sie, ich wollte Ihnen die Kehle durchschneiden?“ fragte er scharf.

„Eh, nein,“ antwortete Veronica, „ich – ich habe Sie nur nicht sofort verstanden.“

„Nun, dann verstehen Sie mich jetzt. Los, machen Sie schon und holen Sie Ihre Sachen“, ordnete er an, drehte sich auf dem Absatz um und verließ den Raum.

Das Gefühl, daß etwas nicht stimmte, ließ ihn nicht los. So hätte der kleine Ausflug nicht unbedingt beginnen sollen, und als Veronica zögernd und mit bleiernden Füßen zehn Minuten später die Stufen hinunterstieg, vertiefte sich dieser Eindruck. Immer noch schweigend kletterte sie kurz darauf auf den Beifahrersitz, zweimal mußte er ihr sagen, den Ledergurt um seine Taille fester zu packen.

„Wenn Sie sich nicht festhalten, werden Sie in der ersten Kurve herunterfallen“, sagte er ärgerlich und warf die Maschine mit einem Ruck an, wie um seiner Anordnung Nachdruck zu verleihen. Veronica klammerte sich in Panik an ihn und schloß die Augen, als sie in den Verkehr der Hauptstraße hineinschossen. Als sie sie einen Augenblick später wieder öffnete, starrte sie direkt in die Augen einer Frau, die auf einer Verkehrsinsel in der Mitte der Straße stand. Das Gesicht war vertraut, aber einen Augenblick lang konnte Veronica es nicht einordnen. Etwas in dem mißbilligenden Blick jedoch lenkte ihre Gedanken auf die Sekretärinnenschule, und da fiel ihr ein, daß es die Sekretärin war, die sie so prüfend ansah. Sie war eine enge Freundin der Leiterin des Mädchenheims, und Veronica zweifelte nicht im geringsten daran, daß ihr Abenteuer Anlaß zu Diskussionen geben würde, wenn sich die zwei Busenfreundinnen trafen. Sie zuckte die Schultern. Was auch immer geschehen würde, sie war verdammt. Nach den Richtlinien der Schule sollte ein Mädchen nicht den geringsten gesellschaftlichen Kontakt mit einem männlichen Arbeitgeber pflegen. Tat sie es dennoch, dann hatte sie es sich selbst zuzuschreiben, wenn es Ärger gab, denn die Sympathie der anderen durfte sie nicht erwarten. Das galt auch für Veronica, die nach all dem Theater mit Lucas auf dem Beifahrersitz seines Motorrads saß, ihn um die Taille gefaßt hatte und mit ihm auf dem Weg ins Wochenende war. Der Ausdruck in den Augen der Sekretärin war eindeutig: die Vermittlungsstelle der Schule würde ihr von nun an verschlossen sein. Kein Zweifel, die Sterne standen für Lucas günstig.

Veronica lockerte ihren Griff um den Ledergurt und saß schlaff auf dem Beisitz, ohne sich festzuhalten.

„Um Himmels Willen, halten Sie sich fest, Sie werden sich den Hals brechen", rief Lucas ärgerlich aus.

„Das ist mir egal", antwortete Veronica, „oder besser, es ist genau das, was ich will!"

Er griff nach hinten, nahm ihre kraftlose Hand in seine und legte sie wieder an seinen Ledergurt.

„Wir werden uns beide den Hals brechen, wenn Sie nicht aufpassen", sagte er, und steigerte das Tempo noch mehr.

Als sie die ersten Hügel, die London gegen den Süden abgrenzten, erreicht hatten, herrschte immer noch Schweigen, und schließlich fuhren sie die lange Steigung ins Tal hinunter.

„Nun, macht es Ihnen Spaß?" rief er über die Schulter dem Mädchen hinter sich zu, aber sie hörte ihn nicht, der Fahrtwind verschluckte jegliches Geräusch. Er jedoch dachte, ihr Schweigen wäre Absicht und ließ die Maschine den Hügel ohne zu bremsen, mit röhrendem Auspuff hinabsausen,als wollte er sie beide auf dem schnellsten Weg in die Hölle befördern.

Unten angekommen, brachte er die Maschine zum Stehen, rutschte vom Sitz und baute sich vor ihr auf der Straße mit blitzenden Augen auf.

„Wollen Sie sich weiterhin so albern benehmen?" fragte er.

Veronica starrte ihn an. Das war ein anderer Lucas als der, den sie bisher kannte, einer, vor dem sie nicht die geringste Angst verspürte. Dieser hier war ein Mensch.

„Ich weiß nicht, was Sie meinen", sagte sie.

„Ich meine – wollen Sie den ganzen Tag schmollen?"

Veronica schaute in die Äste der Bäume hinauf, die sich über ihren Köpfen trafen, und in den blauen Himmel darüber. Sie hatte keine Hoffnung mehr, ihre letzte Zufluchtsmöglichkeit war verloren und seltsamerweise auch ihre Angst.

„Es ist mir völlig egal, was Sie tun", sagte sie. „Sie können mit mir machen, was Sie wollen, und wenn Sie mich umbringen, ist es mir auch egal."

„Sie mögen mich also nicht?"

„Nein."

„Warum?"

„Weil Sie nicht gut für mich sind. Ich kann es nicht in Worte kleiden, aber Sie wissen genau, was ich meine."

„Was tue ich Ihnen denn?"

„Ich weiß es nicht. Ich weiß nicht, was Sie mir antun, aber es ist alles falsch. Sie haben kein Recht dazu. Das weiß ich!"

„Ah, Sie sind also eine von diesen Leuten, die glauben, es wäre ungesetzlich, den Dingen auf den Grund zu gehen?"

„Ich weiß nicht, was Sie meinen, aber ich weiß, daß Sie auf dem falschen Weg sind."

„Aber Sie wissen nicht, warum ich es tue."

Sie sah ihn überrascht an. Diesen Ton von ihm kannte sie nicht.

„Hören Sie, Veronica, ich bin hinter einer großen Sache her, so ungeheuer, wie Sie es sich nicht vorstellen können. Sie bedeutet alles für mich, und es ist der einzige Weg, dieses Ziel zu erreichen. Helfen Sie mir, stehen Sie es mit mir durch. Ich schwöre Ihnen, Sie werden es nicht bereuen. Seien Sie meine Verbündete, Veronica!"

Das war nun tatsächlich eine Umkehrung ihrer Positionen, Lucas der Zurückhaltende, Lucas der Aristokrat, bat um etwas, und es lag in ihrer Macht, es ihm zu geben oder zu verwehren! Warum nur arbeitete ihr Verstand so langsam? Sie war nicht in der Lage,ihm zu antworten.

Dann sprach der Mann erneut.

„Hören Sie, ich werde Ihnen sagen, worauf es mir ankommt. Auf Wissen, Veronica, Wissen, mit dem ich die Welt verändern kann. Wenn ich dieses Wissen habe, werde ich die einzelnen Länder dazu bringen können, abzurüsten. Ich könnte die Regierungen zwingen, soziale Reformen zu machen, all das könnte ich tun, und einiges ist im Ansatz bereits geschehen – denn die Narren, die dieses Wissen haben, nutzen es nicht und wollen nicht zulassen, daß ich, der dazu imstande ist, es nutze. Das ist der Grund, warum ich es stehlen muß, Veronica."

„Ich weiß überhaupt nicht, wovon Sie reden, Mr. Lucas", sagte Veronica, „aber ich denke, ‚sie' tun ganz recht, es ihnen nicht zu geben. Ich würde Ihnen auch nicht trauen."

Lucas schnappte nach Luft. Noch nie hatte man ihn einfach beiseiteschieben können, und dieser Angriff der kleinen Veronica, die sich bis jetzt wie ein Mäuschen verhalten hatte und kaum den Mund aufbekam, selbst wenn man sie direkt ansprach, raubte ihm den Atem.

„Was meinen Sie? Warum würden Sie mir nicht trauen? Was habe ich Ihnen getan?“

„Ich weiß nicht, was Sie mit mir machen, aber Sie wissen es. Ich weiß nur, daß es mir schadet, und Sie wissen es auch. Aber weil ich mich nicht so gewandt ausdrücken kann wie Sie, glauben Sie, ich wäre zu dumm, um Sie zu durchschauen. Mag sein, Mr. Lucas, daß ich nicht viel weiß, aber vieles spüre ich. Ich kann es beinahe riechen, und ich weiß, daß Sie auf dem Holzweg sind, und zwar von Anfang an. Sie handeln nicht nur falsch, Sie sind falsch.“

„Was meinen Sie damit? Wieviel wissen Sie?“

„Ich weiß gar nichts, und ich gebe auch nicht vor, etwas zu wissen, aber ich habe ein Gespür für manche Dinge, und ich spüre, daß Sie nicht einer von uns sind.“

„So! Aber wenn ich nicht einer von Ihnen bin, wer bin ich dann?“

„Ich weiß es nicht. Ich weiß nur, daß Sie anders sind. Wenn ich zu jemandem sagen würde ‚Sie tun mir weh‘, würde er aufhören, Sie jedoch würden nur sagen ‚Machen Sie nicht so viel Geschrei‘. Sie fühlen nicht wie wir, Sie gehen einen anderen Weg.“

Lucas blickte mit Augen, die nichts zu sehen schienen, in den dunklen Schatten des Waldes. Lange Zeit herrschte Schweigen.

„Ja, es ist schon richtig. Ich gehe einen anderen Weg, und ich bin verdammt einsam. Nie zuvor ist es mir so bewußt geworden. Es war immer schon so. Nicht ein einziger Mensch würde verstehen, worum es mir geht. Ich habe niemanden, mit dem ich reden kann und selbst wenn man sich auf dem Pfad zur Linken befindet, braucht man einen Kameraden, und bei Gott, ich werde ihn haben!“ Er packte Veronica am Arm.

„Sie sind auf dem richtigen Weg, Veronica. In Ihnen liegen so viele Möglichkeiten. Ihr Wesen ist so einfach, daß es schon beinahe primitiv ist. Ein klein wenig mehr, und Sie werden wild. Ich werde Sie in die Arme des Gottes Pan zurücktreiben. Ich werde Sie auf den Grünen Strahl bringen. Sie mit Ihrem blassen Naturgrün und ich mit dem dunklen Okkultgrün, wir sollten den ganzen Grünen Strahl zwischen uns haben. Veronica, machen Sie mit? Es bedeutet Macht, es bedeutet Leben. Nicht die begrenzte Existenz der Zivilisation, sondern Freiheit, so groß wie die der Naturvölker. Los, sagen Sie, daß Sie mitmachen!"

Das Gesicht des Mannes leuchtete, die Pupillen hatten sich in Seen glänzender Schwärze verwandelt und Röte überzog die dunkle Haut. Veronica schaute ihm in die Augen, und wie immer wurde sie von ihnen magnetisch angezogen. Jetzt jedoch verspürte sie keinerlei Angst mehr, nur eine eigenartige Kraft, die das Blut in ihren Adern schneller fließen ließ, eine Kraft, die sie direkt in seine Arme trieb. Als er sprach, schien das grünliche Zwielicht des Waldes mit Gold überstrahlt zu sein. Es war kein dumpfes Grün mehr, sondern ein leuchtendes. Plötzlich vernahmen ihre Ohren einen schwachen hohen Ton, wie kleine Pfeifen, die in der Luft trillerten, halb gehört, halb geträumt. War es der Name Pan, der ihr diese Dinge vorgaukelte? Nackt, übermenschlich, aber so lebendig wie nie ein Mensch zuvor, hüpfte er von Busch zu Busch und kam immer näher. Die kleinen Pfeifen wurden jetzt deutlicher, auf dem Laub war das Geräusch kleiner schneller Hufe zu hören, und das Licht war durchsetzt mit grünen Funken wie das Feuer eines Opals. Etwas berührte ihren Ellbogen und rief sie, immer wieder. Noch einen Augenblick, und sie wäre in den grünen Wald gegangen, um nie zurückzukehren, weil sich die Feen ihrer bemächtigten. War es nicht das alte Märchen, das ihr die Amme erzählt hatte, von den Feen, die Kinder raubten, wenn ihre Wiegen unbeaufsichtigt blieben? Das war der Grund, warum Kinder getauft werden mußten, damit die Feen sie nicht stehlen konnten. Aber sie war getauft, die Feen konnten ihr nichts anhaben. Wer waren diese kleinen Pan-Gestalten, die sie am Rock zogen? Sie waren nicht wie sie. Sie, Veronica, hatte nichts mit ihnen zu tun. Sie war getauft. Sie hatte beten gelernt. Sie sah sich auf dem Teppich vor dem Küchenfeuer knien und zusammen mit ihrer alten Amme beten. Sie erinnerte sich an ihr allererstes Kindergebet: „Lieber Jesus, mild und rein, laß mich doch dein Kindlein sein."

Wie ein Taucher, der wieder an die Oberfläche kommt, schnappte Veronica nach Luft und fand sich mitten auf der Straße stehend. Der Boden unter ihren Füßen war hart und staubig, über ihr wölbten sich die Kronen der Bäume, die schon die ersten Blätter fallen ließen. Dicht vor ihr stand ein Mann. Sein Gesicht war seltsam grau, und Schweiß perlte ihm von der Stirn.

„Halten Sie das", sagte er und drückte ihr den Lenker des schweren Rads in die Hand. Dann wankte er zu der Bank am Straßenrand, sank darauf nieder und verbarg das Gesicht in den Händen.

Ratlos stand Veronica da, hielt die schwere Maschine und verstand nicht, was mit Lucas geschehen war. Er sah aus, als ob er einen schweren Schock erlitten hatte. Sie selbst verspürte eine ungewöhnliche Sicherheit, und ihr Kopf war so klar wie seit langem nicht mehr. Es schien ihr, als sei sie wieder im vollen Besitz ihrer geistigen Kräfte, die, seit Lucas mit ihr zu arbeiten begonnen hatte, immer schwächer geworden waren. Da hob er den Kopf und schaute sie an.

„Ich wußte nicht, daß Sie geschützt sind", sagte er. „Es ist das erste Mal, daß sich Symptome dafür gezeigt haben."

Er stand auf, kam mit unsicheren Schritten auf sie zu, nahm ihr das Rad ab und lehnte es an die Mauer.

„Kommen Sie, setzen Sie sich", sagte er und führte sie zu der Wiese am Straßenrand. „Wir fahren gleich weiter."

Lange Zeit saßen sie schweigend da. Dann fragte Lucas:

„Wissen Sie, was Sie mit mir angestellt haben?"

Veronica schüttelte den Kopf.

„Nein? Sie behaupten, nichts zu wissen? Ich glaube es nicht. Sie wissen viel mehr, als Ihnen bewußt ist."

Erneut herrschte Schweigen.

Wieder sprach der Mann, aber er sah sie immer noch nicht an.

„Ich werde Ihnen jetzt eine Geschichte erzählen.

In Rom, im alten Rom, lebte einst ein Mann, der als Knabe in der Villa seines Onkels außerhalb der Stadt erzogen worden war. Er war eine Waise und mit seiner jüngeren Kusine verlobt. Obwohl sein Leben von manch dunklen Erlebnissen geprägt war, kehrte er immer wieder zu der Villa zurück, denn er liebte das Mädchen, fast noch ein Kind, mehr, als es für sein Alter begreifen konnte. Damals heiratete man früh. Er widmete sich dem Studium der Mysterien. Eines Tages ging er nach Eleusis, um sich einweihen zu lassen, und wollte nach der Rückkehr heiraten. Als er heimkam, war sie zum Christentum übergetreten. Nach der Lehre ihres neuen Glaubens war er ein schlechter Mensch, sie wollte ihn nicht mehr heiraten. So verlor er das Liebste im Leben, seinen Rettungsanker, und gab sich mit den Worten ‚Seid ihr mein Heil' den dunklen Kräften hin, – und die Mächte der Finsternis nahmen ihn beim Wort."

Erneut herrschte Schweigen. Diesmal brach Veronica es.

„Was ist aus dem Mädchen geworden?"

„Damals gab es noch keine Nonnen, sonst wäre sie sicher in's Kloster gegangen. So aber widmete sie sich den Armen unter den Christen und rettete viele Seelen. Seine aber rettete sie nicht... Sie sind mir noch etwas schuldig, Veronica."

9

Es dauerte eine ganze Weile, ehe Lucas sich soweit erholt hatte, daß er sich wieder rühren konnte, doch immer noch schien er innerlich zu zittern, denn er fuhr viel vorsichtiger als sonst. So erreichten sie Brighton später als beabsichtigt und kamen nach dem späten Lunch gerade noch rechtzeitig, um auf der Landungsbrücke ihre Plätze für das Konzert einzunehmen. Von hier aus konnten sie die Schiffe am Horizont und den ganzen lebhaften Schiffsverkehr auf dem englischen Kanal beobachten, dem befahrensten aller Schiffahrtswege. Lucas schien der Musik keine Aufmerksamkeit zu schenken, sondern blickte mit Augen, die nichts um sie herum wahrnahmen, auf das Meer, wo weit draußen die vorbeiziehenden Schiffe ihre Seemacht demonstrierten. Das Mädchen an seiner Seite, ein Wesen aus Fleisch und Blut, hatte er völlig vergessen. Er sah Veronica nur als Seele, die durch Raum und Zeit ihrem selbstgewählten Ziel zustrebte und einen Pfad wandelte, von dem er sie nicht hatte abbringen können. Sie ging den Weg ihrer Rasse. Eine Schafherde in einer Wasserrinne war ein Vergleich, der sich ihm aufdrängte, wenn er an den ausgetretenen Pfad dachte, den seine Landsleute mit ihrem Glauben abgesteckt hatten. Blöde Augen, starr auf den wollenen Rücken des Vorläufers gerichtet, und geduldige kleine Hufe, die klapp, klapp, klapp über den rauhen Boden vorwärtsstürmten, dem Schlachthaus entgegen. Er jedoch, er war ein Bock aus Ismaels Herde, frei auf dem Gipfel des Berges, zusammen mit seinem dunklen Meister. Und dennoch, als er sein auserwähltes Lämmchen von der großen Herde dort unten absondern wollte, hatte ihn ein großer Hirtenstab zurückgejagt.

Was für eine Macht mochte das sein, die sich eingemischt hatte? Mit den strafenden Strahlen, die der Orden gelegentlich anwendete, war er vertraut, aber hier hatte eine andere Kraft gewirkt, die er nicht kannte. Sie rüttelte an seinen Nerven und ließ ihn an seinem Pfad und seinem Ziel zweifeln.

Er warf einen verstohlenen Blick auf Veronica. Sie hatte das weiche runde Gesicht so vieler junger englischer Mädchen, aber es zeigte einen Ausdruck von Ruhe und Frieden, der nicht alltäglich war und dem Ausdruck eines Menschen ähnelte, der soeben aus tiefem Schlaf erwacht war. Der gespannte, verängstigte Ausdruck der letzten Wochen war verschwunden und an seine Stelle tiefer Friede getreten. Irgendeine Macht hatte sie berührt und ihr ihren Stempel aufgedrückt. Aufmerksam studierte er ihr Antlitz und versuchte, sein Geheimnis zu enträtseln. Veronica würde ihm keine Aufschlüsse geben, selbst wenn er sie noch so drängte; nicht, weil sie nicht wollte, sondern weil sie ihre Gedanken nicht in Worte zu kleiden vermochte. Sie gehörte zu den Menschen, die gewisse Dinge empfinden, sie aber nicht erklären können.

Schließlich wandte der Mann seine Blicke von ihrem Gesicht ab. Sie war ein ideales Werkzeug für ihn, er durfte sie nicht verlieren, aber plötzlich war bei der Handhabung dieses Instruments eine Störung eingetreten. Zu einem Zeitpunkt, wo er glaubte, sie völlig unter Kontrolle zu haben, hatte sie eine unsichtbare Kraft wie ein Blitz durchfahren, die denen, die sich mit okkulten Dingen beschäftigten, nicht fremd ist. Und Lucas war zu Boden gegangen wie ein Boxer, der einen Schlag auf den Solarplexus bekommen hat.

Er wußte, was das bedeutete. Wie alle, die sich mit den Geheimnissen des Lebens beschäftigen, glaubte er an die Seelenwanderung und daran, daß jede Seele früher oder später in einer der großen okkulten Bruderschaften Aufnahme findet. In jedem neuen Leben steht sie dann wieder unter dem Schutz des Ordens, denn ‚einmal Eingeweihter, immer Eingeweihter'. Er konnte zwar seine Macht, die ihm die Mitgliedschaft im Orden verlieh, nutzen, aber dennoch hatte sich bei Veronica gezeigt, daß eine Macht, die ihm unbekannt war, im Augenblick der Gefahr ihre Hand schützend über das Mädchen hielt. Er ließ seine Gedanken in die Vergangenheit wandern und suchte nach Anhaltspunkten, die ihm hätten weiterhelfen können. Wie alle Okkultisten eines gewissen Grades konnte er sich an seine früheren Leben erinnern, so wie andere Menschen sich an ihre Kindheit erinnern, wenn auch nur verschwommen und aus weiter Ferne, aber dennoch real. Und wie ein Kind konnte er sich an Menschen erinnern, die er in jenen Tagen getroffen hatte, erkannte sie aber nicht immer, wenn sie in ihrer jetzigen Gestalt wiederkehrten.

Er verwünschte sich, weil er nicht sofort begriffen hatte, daß etwas anderes als nur der Verstand mitgewirkt haben mußte, als er aus einem Zimmer voller weiblicher Wesen gerade dieses, und nur dieses, für sein gefährliches Abenteuer ausgesucht hatte. Ohne lange zu überlegen, ohne zu vergleichen, ja ohne zu zögern, hatte er auf Veronica gezeigt und gesagt ‚Kommen Sie!'.

Er analysierte seine Gefühle der vergangenen Wochen. Langsam aber sicher hatte Veronica ihn an sich gefesselt. Daß sie es nicht bewußt getan hatte, gab er freimütig zu, aber dennoch war das Band geschmiedet worden. Sicher, er hatte ein Halsband und eine Kette für sie beschafft, aber auch wenn das Band um ihren Hals lag, war die Kette in seiner eigenen Seele verankert. Er, der sich dem Pfad zur Linken unter Mithilfe der Kräfte, die ihm die Einsamkeit verliehen, gewidmet hatte, war jetzt in den Strudel des menschlichen Lebens hineingezogen worden.

In Gedanken hatte er oft sein früheres Leben als Römer nachgelebt, hatte die weiße Villa gesehen und mit seiner Bewohnerin, dem sanften Mädchen, geplaudert. Und wenn er sich, von jenem Leben ausgehend, an der Kette der Erinnerungen entlanggetastet hatte, waren andere Leben vor seinem geistigen Auge aufgetaucht, in denen sie beide als Priester und Priesterin gewirkt und ihre Rolle in den Mysterien vieler Länder und in vielen Zeiten gespielt hatten, bis zurück zu dem ersten schwachen Aufdämmern eines Wissens, das mit der Sonnenanbetung der alten Atlanter eingesetzt hatte. Es bestanden nicht die geringsten Zweifel daran: das Band hatte gehalten, von Zeitalter zu Zeitalter. Solch ein Band ließ sich nicht verleugnen. Die Gründe, durch die es entstanden war, würden in einem Umfang auf dieses Leben einwirken, wie es sich ein normaler Sterblicher nicht hätte träumen lassen. Wenn er jene Kräfte hätte einschätzen können, wäre es ihm gelungen, Umstände, mit denen er bei der Durchführung seiner Pläne rechnen mußte, richtig einzuordnen. Und er verwünschte sich noch einmal, daß ihm all sein Wissen nicht genutzt hatte, einem so verwickelten karmischen Band zu entgehen. Jetzt, da die Hälfte seines höchst gefährlichen und bedeutungsvollen Experiments hinter ihm lag, erwachten die Kräfte eines längst vergessenen, römischen Sommers zu neuem Leben und bedrohten den Erfolg seiner Anstrengungen.

Ein Leben nach dem anderen, vom grauen Altertum angefangen bis zur Gegenwart, ließ Lucas vor seinem geistigen Auge vorüberziehen, um den Gang der Ereignisse in früheren Leben und ihre Auswirkung auf das jetzige nachzuvollziehen. Er hatte in Veronica nicht die Seele wiedererkannt, deren Bahn er in der Vergangenheit öfter gekreuzt hatte (wenn ein Okkultist von Vergangenheit spricht, meint er die Vergangenheit einer Evolution, nicht die Vergangenheit einer Inkarnation; diese zählt zur Gegenwart). Jene Seele hatte eine gewisse Größe besessen, aber an Veronica war nichts Großartiges. Im Gegenteil: eigentlich war sie noch ein Kind. Er konnte keinen Anhaltspunkt für die Lösung des Problems finden, bis er bei der römischen Inkarnation angelangt war. Während seines Schwächeanfalls auf der Straße waren die Bilder aus jener Zeit plötzlich lebendig geworden. Sie hatten die Züge der Veronica von heute verwischt, sich übereinandergeschoben wie die Aufnahmen einer mehrfach belichteten Platte, und ihm ein anderes Gesicht jenes Wesens gezeigt, das mit seinem Schicksal so eng verbunden war. Dennoch saß jetzt neben ihm ein geistloses Häufchen aus Weiß und Rosa, das er mit Vergnügen geohrfeigt hätte, ohne die geringste Spur von Größe, und das doch Macht über ihn besaß.

Ungeduldig rutschte Lucas auf dem Stuhl hin und her. Welch andere Möglichkeiten würden sich ergeben, wäre sie wirklich die Frau, die mit ihm in der Vergangenheit zusammengearbeitet hatte. Etwas in jener römischen Inkarnation hatte nicht gestimmt, aber es gelang ihm nicht, das Geheimnis zu enträtseln.

Er berührte Veronicas Arm.

„Wenn Sie genug von der Musik haben, wollen wir Tee trinken und unseren Heimweg antreten.“

Wie stets folgte sie ihm ohne Widerworte, und beide machten sich auf die Suche nach einer Teestube, oder vielmehr er allein, denn sie lief teilnahmslos neben ihm her. Wenn sie in dieser Stimmung war, reizte sie ihn über alle Maßen. Er fühlte sich wie ein Mann, der seinen Hund im Geheimen quält, und dieser, wenn sein Herr mit ihm spazierengeht, durch sein Verhalten das Geheimnis der ganzen Welt verrät. Der Versuch, Veronica anzuraunzen und sie zu einem anderen Verhalten zu bewegen, hätte sie noch mehr eingeschüchtert, und sie aufzumuntern war genauso unmöglich.

Doch Veronicas Geist war nicht so untätig wie er dachte. Sie grübelte über die Geschehnisse auf der Landstraße nach. Die banale Geschichte, die Lucas ihr erzählt hatte, war nicht ohne Wirkung geblieben, die Bilder ließen sie nicht mehr los. Sie sah die weiße Villa vor sich, die subtropischen Gärten, die Ochsen am Brunnenrand und die Sklaven, die die Reben auf den terrassenförmigen Weinbergen anbauten. All dies stand klar und lebhaft vor ihren Augen, genauso klar und deutlich wie das Häuschen in Surrey. Natürlich hatte das Mädchen seinen Liebhaber abgewiesen, was hätte es denn sonst tun sollen? Das Leben hatte sie auf verschiedene Wege geführt, und sie konnten nicht weiter miteinander gehen. Aber sie hatte ihn nicht vergessen, dessen war sich Veronica sicher, sondern sie hatte oft an den dunklen Patrizier aus Rom gedacht, wenn sie unter den Ärmsten der Armen gute Werke verrichtete. Nicht mehr als ein paar hundert Meter voneinander getrennt, sahen sie sich nie wieder, weil jeder von ihnen eine andere Richtung eingeschlagen hatte.

War es richtig gewesen, ihn zu meiden, um der Versuchung zu entfliehen? Die Weltanschauung jener Zeit riet denjenigen, die auf der Suche nach dem richtigen Weg waren, der sündigen Welt und ihren Gefahren den Rücken zu kehren, aber würde diese, von den Guten verlassen, nicht erst recht dem Bösen verfallen? Zum ersten Mal in ihrem Leben ließ sich Veronica nicht von ihrem Gefühl leiten, sondern von ihrem logischen Verstand, und diese ungewohnte Erfahrung verwirrte sie vollends. In dem Gefühl, Lucas in seiner nüchternen Art als Stütze zu brauchen, wandte sie sich ihm zu, und bemerkte erst in diesem Moment, daß seine Augen fest auf ihr Gesicht gerichtet waren. Spontan, ohne zu überlegen, stellte sie die Frage, die ihr keine Ruhe ließ:

„Wie war sein Name?"

Seine Antwort erfolgte so spontan, als wenn sie eben noch über die Geschichte gesprochen hätten.

„Justinian. Man hatte ihn nach dem Feldherrn genannt, dem sein Vater gedient hatte."

„Und der Name des Mädchens?"

„Veronica – wie Sie."Und vor sich hin murmelnd, fügte er hinzu:

„Verdammter Narr, daß ich nicht schon früher darauf gekommen bin."

„Was ist aus den beiden geworden – später?"

„Er studierte bei einem der größten Schwarzmagier seiner Zeit, und als sein Körper verbraucht war – und das dauerte nicht allzu lange – nahm er einen anderen an, um sein Studium fortsetzen zu können. Eine spätere Inkarnation führte ihn zur Zeit der Hexenverfolgung nach Avignon, wo er mit vielen anderen auf dem Marktplatz verbrannt wurde."

„War das in der Zeit, als sie Nonne war?"

„Woher wissen Sie, daß sie eine Nonne war?"

„Haben Sie es nicht gesagt?"

„Gar nichts habe ich. Nachdem ich mich im Garten von ihr getrennt hatte, habe ich ihre Spur verloren."

„Oh, es tut mir leid. Mir kam der Gedanke, sie wäre Nonne geworden. Aber was geschah mit ihm?"

„Wie ich Ihnen schon erzählt habe, er wurde wegen Hexerei verbrannt." Er beobachtete sie scharf.

„Und später?"

„Woher wissen Sie, daß es noch ein später gab? Der Mann war doch tot!"

Veronica machte ein verdutztes Gesicht. Sie war so sicher gewesen, daß die Geschichte noch nicht zu Ende war und hatte ganz vergessen, daß der Tod alles beendet. Und Lucas, der erfahren hatte, was er wissen wollte, lenkte jetzt ihre Aufmerksamkeit geschickt auf andere Dinge.

10

Von diesem Tag an änderte sich die Beziehung zwischen dem Mann und dem Mädchen von Grund auf. Bei keinem von beiden waren die Kräfte, die in der Vergangenheit zwischen ihnen gewirkt hatten, bisher zu neuem Leben erwacht, aber sie begannen, sich im Schlummer zu regen. Jetzt verstand das Mädchen intuitiv die Ziele und Beweggründe des Mannes, die ihr so unverständlich erschienen waren, und auch wenn ihr Widerstand in keiner Weise nachgelassen hatte, so war doch ihre Furcht vor ihm beinahe verschwunden und die Sympathie, die aus gegenseitigem Verständnis entsteht, begann sich allmählich in ihr zu regen.

Der Mann hingegen verfolgte die Ereignisse mit Besorgnis. Ursachen aus längst vergangenen Zeiten begannen auf dieses Leben zu wirken, aber er wußte nicht, wann und wie. Andererseits hatte er sich auf ein Unternehmen eingelassen, das keine Störungen vertrug. Entweder mußte er seine Forschungen beschleunigen, damit die Trancearbeit beendet war, wenn das Karma zu wirken begann, oder es würde Verwicklungen geben, die niemand einzuschätzen vermochte. Außerdem kannte er die Macht nicht, die auf der Landstraße geholfen hatte. Warum hatte sie sich nicht früher bemerkbar gemacht, wenn er das Mädchen auf seine gefährlichen Reisen schickte? Wann würde sie sich wieder einmischen? Würde sie jetzt, da sie die Spur aufgenommen hatte, immer gegenwärtig sein? Das alles waren Fragen, die er nicht beantworten konnte, und wenn er die Antworten wissen würde, wäre es vielleicht zu spät.

Er faßte daher den Entschluß, die Trancearbeit zu beschleunigen und ließ Veronica vier Nächte hintereinander auf Astralreise gehen. Vorher hatte er sich nicht getraut, sie so anzustrengen, aber jetzt, da sich die Kräfte des Karma zu rühren begonnen hatten, wagte er nicht, noch länger mit der Arbeit zu warten. So schickte er ihre Seele hinaus, und wenn sie eines Nachts nicht zurückkehren würde – umso besser. Für diese Inkarnation wäre er von den alten Geschichten befreit.

Die ständige Trancearbeit blieb nicht ohne Wirkung auf Veronica. Die seltsame Welt, in die sie glitt, wenn sie die Schwelle des Bewußtseins überschritten hatte, wurde ihr vertraut, und die Erinnerungen daran begannen, sich mit ihrem Alltagsbewußtsein zu vermischen.

Nach dem Erlebnis auf der Landstraße empfand sie nie mehr Furcht und Grauen, wenn sie sich auf die Reise machte, denn sie wußte, gleich außerhalb des Portals würde sie einen Geistführer treffen, der bis zu ihrer Rückkehr an ihrer Seite blieb. Über die Natur dieses Wesens machte sie sich keine Gedanken, aber ihr Verhalten ihm gegenüber war das eines Kindes zu einer Respekt einflößenden, aber dennoch heiß geliebten Autoritätsperson.

Hatte ihre erste Reise in das Reich des Unsichtbaren in ihrem Gedächtnis eine völlige Leere zurückgelassen, so blieben die Eindrücke der späteren Ausflüge immer länger haften. Die Erinnerungen, zuerst nur Bruchstücke und Fetzen, setzten sich allmählich wie ein Puzzle zusammen, bis das Muster sichtbar wurde. Sie war sich bewußt, an großartigen Ritualen teilgenommen zu haben, Rituale, die sich von ihren früheren Vorstellungen solcher Dinge, die vor allem auf kirchlichen Zeremonien basierten, stark unterschieden. In der Kirche wurde das Ritual von einer einzigen Person zum Segen der ganzen Gemeinde vollzogen, aber hier diente das Ritual einer ganzen Versammlung dem Wohle eines einzigen.

Obwohl keiner der Ausflüge dem anderen glich, schienen sie immer einer bestimmten Reihenfolge abzulaufen. Zuerst glitt sie durch nachtschwarze Finsternis, dann sah sie in einiger Entfernung einen Lichtschein, und ihre Seele, offenbar auf jenen Punkt des Kompasses eingestellt wie der Steuerungsmechanismus eines Torpedos, steuerte unbeirrbar darauf los. Ihr war aufgefallen, daß dieses Licht stets von einem durch eine Barriere abgegrenzten Raum ausging. Aber eine derartige Sperre hatte sie auf der

Erde noch nicht gesehen – keine Mauer, kein festes Gefüge, sondern eine Art Lichtschranke, die an eine Bandsäge erinnerte, und die von ihrer hin- und hersausenden Oberfläche Lichtblitze aussandte. Nichts hätte ihre Seele durch diesen wirbelnden Kreis hindurchzuführen vermocht, aber eine große, wenn auch oft krampfartig wirkende Kraft, war am Werk, hob sie mit einem Schwung nach oben über die Schranke hinweg, und ließ sie auf der anderen Seite wieder hinunter. Dort schwebte sie weiter wie im Traum. Aus der Ferne drangen Stimmen an ihr Ohr; Bilder, so klein, als sähe man sie durch ein schlecht eingestelltes Opernglas, zogen wie eine Vision an ihr vorüber. Und dann geschah etwas Seltsames: ein feiner Silberfaden schien ihre Seele mit ihrem Körper, den sie bei Lucas zurückgelassen hatte, zu verbinden. Über diese Verbindung wurden die Eindrücke, die ihre Seele gewonnen hatte, zu ihrem unbeseelten Verstand auf der anderen Seite übermittelt und mit seiner Hilfe in Bilder verwandelt. Die Worte, die sie vernahm, stimulierten eine Reflextätigkeit der Stimmbänder in der Kehle ihres weit entfernten Körpers, und die Bewegungen der Hauptperson in der Zeremonie wurden vom seelenlosen Körper nachgeahmt. Während der ganzen Zeit lag sie mit ausgeschaltetem Bewußtsein da wie in tiefblauem Wasser und beobachtete teilnahmslos, was ihre Seele wahrnahm und ihr Gehirn übermittelte. Es schien, als bliebe ihr Körper allein, völlig gefühllos, willenlos, bei Lucas zurück, während ihre Sinne, jeglicher Gefühle beraubt, in den abgesperrten Raum eindrangen. Sie selbst aber, ihr Bewußtsein, alles, was ihre Persönlichkeit ausmachte, schien zu zerfließen, dorthin, wo es weder Zeit noch Raum gab, an Körper und Sinne stoßend, ohne mit einem von ihnen zu verschmelzen.

Ein neuer Geist begann, ihre Träume zu beseelen. Die Erfahrung hatte sie mit den verborgenen Geheimnissen des Lebens vertraut gemacht, und das Erlebnis auf der Landstraße und das Auftauchen ihres Begleiters bei diesen Ausflügen hatten ihr Selbstvertrauen gestärkt. Sie war nicht mehr ein loses Blatt, das von den kosmischen Winden hin und her getrieben wurde, sondern sie entwickelte allmählich eine eigene Flugkraft, und eine natürliche Neugierde brachte sie dazu, sich in zunehmendem Maße den seltsamen Szenen zuzuwenden, die sich vor ihren

Augen abspielten, so daß mit der Zeit immer mehr von ihrer Persönlichkeit dem Schatten über die Barriere folgte, bis in der fünften Nacht unmittelbar aufeinanderfolgender Trancearbeit die Traumszene plötzlich Wirklichkeit wurde: Sie fand sich auf einem mit Fliesen belegten Fußboden stehend, rundherum ein Kreis vermummter Gestalten. Ihre Augen blickten geradewegs in die eines Mannes, der auf einem erhöhten Thronsessel hinter einem Altar saß. Einen Augenblick lang starrten sie einander an, beide von der Begegnung verwirrt. Dann erhob sich die vermummte Gestalt und wies mit dem Finger auf Veronica. Ein seltsam lautes Wort übertönte den Rhythmus des Rituals. Plötzlich krachte es wie bei tausend Erdbeben; Donner, Blitz und Sturm brachen los, und sie stand im Mittelpunkt dieser Kräfte. Etwas, das wie eine schwarze Flutwelle aussah, erfaßte sie und schwemmte sie weg wie einen Strohhalm. Nach Luft schnappend tauchte sie in der Dunkelheit unter, und ihr Geist, weniger ihre Augen, suchten nach dem Wesen, das sich bisher immer an ihrer Seite gehalten hatte. Plötzlich fühlte sie sich gepackt, emporgehoben, aus dem Strudel gezogen und am Ufer niedergelegt. Sie hörte eine Stimme:

„Kehre zurück, meine Tochter. Sie werden die Tore hinter dir schließen. Versuche nicht wiederzukommen, ehe wir dich rufen."

In rasendem Sturz kam ihre Seele aus den Höhen herab und kehrte mit Gepolter in ihren Körper zurück. Hinter ihr krachte eine Vorrichtung herab, halb Guillotine, halb Fallgitter, und sie fühlte mehr als sie sah die große Hand, die das Zeichen des Kreuzes darauf schlug.

Sie lag flach auf dem Rücken am Boden. Lucas kniete über ihr und hielt ihre Handgelenke umklammert.

„Mein Gott," schrie er auf, „welche Kräfte Sie plötzlich hatten! Ich dachte schon, ich könnte Sie nicht mehr halten. Um Himmels Willen, was ist denn passiert?"

Veronica betrachtete ihre roten, angeschwollenen Handgelenke, sammelte ihre Gedanken und erzählte ihm, soweit sie sich erinnern konnte, was geschehen war. Sein Gesicht wurde aschfahl.

„Glauben Sie, daß der Mann, der Sie gesehen hat, Ihr Gesicht wiedererkennen wird?“

„Ja, er hat mich lange genug angestarrt.“

„Dann müssen Sie sofort verschwinden. Den Klatsch der Ashlotts müssen wir in Kauf nehmen.“

Er hielt inne und fuhr dann, wie zu sich selbst sprechend, fort: ‚Was um Himmels Willen soll ich jetzt mit ihr anfangen? Ich kann sie doch nicht einfach gehen lassen! Nein, das geht nicht!‘ Eine Pause. ‚Ich kenne die Fischerhütte vom General. Dort werde ich sie hinbringen. Die Haushälterin wird für sie sorgen. Sie ist stocktaub. Tut, was man ihr sagt, und stellt keine dummen Fragen. Sie weiß, daß ich für ihren Herrn arbeite. Schweigt, wenn ich sie dafür bezahle...Wieviel Uhr mag es wohl sein?...Viertel nach zwölf. Heute nacht kein Zug mehr. Morgen ist Sonntag, verdammt! Da gehen keine Züge nach diesem gottverlassenen Nest...Ich muß sie also mit dem Fahrzeug hinbringen...Dreihundertdreißig Kilometer...Morgen um zehn Uhr ist Ratssitzung. Darf ich nicht verpassen. Sechshundertsechzig Kilometer hin und zurück. Schaffe ich das? Ich muß!‘

Dann schien er zu erwachen. Er ging zu dem Schrank in der Ecke, kramte im untersten Fach und brachte eine verstaubte Reisetasche zutage.

„Hier, Veronica, stopfen Sie hinein, was hineingeht. Ihr Nachtzeug, Haarbürste, Waschzeug, und was Sie sonst noch für ein oder zwei Tage brauchen. Die anderen Sachen werde ich Ihnen nachschicken. Los, machen Sie schon!“

„Aber, Mr. Lucas, was haben Sie vor?“

„Stellen Sie keine dummen Fragen, los, machen Sie schon!“

Er nahm sie bei den Schultern und drängte sie aus dem Zimmer.

„Und ziehen Sie Ihren wärmsten Mantel an“, rief er ihr nach.

Von seiner Unruhe angesteckt, war sie bereits nach wenigen Minuten fertig. Als sie die Treppe herunterkam, stand er in der Motoradfahrer-Kluft in der Halle und wartete ungeduldig auf sie.

„Ist das das Wärmste, was Sie haben?“ rief er, als er das dünne Fähnchen sah, das sie angezogen hatte.

„Hier, nehmen Sie das." Er griff nach einem alten Trenchcoat, der an einem Ständer in der Halle hing, zog ihn ihr an, und knöpfte und schnallte ihn zu, wie bei einem Kind. Er starrte vor Schmutz und roch nach dem Pfeifentabak, den Lucas immer rauchte. Als sie von Kopf bis Fuß in den steifen Stoff gewickelt war, hatte sie das Gefühl, auf wunderliche Weise in die Persönlichkeit des Mannes eingehüllt zu sein.

Schweigend wie immer folgte sie Lucas in die schwüle Londoner Nacht. Als sie mit schnellem Schritt zu dem ehemaligen Stall eilten, in dem Lucas sein Motorrad abgestellt hatte, lastete der Mantel schwer auf ihren Schultern und erdrückte sie fast. Dann schloß er ein schweres Tor auf und zog die Maschine heraus. Als er sie anließ, durchbrach das Geräusch des Motors die Stille der Nacht. Lucas fluchte. Dann gebot er Veronica, hinter ihm Platz zu nehmen. Kaum saß sie fest auf dem Sitz, schoß das Motorrad bereits aus dem Hof hinaus, sauste durch die nächtlich leeren Straßen.

Der Wind blies frisch, als sie die Mauern der Stadt hinter sich gelassen hatten, und wurde schneidend, als sie die Hügel erreichten. Bis an ihr Lebensende würde Veronica die Fahrt nicht vergessen. Wenn Lucas dreihundertdreißig Kilometer zweimal in kaum mehr als zehn Stunden zurücklegen wollte, mußte er sich sputen; außerdem brauchte er zwischen den Fahrten eine Ruhepause und eine Mahlzeit, denn er durfte unter keinen Umständen zu Tode erschöpft zu der Sitzung erscheinen, das hätte Anlaß zu neugierigen Fragen gegeben. Er mußte also durchschnittlich fünfundvierzig Kilometer in der Stunde zurücklegen, und fuhr nach dem Motto ‚volle Kraft voraus', wenn der Straßenzustand es erlaubte. Wenn ihm das Gefälle zu Hilfe kam, erreichte er eine Geschwindigkeit von beinahe sechzig Kilometer. Veronica klammerte sich an ihn wie ein Äffchen an seine Mutter, wenn sich diese im Urwald von Baum zu Baum schwingt. Lucas biß die Zähne zusammen und flehte, das Glück möge ihm gewogen sein; ein Hindernis wäre das Ende, denn er konnte das Rad nicht einmal innerhalb der Reichweite seiner Scheinwerfer zum Stehen bringen.

Weiter und weiter ging die rasende Fahrt, der offene Auspuff fauchte neben Veronicas Knöcheln, und die Straßenschäden rüttelten ihr fast das Herz aus dem Leib.

Allmählich begann sich die Dunkelheit zu lichten, die Umrisse von Häusern und Gegenständen wurden in der Dämmerung immer deutlicher, und schließlich stellte Lucas den Scheinwerfer ab. Die Dämmerung hatte etwas Unheimliches an sich.

Die aufgehende Sonne fand sie auf dem Gipfel eines Hügels, das Tal zu ihren Füßen lag im Nebel. Zum ersten Mal seit Beginn ihrer wilden Fahrt brach Lucas das Schweigen.

„Das ist Beckering", sagte er, und sie glitten durch einen dichten Wald in die Ebene hinunter, fuhren durch eine verschlafene Ortschaft, deren Häuser wie verloren wirkten, und überquerten auf einer Brücke einen breiten, seichten Fluß. Als nächstes bogen sie in einen ausgefahrenen Seitenweg ein und folgten ungefähr einen Kilometer den Windungen des Flusses. Dichte, naturbelassene Wälder schoben sich heran. Stellenweise war die Böschung abgerutscht, was den Weg gefährlich machte. Offenbar gab es nur wenig Verkehr, denn bald endete die Straße in einem Feldweg. Kaum konnten die Reifen in dem mit verschlammtem Unkraut bewachsenen Boden Halt finden.

Plötzlich jedoch wurde der Weg breiter, und auf der linken Seite tauchten zwei Backsteinsäulen auf, die ein verrostetes eisernes Tor trugen. Alles, selbst die Türen und Pfeiler, waren von demselben grünen Schlamm überzogen. Das Tor wurde durch ein riesiges Vorhängeschloß gesichert, aber Lucas löste die Frage, wie da hineinzukommen sei, ganz einfach, indem er an der Stelle, wo einer der Pfähle gefault und umgefallen war und der schwache Drahtzaun am Boden lag, mit dem Motorrad in den Garten hineinfuhr. Das Anwesen machte den Eindruck, als ob hier jemand begonnen hätte, sich einen Wohnsitz zu bauen, ihm aber später das Geld ausgegangen war, oder er seine Pläne geändert hatte.

Sie folgten dem breiten Weg, der zum Haus führte und mit einem dichten grünen Samtteppich aus Moos bedeckt war. Veronica streckte ihre Glieder, während Lucas an eine Tür klopfte, auf der der allgegenwärtige Schlamm versuchte, die abblätternde Farbe zu verdecken.

Der Glockenzug war so festgerostet, daß man ihn nicht in Bewegung setzen konnte. Nachdem Lucas mit dem Klopfer die Tür bearbeitet hatte, daß es durch das stille Haus wie ein Bombardement dröhnte, ließ er Veronica beim Motorrad zurück und machte sich durch das verwachsene Gesträuch auf die Suche nach dem rückwärtigen Eingang des Hauses.

„Ich muß die Haushälterin ausgraben", rief er ihr zu. ‚Ausgraben' schien das einzig richtige Wort für diesen Vorgang zu sein, denn ein Wecken wie bei normalen Menschen schien hier nicht zu genügen.

Eine halbe Stunde verstrich. Schließlich nahm Veronica, die inzwischen völlig erschöpft, verängstigt, ja sogar von Grauen vor ihrer naßkalten, zerfallenen Umgebung erfüllt war, eine Bewegung in dem stillen Haus wahr. Schritte näherten sich der Tür, Riegel rappelten, die Tür ging auf, und sie blickte in Lucas' scharfgeschnittene, etwas ermüdete Züge, während über seine Schulter ein Gesicht lugte, das einer Hexe nicht unähnlich war.

Die lederne Fliegermütze und die Marmorsäulen des Eingangs ließen Lucas wie einen ägyptischen Priester aussehen, und das verwahrloste Etwas an seiner Seite schien ein seltsam vertrauter Geist zu sein, den er für seine magischen Zwecke angerufen hatte.

Ein schmutziger Mantel verdeckte nur unzureichend eine mindestens ebenso schmutzige rosa Nachtjacke aus Flanell. Die gute Dame hatte sich außerdem noch in eine glänzende, aus Flicken zusammengesetzte Bettdecke gewickelt. Erst ein halber Ziegelstein, der durch ihr geöffnetes Schlafzimmerfenster geflogen war, hatte sie aus ihren süßen Träumen gerissen. Das war Lucas' liebevolle Art, Menschen wie sie zu wecken. Welche Erklärungen er in ihre tauben Ohren geschrien hatte, wird wohl niemand erfahren, aber offenbar hatte das Bündel Banknoten, um das sich ihre knotige Hand krampfte, sie restlos davon überzeugt, wer der Herr im Haus war.

Durch ihre herabhängenden, verfilzten grauen Haare schielte sie nach Veronica, sprach sie mit ‚mein Schätzchen' an und gab eine Litanei von sich, die offenbar eine Entschuldigung für den Zustand des Hauses und des Gartens darstellen sollte. Allerdings machte ihr zahnloser Mund jegliche Konversation unmöglich.

Lucas setzte diesem Begrüßungsschwall ein Ende, indem er die Alte beiseiteschob, das halb ohnmächtige Mädchen am Arm packte und ins Haus führte.

„Kommen Sie!“ sagte er. „In diesem Mausoleum gibt es wenigstens ein anständiges Zimmer. Ich werde dafür sorgen, daß die Alte uns ein Feuer macht, und dann sieht die Sache schon ganz anders aus.“

Er führte das zitternde Mädchen einen langen Gang hinunter zu einem Raum, der früher offenbar ein Billardzimmer gewesen war, auch wenn der Billardtisch jetzt fehlte. Teppiche bedeckten den gebohnerten Boden und niedrige Bücherschränke, von denen herab riesige Fische die Eintretenden voller Würde anglotzten, standen ringsum an den Wänden. An der einen Seite des Zimmers fand sich ein Gestell mit Gewehren, und in allen vier Ecken lagen Angelgeräte herum.

Lucas drückte Veronica in einen großen Ledersessel und öffnete die Fensterläden. Die Morgensonne flutete in das Zimmer, und als die alte Hexe, die sich trotz ihrer Jahre mit bemerkenswerter Geschwindigkeit mucksmäuschenstill bewegte, mit einem Bündel Holz auftauchte und in dem großen offenen Kamin ein Feuer machte, war der Raum schon bald behaglicher. Am Fenster stand ein ovaler Mahagonitisch mit Intarsien nach dem Geschmack der viktorianischen Zeit. Lucas trug ihn mit Hilfe der Hexe vor den Kamin. In erstaunlich kurzer Zeit erschienen wie von Zauberhand Eier und Tee, und die beiden Reisenden, die seit Betreten dieses verlassenen Hauses kaum miteinander gesprochen hatten, setzten sich zu einem höchst willkommenen Mahl.

Sie sprachen über allgemeine Dinge, bis Lucas sich nach dem Essen seine Pfeife anzündete. Er wandte sich dem Mädchen zu:

„Veronica, hören Sie mir einen Augenblick zu, das heißt, wenn Sie die Augen noch offenhalten können, aber ich rate es Ihnen sehr, denn ich muß Ihnen unbedingt etwas sagen, etwas sehr Wichtiges. Wir sind beide in großer Gefahr. Vielleicht wird sie vorübergehen, vielleicht auch nicht, und dann Gnade uns Gott! Aber ich werde sehr bald wissen, woran wir sind. Sie müssen nur hierbleiben und sich ruhig verhalten. Sie können zwar mit der

Alten hier, wie immer sie auch heißen mag, nicht sprechen, weil sie Sie nicht verstehen wird, aber Sie sollten auch nicht versuchen, mit jemand anderem sprechen zu wollen, mit Ihren Freunden schon gar nicht, und mit Ashlott am allerwenigsten. Das ist das Allerwichtigste, denn unsere einzige Chance ist, daß niemand erfährt, wo Sie sich aufhalten. Glauben Sie mir, Veronica, wir sind beide in großer Gefahr, in sehr großer Gefahr!"

Veronica brauchte nur sein angespanntes Gesicht zu sehen, um zu wissen, daß er die Wahrheit sprach, oder jedenfalls das, was er dafür hielt. Sie mochte zwar vor dem Haus und der ganzen Umgebung Grauen verspüren, aber um ihre persönliche Sicherheit sorgte sie sich nicht. Ihr Begleiter schien das anders zu sehen.

Lucas gönnte sich noch eine Stunde Pause, auch wenn er alle Augenblicke auf die Uhr schaute. Dann kündigte er an, er müsse sich auf den Rückweg machen. Mühsam erhob er sich aus dem Stuhl und blieb vor Veronica stehen, als erwarte er etwas von ihr. Wie gewöhnlich sah sie ihn unsicher an, denn sie wußte nicht, was das unter diesen sonderbaren Umständen sein könnte.

„Wollen Sie mich nicht verabschieden?" fragte er.

Gehorsam erhob sie sich und folgte ihm wie ein Hündchen über die Steinfliesen der Halle zur Eingangstür. Lucas blieb einen Augenblick stehen und blickte Veronica unverwandt an. Dann griff er nach ihr und zog sie an sich.

„Veronica,", sagte er, „Sie haben niemanden, der sich um Sie kümmert. Nur mich. Und ich habe niemanden außer Ihnen. Wir müssen zusammenhalten. Sagen Sie, Veronica, wollen Sie zu mir halten?"

Es war leicht, Veronicas kleines, weiches Herz zu rühren. Dicht vor ihrem Gesicht sah sie das abgespannte, sorgenvolle Antlitz des Mannes. Alles, was vorher gewesen war, war vergessen, denn das hier war ein anderer Lucas, warmherzig und weich. Unwillkürlich lächelte sie ihn an. Es war das erste Mal, daß Lucas sie lächeln sah, und dieses Lächeln veränderte ihr Gesicht derartig, daß er es kaum wiedererkannte. Seine Arme schlossen sich fester um ihren Körper, und ehe er noch wußte, was er tat, hatte er sie auf den Mund geküßt.

Wer kann sagen, welcher Zauber von Lippe zu Lippe floß? Das Gesicht des Mannes veränderte sich noch mehr als das des Mädchens. Nach dem wechselnden Ausdruck seiner Augen zu schließen, jagten mancherlei Gedanken durch seinen Kopf. Dann ließ er das Mädchen zögernd los und drehte sich um. Schon halb auf dem Motorradsitz, hielt er inne und sah Veronica erneut an. Plötzlich beugte er sich zu ihr vor:

„Ich werde wiederkommen", sagte er. „Ich werde wiederkommen, Liebes, so oder so. Warte auf mich, Veronica!"

11

In der Halle des großen Hauses am Bloomsbury Square herrschte geräuschvolles Treiben; es verriet, daß sich die Mitglieder des Rates zu einer Sitzung zusammenfanden. Der Butler, der zugleich Laienbruder war, ließ sie ein, und einer nach dem anderen schritt den langen, mit Steinfliesen ausgelegten Gang zu dem rückwärts gelegenen Raum hinab, der als Billardzimmer gedacht war, aber jetzt einer okkulten Bruderschaft als Versammlungsort diente.

Im Büro suchte der Schriftführer der Gesellschaft die Papiere für die Angelegenheiten zusammen, die zur Beratung kommen sollten. Ein scharfer Beobachter würde bemerkt haben, daß sich die Linien in dem dunklen Gesicht des Mannes tief eingegraben hatten, was ihn um zehn Jahre älter erscheinen ließ, daß seine Augen tief in den Höhlen lagen und seine Lider schwer wie Blei waren. Aber abgesehen davon und von einer hastig zusammengerollten Motorradkluft, die in einer Ecke des Zimmers lag, verriet nichts, daß er in der Nacht mehr als sechshundert Kilometer zurückgelegt hatte.

Als alle Papiere bereit waren, blieb er einen Augenblick stehen, schloß einen kleinen Schrank auf, der auf dem Safe stand, goß sich ein gutes halbes Glas Whisky ein und schüttete den unverdünnten Alkohol hinunter. Als er kurz darauf den Gang zu dem Billardraum hinunterschritt, waren die tiefen Linien aus seinem Gesicht wie weggewischt.

Die Mitglieder des Rates waren bereits alle versammelt. Der Eintritt des Schriftführers war für sie das Zeichen, ihre Plätze am Tisch einzunehmen und mit der Erledigung der geschäftlichen Angelegenheiten zu beginnen. Das Protokoll der letzten

Sitzung wurde verlesen, unterzeichnet, und dann ging man wie gewöhnlich zur Tagesordnung über. Schließlich kam der Augenblick, wo der Vorsitzende fragte:

„Sonst noch etwas?“ Er sah die Männer, die um den Tisch versammelt waren, der Reihe nach fragend an. Jeder antwortete mit einem Kopfschütteln. Der Mann am unteren Ende des Tisches wollte gerade einen tiefen Seufzer der Erleichterung ausstoßen, als der Vorsitzende das Schweigen brach.

„Es gibt eine Sache, Brüder, die ich euch vortragen muß, und zu der ich euren Rat erbitte.

In der letzten Nacht wurde in diesem Raum ein Ritual abgehalten, das Ritual des Siebten Grades. Ich führte den Vorsitz. Plötzlich materialisierte sich auf dem Fußboden eine Gestalt. Mehrere der anderen Brüder bemerkten sie ebenfalls. Durch eine Geheimformel gelang es mir, sie zu bannen, und wir fuhren mit dem Ritual fort, aber es ist eine sehr ernste Sache, daß es trotz der Siegel, die diesen Raum schützen, einem Uneingeweihten gelungen ist, einzudringen.“

Diese Mitteilung wurde von allen mit ernster Miene aufgenommen. Jeder, der mit dem Okkultismus vertraut ist, weiß, wie schwerwiegend diese Sache war, und denen, die damit nicht vertraut sind, braucht man nur zu sagen, daß die okkulten Bruderschaften ihre Geheimnisse über Jahrtausende nicht nur nach außen, sondern auch nach innen gehütet haben, indem sie ihre Versammlungsräume durch mystische Siegel schützten. Jetzt aber stand diese Bruderschaft, eine der ältesten und mächtigsten der westlichen Hemisphäre, der Tatsache gegenüber, daß es einem Fremden gelungen war, in die Geheimnisse einer ihren höchsten Grade einzudringen.

Der alte Mann mit dem langen weißen Bart zur Linken des Vorsitzenden ergriff als erster das Wort:

„Sind Sie sicher, daß der Störenfried ein Uneingeweihter war? Ich weiß, daß manchmal ein Bruder, den der Tod plötzlich von unserer Seite gerissen hat, aus dem Jenseits zurückkehrt und aus reiner Gewohnheit, weil er vergessen hat, daß er nicht mehr in seinem Körper weilt, einer Sitzung beiwohnt.“

Für einen Uneingeweihten mögen diese Worte wie das Gebrabbel eines Irren klingen, aber jenen Männern, die es gewohnt waren, in ihrem Körper als auch außerhalb zu wirken, und die mit Toten genauso wie mit Lebenden umgingen, war die Behauptung nicht fremd, ein Toter sei zurückgekehrt oder ein in der Ferne Weilender habe sich materialisiert. Für sie war es an der Tagesordnung, mit Männern, die seit Hunderten von Jahren tot waren, oder mit solchen, die durch die Breite eines Kontinents von ihnen getrennt waren, im Rat zusammenzusitzen. Sie wunderten sich nur darüber, wie es geschehen konnte, daß jemand, dem es nicht erlaubt war, einzutreten, das Siegel, das auf dem Raum lag, hatte brechen können. Deshalb erwiderte der Vorsitzende jetzt mit großem Ernst:

„Es kann kein Mitglied dieses Ordens gewesen sein – es war eine Frau!"

Lucas stockte der Atem. Ungeduldig wartete er auf eine Andeutung, ob die Materialisation deutlich genug gewesen war, daß man den Eindringling hatte erkennen können. Zu fragen, wagte er nicht. Die Pupillen seiner Augen hatten sich bis zu Stecknadelkopfgröße zusammengezogen, und sein Gesicht glich einer Maske.

Die Diskussion dauerte noch einige Minuten an. Man schien sich einig darüber zu sein, daß es einem Außenstehenden mit beträchtlichem okkulten Wissen gelungen sein mußte, das Siegel zu durchbrechen und einzudringen. Das hatte es seit dem sechzehnten Jahrhundert nicht mehr gegeben, als sich ein Fremder in ähnlicher Weise Zutritt zur Loge in Paris verschafft hatte, und nach diesem Präzedenzfall richteten sich die Brüder jetzt.

Der Orden hütete das Geheimnis der Anwendung des ‚Strafenden Dunklen Strahls der Vernichtung'. Es war ihm gestattet, diese bei den glücklicherweise seltenen Gelegenheiten einzusetzen, wenn seine Geheimnisse drohten, von Uneingeweihten enthüllt zu werden. Nicht, daß die Männer blutrünstige Monster gewesen wären, aber das ihnen anvertraute geheime Wissen war so bedeutungsvoll, daß seine Verbreitung unter Menschen, die zu dieser Verantwortung nicht befähigt waren, eine sehr ernste Sache war, viel zu ernst, als daß man sie als Lappalie hätte behandeln können. Wenn okkultes Wissen in die Hände Unwürdiger geraten war, verlangte man von ihren Hütern, die Verbreitung oder Anwendung dieses Wissens wirksam zu verhindern. Hatte sich ein Mann also entschlossen, diese Geheimnisse auszuspionieren, mußte er die Folgen tragen, denn der Orden hat nicht das Recht, dieses Wissen nach eigenem Ermessen weiterzugeben noch eine Übertretung der Vorschriften zuzulassen. Da man glaubte, daß der Übeltäter eine Frau war – der Vorsitzende war sich dessen allerdings nicht ganz sicher – zögerten einige Mitglieder, der Strafe zuzustimmen. Keiner der Anwesenden stimmte gegen die Anwendung des Dunklen Strahls, aber zwei enthielten sich der Stimme, so daß die übrigen fünf allein die Entscheidung trafen.

Wenn man die Handlungsweise dieser Männer beurteilen will, muß man berücksichtigen, daß sie die Pflicht hatten, das ihnen anvertraute Wissen zu hüten, und daß für niemanden das Leben eines Menschen weniger bedeutet als für einen Okkultisten, denn dieser glaubt an das Leben nach dem Tod aus eigener Erfahrung und nicht aus grauer Theorie, die sich bestenfalls auf das Zeugnis Heiliger Schriften stützt. Irgend jemand hatte die Geheimnisse des Ordens erfahren, und dieser jemand mußte stumm gemacht werden, um jeden Preis – erst dann hatten die Brüder ihre Pflicht erfüllt.

Das alles hatte Lucas vorausgesehen, als er sich entschloß, sich eines Mediums zu bedienen, um in den Besitz der so heiß begehrten Wissenschaft zu gelangen. Er hätte es ohne Veronica tun können, aber er hatte sie gerade deshalb benutzt, um selbst dieser Gefahr zu entgehen. Er war in Sicherheit. Die Brüder hatten nicht den geringsten Anlaß, ihn mit dem Eindringling in Verbindung zu bringen. Sie, nur sie allein, würde von dem Dunklen Strahl getroffen werden, ihm selbst würde nichts geschehen. Er mußte sich nur bei der Londoner Vermittlungsstelle eine neue Sekretärin beschaffen, und Veronica durch eine ebenso oder wenigstens annähernd so sensitive Person ersetzen.

Dennoch saß er da und starrte wie ein hypnotisiertes Kaninchen auf den Vorsitzenden, während seine Seele von Grauen erfüllt war. Glücklicherweise sah in der Hitze des Gefechts niemand auf den Schriftführer, sein Gesicht hätte ihn verraten. Aber in Lucas, der sich jenseits von Gut und Böse und gegen jede Gemütsbewegung gefeit wähnte, waren menschliche Regungen erwacht. Sie wurden ihm zum Verhängnis. Ein Mann, der auf dem Pfad zur Linken wandelt, schöpft seine Kraft aus der Einsamkeit. Lucas jedoch hatte ein Band zu einem anderen Menschen geknüpft, war von der völligen Hingabe an die Mächte der Finsternis abgewichen, und der Funken des Guten in ihm war zur Flamme entfacht und würde ihn verbrennen.

Die Brüder berieten, wie sie ihrer Aufgabe gerecht werden könnten, und bestimmten Zeit und Ort der Versammlung, bei der sie in gemeinsamer Meditation den Dunklen Strahl aussenden wollten. Sie bemerkten daher nicht, daß sich in ihrer Mitte etwas zusammenbraute. Erst das Scharren eines zurückgestoßenen Stuhles lenkte ihre Aufmerksamkeit auf das untere Ende des Tisches.

Dort stand Lucas. Sein Gesicht hatte die fahlgraue Färbung angenommen, die für dunkelhäutige Menschen charakteristisch ist, wenn ihnen das Blut aus dem Gesicht weicht. Die Männer starrten ihn eine Weile an, von seinem Gesichtsausdruck gefesselt. Es schien, als habe er für immer die Sprache verloren, aber dann brachte er doch die Worte von den Lippen:

„Ich möchte euch etwas sagen".

Der Vorsitzende machte ihm ein Zeichen fortzufahren. Schon eine geraume Weile hatte man gegen den Schriftführer einen unbestimmten Verdacht gehegt. Die Anwesenden waren daher nicht überrascht, daß er offenbar etwas mit der Sache zu tun hatte. Schweigend warteten sie, bis er sich wieder gefaßt hatte. Schließlich gelang es ihm zu sprechen:

„Die Sache verhält sich nicht ganz so, wie ihr glaubt."

Wieder folgte eine lange Pause, in der Lucas nach Worten suchte. Die Männer um den Tisch verharrten unbeweglich im Schein der abgedunkelten Lampe. Die Blicke aller waren auf den Mann am unteren Ende des Tisches gerichtet, aber keiner schickte sich an, ihm zu helfen.

Er machte eine neue Anstrengung und fuhr fort:

„Die Person, die ihr in der Loge gesehen habt, hat mit der Sache nicht unmittelbar zu tun. Sie war nur ein Werkzeug, ein Trancemedium, und ist für das, was geschehen ist, nicht verantwortlich."

„Wenn nicht sie, wer dann?" fragte der Vorsitzende.

„Ich", erwiderte Lucas, „ich habe sie benutzt."

„Wie?"
„Durch Hypnose."
„Hat sie irgendeine Erinnerung an das, was geschehen ist?"
„Nein, ich schwöre es. Sie war nur ein Werkzeug und hat mit der Sache nicht mehr zu tun als eine Feder mit dem Inhalt der Worte, die sie schreibt. Wenn ihr jemanden bestrafen wollt, so straft mich. Mich allein trifft die Schuld."

Es war eine seltsame Szene, die sich jetzt in dem verdunkelten Raum am Bloomsbury Square abspielte:

Um den Tisch versammelt ein Kreis von Männern, deren Gesichter nur von dem reflektierten Licht der abgedunkelten Lampe beleuchtet wurde, hinter ihnen schattenhaft ein Altar, auf dem schwach ein Ewiges Licht brannte, und vor ihnen, hoch aufgerichtet, angespannt, einsam, der Mann, der sterben sollte.

Denn wie das Urteil lauten würde, darüber bestand nicht der geringste Zweifel. Schon seit langem hatte Lucas nach Meinung der Führer sein Recht verspielt, Mitglied des Ordens zu sein. Und schon seit einiger Zeit war es ihnen beinahe zur Gewißheit geworden, daß er gegen sie Ränke schmiedete. Endlich hatten sie ihn auf frischer Tat ertappt, ihn, ein Mitglied des Äußeren Tempels bis zum Siebenten Grad. Sie waren nicht nur über den Verrat aufgebracht, sondern äußerst bestürzt, daß dieser überhaupt möglich gewesen war. Die Sorge machte sie unbarmherzig.

Jetzt ergriff der Vorsitzende das Wort.

„Zwei Wege stehen uns offen, wenn ein Unberechtigter die Geheimnisse eines Grades erfährt. Entweder wir können ihn auf diesen Grad vereiden, oder – wir bringen ihn zum Schweigen. Seid ihr bereit, unserem hier anwesenden Bruder den Eid abzunehmen?"

Er sah die Männer der Reihe nach an, aber jeder von ihnen schüttelte den Kopf.

„Dann bleibt uns nur der andere Weg", sagte der Vorsitzende.

Er forderte nicht zur Abstimmung auf, und es war zweifelhaft, ob er die Stimmen der Männer für dieses Todesurteil bekommen hätte. Obwohl sie sich für diese Strafe entschieden hatten, wäre es ihnen nicht leicht gefallen, das Zeichen der Zustimmung zu geben. Der Antrag wäre ohne Einspruch durchgegangen, aber der alte Mann mit dem langen weißen Bart brach das Schweigen.

„Auch wenn wir diesen Mann nicht zu den Graden zulassen wollen, da er sie entweiht hat, gibt es keine andere Möglichkeit als die, den Dunklen Strahl zu beschwören?"

„Welchen Weg schlägst du vor?" fragte der Vorsitzende.

„Können wir ihn nicht mit einem Eid binden und ihn entlassen?"

„Was haben die Brüder dazu zu sagen?" fragte der Vorsitzende und sah sich wieder im Kreis der Versammelten um.

Langes Schweigen. Niemand wollte den Gedanken aussprechen, der sie alle beherrschte. Der Mann, über den sie zu Gericht saßen, stand da, jeder Muskel angespannt, mit geblähten Nüstern und Augen, mal undurchsichtig wie Marmor, mal undurchdringlich wie die Nacht.

Schließlich brach der Journalist das Schweigen.

„Das geht nicht. Wir können ihm nicht trauen", und die anderen atmeten erleichtert auf, weil es ihnen erspart geblieben war, sich zu dem Urteil zu äußern.

„Ist das eure Meinung?" wandte sich der Vorsitzende erneut fragend an die versammelten Mitglieder, von denen jeder entweder durch ein Kopfnicken oder ein kurzes Wort seine Zustimmung gab. Nur der Patriarch enthielt sich der Meinung und erhob noch einmal seine Stimme.

„Schon seit langem haben wir diesen Mann erkannt", setzte er an. „Ein Mann, der sich dem Bösen gewidmet hat, dem Pfad zur Linken – ein schwarzer Okkultist. Hättet ihr mich gestern gefragt, ich hätte genauso argumentiert wie ihr. Aber können wir sagen, daß dieser Mann sich ganz dem Bösen, der Einsamkeit, verschrieben hat? Bedenkt doch, ihr verurteilt ihn auf ein freiwilliges Geständnis hin. Hätte er nicht von sich aus gesprochen, ihr hättet es nie erfahren. Er hat sich selbst geopfert, weil er ein unschuldiges Mädchen nicht hat leiden lassen wollen. Eine größere Liebe als die dieses Mannes kann es nicht geben. Er gibt sein Leben für das Mädchen, das er liebt."

„Ein verliebter Mann tut alles", wandte der Journalist ein, und Lucas fuhr wie von der Tarantel gestochen zusammen. Diese Worte, oder eher der Hohn in den Worten, weckten alle Lebensgeister in ihm. Einen Augenblick stand er da, als wolle er fliehen, dann fuhr seine Hand zur Hüfttasche, und eine Sekunde später blickte die Versammlung in den Lauf eines Revolvers.

„Wenn ihr mich haben wollt, dann müßt ihr mich holen“, schnarrte er, und, den Revolver immer noch auf die Männer gerichtet, trat er langsam den Rückzug zur Tür an.

„Mr. Lucas, Sie können Ihre Waffe einstecken“, sagte der Vorsitzende kalt. „Wir werden ganz bestimmt keine physische Gewalt anwenden.“

12

Lucas schlug die Tür hinter sich zu und drehte den Schlüssel um. Der Versammlungsraum lag ziemlich abseits, und die Ashlotts wohnten im Erdgeschoß des Vorderhauses. Es würde also eine geraume Weile dauern, ehe es den Brüdern gelang, sich zu befreien. Lucas raste über den langen Gang zu seinem Büro, riß die Papiere aus dem Privatsafe und sprang die Treppe zu seinem Schlafzimmer hinauf. Hier ergriff er wahllos einige persönliche Sachen, stopfte sie in eine Tasche und stürzte wieder die Treppe hinunter.

Ein Poltern an der Tür am unteren Ende des Ganges verriet ihm, daß es höchste Zeit war zu verschwinden. Er schnappte sich noch einige Briefe, die aus dem Briefkasten auf die Matte in der Halle gefallen waren, und verließ das alte Haus am Bloomsbury Square, das soviele Jahre seine Wohn- und Arbeitsstätte gewesen war. Ein neuer Lebensabschnitt lag vor ihm. Was er ihm bringen würde, wußte er nicht. Selten zuvor hatte ein Mann alle Brücken hinter sich so rigoros abgebrochen wie er.

Kurze Zeit danach sauste er dieselbe Straße hinunter, auf der er Veronica an jenem ereignisreichen Tag zwischen Monduntergang und Sonnenaufgang entführt hatte, denselben Weg, den er dann zum zweiten Mal zwischen Morgendämmerung und Mittag zurückgelegt hatte. Die Erregung über das Erlebte hielt ihn wach. Er verspürte keine Müdigkeit. Aber als der Verkehr Londons hinter ihm lag und er auf die offene Landstraße kam, hatte er Zeit nachzudenken. Allmählich wurde ihm der Ernst seiner Lage klar. Er hatte seine Stellung verloren und, ohne Empfehlung, wenig Aussicht auf eine neue. Bei dem Gedanken, was die Brüder wohl für Gesichter machen würden, wenn er von ihnen ein Zeugnis und eine Erklärung über die Gründe seiner Entlassung verlangte, grinste er. Er war nicht ganz mittellos. Auf seinem Bankkonto lag eine kleine Summe, aber für zwei würde sie lange nicht reichen. Veronica hatte nichts außer dem, was sie auf dem Leib trug, und er nicht viel mehr. Sie konnten wahrscheinlich in der Fischerhütte des Generals bleiben, und vielleicht würde Lucas auch etwas Geld mit Schreiben verdienen können, aber im besten Fall harrte ihrer ein kümmerliches Dasein.

Lucas war kein selbstsüchtiger Mensch, sonst wäre ihm bewußt geworden, daß seine Ersparnisse für eine Person doppelt solange gereicht hätten wie für zwei. Er wagte nicht, Veronica weiter zu benutzen, und es gab daher keinen Grund, sie noch länger bei sich zu behalten. Man ist doch nicht verpflichtet, eine Sekretärin zu beschäftigen, wenn man sie nicht mehr braucht. Trotzdem kam er nicht auf den Gedanken, sie wegzuschicken. Zum ersten Mal im Leben hatte dieser seltsame Mensch zarte Bande geknüpft. Bisher hatte er noch keine Gelegenheit gehabt, darüber nachzudenken, aber bei den Worten des Journalisten ‚ein verliebter Mann tut alles' war es wie ein Blitz über ihn gekommen. Liebte er Veronica? Der Antwort auf diese Frage wich er aus. Er wußte nur, daß er mit dem Instinkt einer Brieftaube zu ihr zurückeilte, so schnell sein Motorrad es zuließ. Sie war das einzige Wesen in einer andersartigen, feindseligen Welt, zu dem er sich hingezogen fühlte. Ohne Veronica wäre die Einsamkeit nicht zu ertragen gewesen, und so klammerte er sich wie ein Ertrinkender an sie.

Allmählich machten sich die Kilometer, die er zurückgelegt hatte, körperlich bemerkbar. So war es denn ein völlig erschöpfter Mann, der vom Hügel in das Tal von Beckering herabblickte, das sich, von der Nachmittagssonne übergossen, vor seinen Augen ausbreitete. Als er den holprigen Fahrweg am Flußufer erreichte, gelang es ihm gerade noch, die Maschine am Laufen zu halten, und als er vor der Tür des alten Hauses vom Motorrad stieg, brach er beinahe zusammen. Da er wußte, daß es zwecklos war zu läuten, zwängte er sich durch das Gebüsch auf das Rasenstück, auf den das Fenster des einzigen bewohnbaren Raumes im Haus hinausging. Veronica, die gerade Tee trank, blickte zufällig auf und sah einen Mann mit schwankenden Schritten über das Gras auf die große Terrassentür zukommen und anklopfen. Sie sprang auf und öffnete die Tür. Ohne ein Wort zu sprechen, schritt er über die Schwelle und ließ sich in einen Sessel neben dem Tisch fallen. Sie stellte keine Fragen. Das tat sie nie. Er war ein viel zu fernstehendes, unberechenbares Wesen, auf das sie kein Anrecht hatte. Stattdessen folgte sie ihrer weiblichen Intuition und bot ihm eine Tasse Tee an. Mit Befriedigung sah sie zu, wie er sie schlürfte. Sein Gesicht und seine Kleidung waren über und über mit Staub bedeckt, und in diesem Augenblick glich er mehr denn je der Statue eines gefallenen Pharao in einem vergessenen, vom Sand der Wüste verschlungenen Grab.

In ihren Gefühlen ihm gegenüber war eine seltsame Veränderung eingetreten. Er vermittelte ihr nicht mehr den Eindruck von Macht und Hochmut, und die mysteriöse Kraft, die er früher auszustrahlen schien, war verschwunden. Er war jetzt nur noch ein erschöpfter Mann, und das brachte ihn ihr sehr viel näher. Er trank seinen Tee, essen wollte er nichts. Als er mit der dritten Tasse Tee seine trockene Kehle angefeuchtet hatte, erhob er sich mit steifen Gliedern, legte Veronica eine Hand auf die Schulter und sagte:

„Ich werde jetzt etwas schlafen, kleine Frau, ich bin völlig erledigt. Wachen Sie bei mir. Lassen Sie mich nicht allein!"

Und staubig wie er war, warf er sich auf ein breites Ledersofa, das neben dem Kamin stand.

Er begründete nicht, warum sie seinen Schlaf bewachen sollte. Er hätte auch gar nicht gewußt, wie er dieses Ansinnen hätte erklären sollen – aber er fürchtete sich vor dem Alleinsein. War es die Angst vor dem Dunklen Strahl, oder er hatte zum ersten Mal Sinn für Gesellschaft entdeckt, ein völlig neues Gefühl für ihn.

Veronica beobachtete, wie das goldene Licht des Nachmittags allmählich verblaßte und der Abend zu dämmern begann. Dann kündete ein schlurfender Schritt im Gang das Erscheinen der alten Haushälterin mit dem Abendessen an. Als diese Lucas schlafend auf dem Sofa liegen sah, murmelte sie etwas Unverständliches und schlurfte wieder hinaus, einen zweiten Teller zu holen. Sie schien den Aufenthalt der beiden in dem Haus, für das sie verantwortlich war, als selbstverständlich hinzunehmen. Ihr Kommen und Gehen weckte Lucas. Er stand auf, um sich vom Staub zu reinigen. Als er seine Motorradkluft abstreifte, fühlte er etwas Dickes in der Tasche – das Bündel Briefe, das er vom Fußboden aufgehoben, ehe er das Haus am Bloomsbury Square verlassen hatte. Zwei waren für die Ashlotts, der Rest für den Orden, aber einer war an ihn persönlich gerichtet. Die Briefe für dic Ashlotts zerriß er und warf sie ins Feuer. Er wagte nicht, sie ihnen zu schicken, weil seine Sicherheit davon abhing, daß die Brüder nicht erfuhren, wo er sich aufhielt. Es ist sehr schwierig, die Strahlen einer okkulten Kraft auf einen Punkt zu konzentrieren, wenn man nicht wenigstens die Himmelsrichtung kennt, in die sie zu lenken sind. Die Briefe für den Orden überflog er aus reiner Neugier. Die Absender würden auf die Antwort warten müssen. Schließlich öffnete er den Brief, der an ihn adressiert war. Er war kurz und benachrichtigte ihn ohne jede weitere Einleitung, daß General Soburry am frühen Morgen des vorhergegangenen Tages in seinem Haus in Woking friedlich entschlummert, und daß er, Lucas, sein Haupterbe sei. Lucas stieß einen langen Pfiff aus, der beinahe in einem Freudengeheul endete. Welch eine glückliche Fügung! Und gerade jetzt, wo er es so bitter nötig hatte! Wenn ihm das Glück auch in allen anderen Dingen so hold sein wollte, dann würde er sich geschickt aus der Affäre ziehen können. Er steckte den Brief in die Tasche, ging zum Abendessen hinunter und klopfte, als er sich zu Tisch setzte, Veronica freundschaftlich auf den Rücken. Während des Essens plauderte er mit ihr; wie üblich gab sie ihm höflich kurze, aber einsilbige Antworten, doch er nahm sich vor, sie bald aufzusuchen und zu einem lebendigen Wesen zu machen. Er freute sich auf diese Aufgabe, wie er sich auf die Lösung eines schwierigen mathematischen Problems oder die Behebung eines Fehlers an der Maschine seines Motorrads gefreut hätte. Lucas war immer noch nicht ganz wie andere Menschen, aber gewisse Fortschritte ließen sich nicht leugnen.

Als er nach dem Essen seine Pfeife rauchte und Veronica, die in einem Buch las, heimlich beobachtete, beglückwünschte er sich abermals zu seinem Volltreffer. Er war jetzt Herr dieses Hauses, wenn es auch alt und baufällig war. Und Veronica, nun ja, es brauchte nicht viel, um aus ihr ein reizendes Wesen zu machen. Welche Freude mußte es sein zu sehen, wie sie sich zu voller Blüte entfaltete. Er wollte nichts anderes, als die in ihm neu erwachten Kräfte zur Entwicklung bringen und das neue Gefühl, das in sein Leben getreten war, genießen.

Wenn ihn nur die Bruderschaft in Frieden ließ! Vielleicht, wenn er völlig aus ihrem Gesichtskreis verschwand, würde sie ihn mit der Zeit vergessen, vielleicht würde sich sogar ihr Zorn legen. Er mochte nicht an den Dunklen Strahl und seine Wirkung denken. Der Deutsch-Amerikaner fiel ihm ein, der sich freiwillig in die Niagara-Fälle gestürzt hatte, um der Kraft dieses Strahls zu entgehen. Wäre nicht Veronica gewesen, er hätte etwas Ähnliches getan; aber Veronica war da, und dieses neue Gefühl, das gerade zu keimen begann, war etwas, das er nicht gekannt hatte, und dessen Süße er zum ersten Mal kostete. Dort saß Veronica, die seine ganze Aufmerksamkeit gefesselt hatte, und das Lampenlicht warf Reflexe auf die weichen Linien von Kinn und Hals. Er sehnte sich nach einem Zeichen – etwa nach dem Lächeln, das sie ihm vor seiner Abreise nach London geschenkt hatte. Während er sie so in dem matt erleuchteten, von Pfeifenqualm erfüllten Zimmer betrachtete, überlegte er, wie er dieses Lächeln wieder auf ihre Lippen zaubern könnte. Die gefügige, scheue Veronica war nicht das Ziel seiner Träume. Er wünschte sich eine Veronica, die aus freien Stücken zu ihm kam und lächelte, vor allem lächelte.

Er konnte jenes Lächeln nicht vergessen; es war das erste Mal, daß eine Frau ihm diese Seite ihres Wesens gezeigt hatte; das erste Mal, daß er sich nach einem Lächeln sehnte, denn solch ein Lächeln galt nicht dem zynischen, kalten Mann, den er bis jetzt immer zur Schau gestellt hatte. Er war ein heißblütiger Mann, leicht erregbar und begeisterungsfähig, aber von Männern in einer Tradition erzogen worden, die für die menschliche Natur kein Verständnis aufbrachten. Sie vertraten die irrige Auffassung, ohne die Bande einer persönlichen Zuneigung der menschlichen Rasse am besten dienen zu können, und vergaßen dabei, daß wir Menschen nur durch die Liebe zu dem Mitmenschen lernen können, die Menschheit in ihrer Gesamtheit zu lieben. Ein Mensch, der geliebt hat, kann seine Liebe zum Einzelwesen auf die Masse übertragen, und gerade Menschen, deren Zuneigung enttäuscht wurde, haben trotz oder gerade wegen dieser harten Schule der Erfahrung der Sache der Menschheit am besten gedient.

Und jetzt machte Lucas diese Schule durch. Er hatte recht gehabt, er und Veronica waren während vieler Inkarnationen zusammen den Weg der Einweihung gegangen, bis er diesen Pfad verlassen hatte und sich ihre Wege trennten. Aber jetzt war sie wieder in sein Leben getreten, machte erneut den alten Einfluß geltend und zog Lucas langsam auf den alten Weg zurück. Auf dem Flug seiner Seele durch die Ewigkeit, war er an einen Punkt gelangt, wo ein Weg abzweigte, der über das weite Land nach dem Pfad zur Rechten führte. Die Okkultisten wissen, daß immer wieder Verbindungswege vom Pfad zur Rechten nach dem Pfad zur Linken führen, also vom Licht zur Dunkelheit und umgekehrt. Diejenigen, die auf dem Pfad des Lichtes wandeln, wie der Pfad zur Rechten genannt wird, werden von Zeit zu Zeit der Versuchung ausgesetzt, eine gefährliche Abkürzung auf dem Weg zur Macht zu nehmen, die auf dem dunklen Pfad endet. Und jene auf dem Pfad zur Linken haben dieselbe Möglichkeit, eine Querverbindung zum Pfad des Lichts zu finden und zu ihm zurückzukehren. Aber zu welchem Preis! ‚Denn der Weg windet sich mühsam empor bis zum Ende.' Wer sich den Mächten der Finsternis verschrieben hat, ist der Versuchung genauso unterworfen wie der Mensch auf dem Weg ins Licht. Und wie die Sinnesfreuden danach trachten, die Kinder des Lichts von ihrem Ziel abzulenken, so werden schließlich die Kinder der Finsternis ihrer Einsamkeit müde, dem Preis ihres Alleinseins, das der Dienst ihnen vorschreibt. Und wenn sie in ihrer Verlassenheit ein Band zu jemandem, der auf dem Pfad zur Rechten wandelt, knüpfen, dann müssen sie entweder dieses Wesen zu sich und ihrer dunklen Pflicht hinüberziehen, oder sie werden von jenem Wesen ins Licht gezogen. Damals auf der Landstraße hatte Lucas bei seinen Bemühungen, Veronica auf den Weg in die Dunkelheit zu ziehen, versagt. Die religiöse Erziehung der frühen Kindheit, bekanntlich ein nicht zu unterschätzender Faktor, war selbst für ihn zu stark gewesen, trotz der Macht, die er über sie gewonnen hatte, denn selbst wenn ein Mensch in der

Kindheit nur einen ganz oberflächlichen und elementaren Unterricht einer Religion genossen hat, die sich auf den Geist eines heiligen Namens gründet, kann er nie völlig in dem Machtbereich der Dunklen Meister gelangen. Der Landpfarrer, der das kleine Wesen in seinen Armen mit wenig Tropfen lauwarmen Wassers benetzt, setzt damit ein Siegel, das nur schwer zu brechen ist. Lucas mit all seiner Bildung und Ausbildung konnte den Einfluß einer einfachen alten Frau vom Land nicht brechen, die dem Kind die ersten Gebete beigebracht hatte. Mögen die Theologen über die Frage des Sühneopfers, das Christus stellvertretend für die Menschheit gebracht hatte, streiten, so bleibt doch die Tatsache bestehen, daß es einen Namen und ein Zeichen gibt, die dann wirken, wenn dunkle Mächte eine Seele zu den Orten unmenschlichen Grauens hinabziehen wollen.

In dem kritischen Augenblick in der Loge war Lucas genau so versucht worden wie ein Heiliger. Aber er hatte den dunklen Kräften den Gehorsam versagt. Das Band, das er geknüpft hatte, war zu stark gewesen, und so hatte er auf die Früchte seines unter so großen Opfern erlangten Wissens um der kleinen Veronica willen verzichtet. Seine Kenntnisse hatten ausgereicht, sich selbst zu schützen, aber, auf die Probe gestellt, hatte ihm sein Herz einen Strich durch die Rechnung gemacht. Er hatte es nicht über sich gebracht, einen Vorteil aus seiner Fähigkeit, in die Zukunft zu sehen, zu ziehen, und wie ein Heiliger war er der verbotenen Liebe zum Opfer gefallen. Sicher, es war eine eigennützige Liebe, eine Liebe, die nur an die eigene Befriedigung denkt und nicht im geringsten an das Wohl des geliebten Wesens. Seine Treue zu Veronica entsprang sicher mehr der Angst, sie zu verlieren, als der Sorge um ihr Wohlergehen, aber dennoch war es Liebe – nicht in voller Blüte, aber eine schwellende Knospe.

13

Am nächsten Morgen machte sich Lucas in Veronicas Begleitung auf, seinen kleinen Besitz zu erforschen. Mit Ausnahme des Rasens vor dem Haus bestand der übrige Teil des Grundstücks aus wild wucherndem Buschwerk und waldigem Gelände, kleinen Lorbeerbäumen hier und dort und vernachlässigten Eichen, die sich dicht aneinander drängten und die ihnen angeborene Würde vermissen ließen. Sie verbreiteten mit ihrem Wirrwar von herabhängenden Ästen ein unheimliches Dämmerlicht. Wenn die Natur sich selbst überlassen bleibt, zeigt sie nie krankhafte Auswüchse, erst wenn der Mensch eingreift und sich dann wieder zurückzieht, hinterläßt er meistens Chaos und Trostlosigkeit. Lucas hatte nicht die Absicht, seinen Besitz wieder herauszuputzen, aber es gefiel ihm, dort herumzustreifen. Woking-House war als Wohnsitz viel angenehmer und außerdem bequemer zu erreichen. Dorthin wollte er seine ganze Habe, einschließlich Veronica, bringen, sobald die Erbschaftsformalitäten erledigt waren.

Seinen Besitz und den Fluß trennte nur der Fahrweg. Die Abgrenzung bestand aus einem lose herunterhängendem rostigen Draht und war mehr ein juristischer Vorwand als eine wirkungsvolle Absperrung. Viele Bäume waren umgestürzt und lagen verfault am Boden. Auf einen dieser Stämme setzten sich die Wanderer und ließen ihre Blicke durch das grüne Zwielicht nach dem im Schatten liegenden Fluß schweifen. An dieser Stelle wurde sein Bett tiefer, die Ufer kamen einander näher, und das Wasser lag im Schatten der überhängenden Zweige. Hin und wieder plumpste eine Wühlmaus ins Wasser, oder ein Eisvogel schoß wie ein blauer Pfeil über den Wasserspiegel. Lucas philosophierte mit Veronica über das Leben im allgemeinen und seines im besonderen.

Auch wenn Veronica nicht sehr gesprächig war, in Lucas Augen durchaus kein Nachteil, konnte sie doch wunderbar zuhören. Sie hatte eine schnelle Auffassungsgabe und einen klaren Verstand. Schilderungen über Menschen und Ereignisse kommentierte sie mit einem leichten Kopfnicken, dachte darüber nach und bewahrte das Wissen für später auf. Zum ersten Mal hörte sie von der Lehre der Unsterblichkeit der Seele. Lucas sprach mit großer Überzeugungsgabe von seinen früheren Leben und ihrem Einfluß auf die Gegenwart, und behandelte dieses Thema mit einer Vertrautheit, die bewies, daß er sich oft damit gedanklich auseinandergesetzt hatte. Er brachte keine Argumente für seine Behauptung, daß es ein Leben nach dem Tod gäbe, weil, wie er sich ausdrückte, ‚ich an das Sterben gewöhnt bin, obwohl ich mich nie daran gewöhnen kann, wiedergeboren zu werden. Die Geburt erfüllt mich immer mit Schrecken.' Er verglich das Sterben mit einer Auswanderung, die für einen an Wissen armen Menschen stets ein sehr ernstes Unternehmen, für einen an Wissen reichen Menschen jedoch ein interessantes, aufregendes Abenteuer sei. Gegen einen vorzeitigen Tod wehrte er sich, aber nicht, 'weil ich mich vor dem Sterben fürchte, sondern weil es immer wieder viel Zeit kostet, sich einen neuen Körper zu verschaffen. Dazu ist jedesmal die unerträgliche Langeweile der Kindheit und Jugend durchzustehen, bis man durch die begehrte Reife aus dieser Inkarnation endlich Nutzen zieht.'

Veronica lernte neue Lebenswerte kennen. Der Körper und die materielle Welt wurden für gering erachtet und schienen einem Zweck zu dienen, von dem sie bisher nichts gewußt hatte. Lucas sprach nicht einmal von d e m Körper, sondern von e i n e m Körper, und die Welt war für ihn eine Folge von Ursache und Wirkung, die jedoch keine Kräfte mobilisierte. Was hier, im Leben geschah, war für Lucas nur die Folgeerscheinung von Ereignissen und Kämpfen, die auf einer feinstofflichen Ebene stattgefunden hatten. Für Veronica war dieses Walten ewiger Gesetze, das sich hinter den vielfältigen Geschehnissen unseres Daseins verbirgt, sehr überzeugend. Sie erfuhr, daß es Lucas' Ziel war, das Wesen dieser Gesetze zu erkennen und die entsprechend wirkenden Kräfte gegeneinander auszuspielen, damit er kraft seines Willens, auch wenn er nur winzig klein war, ein wenig am Rad des Schicksals drehen konnte.

Veronica, die weder viel sprach noch viel grübelte, war nicht dumm, und dank ihrer schnellen Auffassungsgabe gelang es ihr, den Dingen schnell auf den Grund zu gehen. Und so bemerkte sie bald, daß Lucas, obwohl er soviel von okkulten Kräften und den Mitteln sprach, mit denen man sie sich dienstbar machen könnte, nie eine Andeutung machte, wie er sie einzusetzen gedachte. In ihrer ruhigen Art bemühte sie sich, sein eigentliches Ziel herauszufinden, und entdeckte, daß er im Grunde keines hatte.

Er spielte mit diesen Kräften wie ein Kind mit einem Stabilbaukasten spielt, aus dessen Teilen es Modelle zusammenbaut, die sich bewegen und kleine Gewichte heben. Sie sind nach technischen Grundsätzen erbaut, aber nicht für die Zwecke des wirklichen Lebens bestimmt, auf die diese Regeln sonst angewandt werden. So war es auch bei Lucas. Das Modell einer Brücke würde nie in eine wirkliche verwandelt werden, wenn Lucas nicht selbst das Bedürfnis verspürte, einen Fluß zu überqueren. Er studierte die Geheimwissenschaft, die Wissenschaft der Könige, wie man sie nennt, weil es ihm Vergnügen machte, herauszufinden, wie sich die einzelnen Teile zusammenfügen und wie sich das Geheimnis schließlich enthüllt. Diese große Wissenschaft, die zugleich eine Religion ist, war für ihn nichts anderes als ein Puzzle. All das erkannte Veronica, die kleine Veronica, während sich Lucas an diesem Sommertag mit ihr aussprach.

Er war so sehr in sein Thema vertieft, daß er nicht darauf achtete, wie seine Zuhörerin seine Betrachtungen aufnahm, bis er auf einmal auf der Suche nach einem Wort eine kleine Pause einlegte. Da bemerkte er, daß die kleine Person am anderen Ende des gefällten Stammes ihn mit verschmitzter Miene betrachtete. Dabei beschlich ihn das unangenehme Gefühl, sich lächerlich gemacht zu haben.

Um sich über ihre Haltung klar zu werden, richtete er zum ersten Mal an diesem Morgen eine Frage an sie.

„Nun? Was halten Sie davon?“

Veronica wiegte den Kopf hin und her.

„Ich glaube, ich weiß, was Sie meinen. Es gibt Dinge, die andere Dinge verursachen, und Sie möchten sie soweit durchschauen, daß Sie sich ihrer bedienen können."

„Genau das", rief Lucas. „Ich möchte Macht über die Ursachen haben."

„Und was wollen Sie tun, wenn Sie diese Macht haben?"

„Dann kann man alles tun, was man will, und alles erreichen, was man will."

„Aber so viel braucht man doch gar nicht, wenn man kein Prahlhans ist, und ein Angeber sind Sie doch nicht, Mr. Lucas!"

„Nein, das bin ich nicht", meinte Lucas lachend. „Den Fehler habe ich zumindest nicht. Aber sagen Sie mal, möchten Sie denn nicht auch im Geld schwimmen?"

„Ich hätte schon gerne eine gewisse Summe", erwiderte Veronica, vorsichtig wie sie war, „aber nicht zu viel, es wäre mir zu lästig, immer auf mein Geld aufpassen zu müssen. – Aber: angenommen, Sie wären damit beschäftigt, die Kräfte auszugleichen, und eine würde Ihnen entschlüpfen?"

„Das habe ich gerade hinter mir", murmelte Lucas vor sich hin und verfiel einige Minuten in Schweigen. Doch bald schüttelte er seine trübe Stimmung wieder ab und meinte:

„Was würden Sie tun, wenn Ihnen alles Geld der Welt gehörte?"

„Ich würde mir ein paar Kleider kaufen, und Bücher, Bilder und einen Hund. Oh ja, einen Hund würde ich mir ganz bestimmt kaufen."

„Schön, aber damit wären die Mittel der Welt nicht erschöpft. Was würden Sie mit dem restlichen Geld tun?"

Veronica dachte einen Augenblick nach.

„Ich könnte nicht alles Brot auf der Welt allein essen, aber ich könnte dafür sorgen, daß die Leute, die Hunger haben, Brot bekämen und die Neureichen nicht alles an sich reißen, wie sie es jetzt tun. Warum haben Sie nie daran gedacht, so etwas zu tun, Mr. Lucas?"

„Oh, ich weiß nicht. Aber was hat das mit mir zu tun?"

„Könnten Sie denn glücklich sein, wenn Sie wüßten, daß ein anderer Kummer hat?"

„Ach du meine Güte,... das ist doch die Sache eines jeden einzelnen. Jeder muß auf eigenen Füßen stehen. Wenn man immer nur auf Nachzügler wartete, käme man selbst nie vom Fleck. Man muß die Bäume stutzen, wenn man auserlesene Früchte haben will. Sie können nicht alle kleinen Äpfel retten, sonst würden Sie nie Prachtäpfel für einen köstlichen Nachtisch ernten. Die Verbesserung unserer Lebensbedingungen ist auf Opfer aufgebaut, und wenn ich die Wahl habe und es sieht so aus, als hätte ich sie, ziehe ich es vor, nicht zu den Geopferten zu gehören."

Eine logische Antwort darauf war schwierig. Veronica versuchte es erst gar nicht. So schüttelte sie nur den Kopf:

„Ich glaube trotzdem nicht, daß Sie je zufrieden sein würden, Mr. Lucas. Sie gehören zu denen, die immer hinter etwas herrennen, und wenn Sie es dann erreicht haben, wünschen Sie sich gleich das nächste. Das ist wie bei der verrückten Teegesellschaft des Hutmachers: Marmelade gestern, Marmelade morgen, aber nie heute. Ich aber möchte mein Leben genießen."

Lucas amüsierte sich prächtig. Veronica wurde allmählich munter, und es machte ihm Spaß, unerwartete Tiefen bei ihr zu entdecken und ihren scharfsinnigen kleinen Bemerkungen zu lauschen. Es steckte wirklich mehr in ihr, als er erwartet hatte. Ihrem Geist mangelte es nicht an Fähigkeiten, er hatte bisher nur keine Gelegenheit gehabt, sich zu erproben. Lucas bildete sich ein, für Veronica sehr viel Gutes zu tun, und bemerkte nicht, wie viel sie für ihn tat. Auch ihm wurden neue Ausblicke eröffnet; mochte er ihre naiven Bemerkungen auch mühelos abtun, so konnte er doch die Tatsache nicht leugnen, daß ihre manches Mal ungeschickt vorgebrachten Behauptungen den Nagel auf den Kopf trafen und sie eine unglaubliche Geschicklichkeit besaß, den Finger gerade auf seine schwachen Punkte zu legen. Hoffnungsfroh auf die Reise zu gehen, mag schöner sein als die Ankunft am Ziel, aber an diesem Morgen hatte Lucas zum ersten Mal erkannt, daß er ohne ein bestimmtes Ziel unterwegs war. Er war ein geistiger Nomade. Die Einsamkeit seines Lebens hinderte ihn, sich der ihm zur Verfügung stehenden Kräfte zu bedie-

---

* Lewis Carroll – Alice im Wunderland

nen. Wie Veronica gesagt hatte: er konnte nicht alles Brot der Welt essen, und verlor daher, wenn sein Magen gefüllt war, das Interesse daran, während sie, die auch für andere Wesen Mitgefühl hegte, wie ein übervoller Teich überfließen und die Freude anderer miterleben konnte. Vielleicht sprach doch das eine oder andere für ihren Standpunkt? Schließlich hatte er, seitdem er mit diesem Kind in Berührung gekommen war, mehr Freude erlebt als je zuvor. Es war eine völlig neue Erfahrung und eine ganz andere Empfindung als das Gefühl der Macht. Natürlich hatte er seinen Einfluß auf andere Menschen ausgenutzt, aber der verblaßte mit der Zeit. Wie anders müßte es sein, mit einem anderen Menschen freiwillig zu harmonieren. Es wäre Stimulation für die eigenen Kräfte, man würde auf ein höheres Niveau gehoben, von dort bereichert zurückkehren und andere inspirieren, um dadurch selbst noch höher zu steigen. Dieses alte und neue Spiel von Wirkung und Gegenwirkung zwischen zwei Menschen eröffnete im Vergleich zur einsamen Arbeit des einzelnen völlig neue Aspekte, völlig neue Möglichkeiten des Erlebens. Dazu müßte man den anderen für eine freiwillige Mitarbeit gewinnen. Es genügte nicht, ihn zu überlisten oder einzuschüchtern.

Er ging ans Werk, das Geheimnis dieses Vorgangs zu ergründen, gerade so, wie er sich daran gemacht hatte, die Geheimnisse des Ordens zu erforschen.

Seine Methode war das sokratische Frage- und Antwortspiel. Bewußt stellte er seinem Unterbewußtsein, zu dem ihm seine okkulte Schulung Zutritt verschafft hatte (die Okkultisten wissen über das Unterbewußtsein viel mehr als die Psychologen), eine Frage, auf die ihm dieses dank seiner höheren Einsicht eine Antwort zukommen ließ. In diese Beschäftigung vertieft, bemerkte er nicht, wie die Zeit verstrich, und die Sonne ging bereits unter, als er mit einem völlig ausgearbeiteten Plan zu Veronica zurückkehrte. Er wußte nun genau, wie er auf ihren Geist einwirken mußte, wie er ihre Natur erwecken konnte, so daß das Kind zur Frau wurde die seine Gefühle erwiderte. Er kannte jetzt ihren Charakter gut, oder glaubte zumindest, ihn zu kennen, und wußte, wie er die geheimen Triebfedern zum Schwingen bringen konnte, die die Kräfte freisetzen, die bei jedem von uns im Verborgenen ruhen, selbst bei den ‚Stillen Wassern!'

14

Die alte Haushälterin hatte das Abendbrot vorbereitet, und Veronica saß schon am Tisch, als Lucas verspätet das Zimmer betrat. Das Mahl wurde in festlicher Stimmung eingenommen. Von dem Gedanken an seine neue Aufgabe beseelt, war Lucas in allerbester Laune. Veronica verlor bald den letzten Rest ihrer Scheu und ging auf seine Fröhlichkeit ein. Und Lucas mit seinem quecksilbrigen Temperament vergaß seinen sorgfältig zurechtgelegten Plan und all sein Wissen über Psychologie und balzte wie ein Auerhahn.

Ein winziger Rest von Verstand blieb ihm jedoch und ließ ihn erkennen, daß Veronica ihn am Gängelband führte, und nicht umgekehrt. Sie hatte sein Innerstes ergründet, während sie selbst in jener Unschuld, die nur jungfräulichen Seelen zu eigen ist, halb erschreckt, halb bezaubert auf die Kräfte herabblickte, die sie entfesselt hatte, und sich als echtes Weib darüber freute. Sie war noch zu unreif, um alles verstehen zu können und bemerkte nur, daß er sie, die er bisher wie ein minderwertiges Geschöpf behandelt, auf einen Sockel gehoben hatte und zu ihr aufblickte. In ihrer mädchenhaften Art überlegte sie eine Weile, ob sie ihm den kleinen Finger reichen sollte, und entschloß sich schließlich, es zu tun. Von Anfang an hatte er eine sonderbare Anziehungskraft auf sie ausgeübt, die seltsamerweise durch ihre Angst vor ihm gesteigert worden war. So kam es, daß Veronica Lucas noch einmal anlächelte, ehe das Mahl beendet war.

Und dieses Lächeln besiegelte seinen Untergang. Es zog langsam über ihr Gesicht wie das Lächeln der Mona Lisa, spiegelte für einen kurzen Augenblick alles wider, was in einer Frau verborgen ist und verschwand dann plötzlich, als sei es über die eigene Fröhlichkeit erschrocken. Lucas war ausgezogen, ein wenig im Wasser zu plantschen, aber plötzlich sah er sich von einem tiefen Strom mitgerissen. So spielt Mutter Natur mit denen, die sie an der Nase herumführen wollen. Männer haben schon Königreiche für solch ein Lächeln gegeben. Lucas opferte seine Seele. Seine einzige Hoffnung auf Rettung wäre ein Festhalten an seinem Dunklen Meister gewesen, dessen Gesetz die Einsamkeit vorschreibt. Nur mit seiner Hilfe hätte er die Kraft aufbringen können. Lucas aber, dessen Sorge der Schwarzen Magie hätte gelten sollen, die er für seinen Schutz so dringend brauchte, vergaß beides, Angriff und Verteidigung, vergaß jene hehren Ziele, die er einst gesucht und angebetet hatte, und wurde ein Mensch. Was scherte ihn die Magie der alten Ägypter! Er lernte jetzt eine viel größere Magie kennen als die, die einem unverheirateten Priester je zuteil geworden war. Mann und Frau brachten der Göttin Natur ihre uralte Huldigung dar, als Priester und Priesterin weihten sie sich gegenseitig in das ewige Geheimnis ein und vergaßen die Welt um sich herum. Zu sehen, wie das Lächeln in Veronicas Augen langsam aufdämmerte, ehe es ihre Lippen erreichte, und zu wissen, daß es ihm galt, war mehr, als die Bruderschaft ihm zu geben hatte. Sicher, er besaß die Fähigkeit, über Geister und Kräfte zu gebieten, aber was war das schon. Einsamkeit mochte Macht bedeuten, aber in der Vereinigung lag das Glück, und die Liebe konnte die Vereinigung bewirken. Jetzt, da Lucas die Liebe gekostet hatte, wünschte er nichts anderes als sie. Manchmal kann das Gute in einem schlechten Menschen seinen Untergang genauso sicher herbeiführen, wie das Böse in einem guten.

Als die Mahlzeit beendet war, war der Mond bereits am Horizont aufgegangen. Weiß leuchtete sein klares kaltes Licht auf dem Rasen, nur die Schatten der Büsche zeichneten sich schwarz wie Tinte dagegen ab. In diesem Talkessel war die Sommernacht fast so warm wie der Tag. Veronica und Lucas traten durch die Glastür auf die Terrasse hinaus. Als sie hin und her wanderten, schob Lucas seine Hand unter Veronicas Arm, und die langen braunen Finger der Gelehrtenhand ruhten auf dem weichen, runden Unterarm, den der kurze Ärmel frei ließ, und hoben sich scharf von der weißen Haut des Mädchens ab. Veronica, halb Kind noch und doch schon halb Weib, ließ es sich gerne gefallen.

Sie wanderten umher, machten kehrt, gingen weiter und sprachen über Gott und die Welt und wie sie sie beide bisher erlebt hatten. Zum ersten Mal hörte Veronica, wie ein Mann von seinem Leben und den Erfahrungen sprach, die ihn zu dem gemacht hatten, was er war, ein Mann, der sich wünschte, die Frau an seiner Seite möge ihn verstehen, und der dabei mehr über sich erfahren wollte.

Lucas war das uneheliche Kind einer Opernsängerin und eines hochrangigen Politikers. Er war in der Familie eines kleinen Krämers aufgezogen worden, aber die engen Lebensverhältnisse hatten ihn nicht halten können. Man hatte versucht, einen viereckigen Pflock in ein rundes Loch zu treiben, aber der Pflock war aus härterem Holz gewesen und hatte das Loch gesprengt. Dann kam die Geschichte eines rebellischen, schwierigen Jünglings, der fortwährend seine Stellung wechselte, Folge des südlichen Temperaments seiner Mutter. Später setzte sich allmählich die vom Vater geerbte Intelligenz durch. In Abendkursen und auf dem Polytechnikum versuchte er, die Lücken seiner vorzeitig abgebrochenen höheren Schulbildung zu schließen.

Zu guter Letzt fand er eine Stellung als Hilfskraft bei einem alten Mann, der einen Trödelladen besaß. Es war kein Antiquitätengeschäft mit einem geistig anregenden Inhalt, auch kein Laden mit alten Büchern, in denen Gelehrte auf der Suche nach seltenen Werken herumstöbern, sondern eines jener kleinen Geschäfte, die sich großspurig ‚Maritimes Handelshaus' nennen, meist aber nicht das geringste mit der Marine oder der See zu tun haben. Der Name sagt dem Eingeweihten nur, daß diese Menschen mehr mit altem Eisen als mit Lumpen und Knochen handeln, obwohl sie eigentlich alles und jedes verhökern.

In diese Stätte altmodischer Verstaubtheit verirrte sich eines Tages ein seltsamer Handelsartikel. Es war ein weißes oder eher gelbliches Tuch im Format von etwa drei mal drei Metern auf das mit viel Tinte ein Kreis mit einem Durchmesser von einhundertzwanzig Zentimetern gezogen worden war. Das Innere des Kreises war, von einigen Schmutzflecken abgesehen, frei, aber am Rand fand sich eine außergewöhnliche Sammmlung seltsamer Hieroglyphen und einfacher Darstellungen von Lebewesen und Gegenständen. Der Trödler erstand dieses Tuch nach dem augenscheinlichen Wert. Für ihn war ein Tuch ein Tuch, und man konnte das Gerümpel im Lager damit abdecken, bis sich ein Kauflustiger fand. Wollte es wirklich jemand kaufen, sollte Lucas wegen der Schmutzflecken nicht mehr als sechs Schilling und sieben Pence dafür verlangen. Aber wegen seiner Größe durfte er es auch nicht für weniger als für eineinhalb Kronen hergeben.

Damit war die Neugier des aufgeweckten jungen Mannes nicht gestillt. Immer, wenn er abends das Tuch ausbreitete, wunderte er sich über die Hieroglyphen, genauso wie morgens, wenn er es wieder zusammenlegte. Eines Tages, als nichts zu tun war, stöberte er in einigen Büchern, die auf dem Ladentisch lagen. (Der alte Trödler pflegte bei Versteigerungen von Hausrat wahllos alles zusammenzukaufen, was billig war). In einem dieser Bücher fand Lucas den Schlüssel zu dem Geheimnis des Tuchs, einen groben Holzschnitt, von dem das Tuch offensichtlich eine Kopie war. Vor Aufregung ganz aus dem Häuschen, verschlang er den Text und erfuhr, daß das geheimnisvolle Tuch ein Teppich war, wie ihn Magier benutzen, wenn sie gewisse Elementargeister beschwören wollen. Dabei steht der Zauberer in der Mitte des magischen Kreises, von den Symbolen, die ihn umgeben, geschützt, und beschwört Wesen einer anderen Schöpfungsart, zu erscheinen und sich an den für sie bestimmten, am Rand des Teppichs aufgemalten Zeichen und Siegeln, aufzustellen.

Endlich war es so weit, und der junge Gehilfe konnte an diesem Tag die Ladentür schließen. Er verriegelte sie von innen, breitete das magische Tuch auf einer Stelle des Fußbodens aus, die er von allerlei Gerümpel befreit hatte, stellte sich in die Mitte des Kreises und las mit lauter Stimme die magische Formel ab, die nach Angabe des Buches für diese Gelegenheit passend war. Dann wartete er. Nichts geschah. Verärgert drehte er das Gas ab, ging nach Hause und legte sich zu Bett. Gerade als er über die Schwelle zum Schlaf hinüberglitt, beschlich ihn das Gefühl, im Zimmer nicht allein zu sein. Er wollte die Hand ausstrecken, um Licht zu machen, war aber unfähig, sich zu rühren. Plötzlich fühlte er auf seinem Gesicht den Hauch eines Atems und auf seiner Brust ein Gewicht. Irgendetwas war an seinem Hals, aber immer noch war er wie gelähmt. Schließlich gelang es ihm unter Aufbietung all seiner Kräfte, sich aufzusetzen. Aber der Raum war genauso leer wie der Laden am Abend.

Da er noch jung war und gesunde Nerven hatte, schlief er bald wieder ein und hätte an diesen Alptraum überhaupt nicht mehr gedacht, wenn er am nächsten Morgen, als er zögernd den Fuß auf das schäbige Wachstuch setzte, das den Fußboden seiner ärmlichen Dachkammer bedeckte, nicht gesehen hätte, daß es mit schleimigen Spuren besudelt war, als wenn eine Armee von Schnecken darüber gezogen wäre. Die stinkende Spur führte vom Fenster zum Bett und wieder zurück, und als er sie jetzt genauer untersuchte, fiel ihm auf, daß auch der Fensterrahmen mit demselben schleimigen Zeug beschmutzt war. Das Wesen, das diese Spuren hinterlassen hatte, war anscheinend durch den schmalen Lüftungsspalt oben am Fenster hereingekommen.

In den nächsten Nächten schlief der junge Mann bei geschlossenem Fenster, aber die reichhaltige Sammlung von Büchern, die ihren Weg zusammen mit dem Tuch aus dem Haus eines Studenten der okkulten Künste in den Laden gefunden hatte, entflammte seine Einbildungskraft derartig, daß er an nichts anderes mehr denken konnte. All sein Denken kreiste nur noch um den Wunsch, hinter das Geheimnis der Mysterien zu kommen, zu dem er jetzt den Schlüssel in der Hand hielt. Was suchten die Menschen darin? Wie suchten sie danach, und wer waren die Sucher?

Sein Wunsch ging in Erfüllung. Als er eines Abends das magische Tuch über den ganzen Plunder ausbreitete, bemerkte er ein Gesicht, das ihn durch eines der Fenster beobachtete, und kurze Zeit später stand der Mann, zu dem dieses Gesicht gehörte – ein unheimliches, stark behaartes Individuum – auf der Schwelle und fragte nach dem Preis des Tuchs. Lucas forderte, wie man ihm aufgetragen hatte, sechs Schillinge und sieben Pence, und ohne mit der Wimper zu zucken, legte der Fremde drei halbe Kronen auf den Ladentisch. Dann starrte er den jungen Mann neugierig an..

„Wissen Sie etwas über diese Dinge?"

Lucas war, wie alle Menschen, die in einer feindselig gesinnten Umgebung leben, sehr zurückhaltend, doch irgendetwas an dem

Fremden zog ihn an, stieß ihn aber gleichzeitig auch ab, und beinahe wie unter Zwang erzählte er die Geschichte von der Beschwörung und den Schneckenspuren. Der Fremde tanzte fast vor Freude, und ehe Lucas wußte, wie ihm geschah, hatten er, das Buch und das Tuch den Weg in die Wohnung des Fremden gefunden. Dort hockten sie sich in einen schützenden Kreis zusammen und lasen gemeinsam mit lauter Stimme die Beschwörungsformel. Lucas sah nichts, aber der Fremde, der unglaublich schielte, teilte ihm mit, die herbeigerufenen Geister seien auf den ihnen zugewiesenen Plätzen erschienen. Anschließend ließ er eine wortreiche, von heftigen Armbewegungen begleitete Beschwörung vom Stapel, denn offensichtlich war es eine Sache, sie zu rufen, aber eine andere, sie wieder loszuwerden. Nach einigen Minuten Gebrumm und wilder Gesten erklärte der Fremde, die Geister hätten sich jetzt verabschiedet. So setzten sich die beiden zu einem Abendmahl mit Bratwurst nieder, das von einer Haushälterin serviert wurde, deren Äußeres so fettig war, als hätte sie neben der Wurst in der Bratpfanne geschwommen.

Es war das erste von vielen gemeinsamen Abendessen. Lucas konnte seinen Widerwillen gegen diesen Mann nie ganz überwinden, aber sein Wissen faszinierte ihn. So kam er Abend für Abend und lauschte seinen Vorträgen über Paracelsus, Roger Bacon, Robert Fludd und das Wissen, das mit ihnen gestorben ist. Die Wohnung stieß Lucas zwar wegen ihrer Unordnung und Muffigkeit ab, aber die reichhaltige Sammlung theosophischer Schriften und amerikanischer Bücher über die ‚New Thought'-Bewegung zog ihn magnetisch an. Es dauerte nicht lange, und der intelligente junge Mann hatte die staubigen Schinken durchgeackert und seine eigenen Schlüsse gezogen. Einige wenige Experimente hatten genügt, um ihm zu zeigen, daß hinter all dem Geschwätz etwas Greifbares war, aber er erkannte auch, daß das Wesentliche nicht in den Büchern zu finden war. Wenn er an dieses Wissen gelangen wollte, mußte er jemanden finden, der damit vertraut war, denn die Eingeweihten dieser Geheimwissenschaft sind durchaus bereit, ihre Kenntnisse mündlich zu übermitteln, nicht aber, sie schriftlich niederzulegen. Wieder wurde das Verlangen nach Wissen zur Sucht, und wieder wurde diese Sucht gestillt.

Als er eines Abends in einem Antiquariat herumstöberte, kam er mit einem Mann, der ebenfalls in den Remittenden kramte, ins Gespräch. Viele Freimaurer scheinen sich in Läden mit alten Büchern wie zu Hause zu fühlen. Der Arme kommt dorthin, um ein billiges Buch zu finden, und der Reiche auf der Suche nach einer Rarität. Das gemeinsame Interesse an derselben Wissenschaft ist ein Anknüpfungspunkt und oft der Grundstein für eine Freundschaft.

Lucas' neuer Bekannter war ein ganz anderer Mensch als der Käufer des Tuchs. Es war niemand anders als der alte Mann mit dem weißen Bart, der bei den Ratsversammlungen der Loge immer zur Linken des Vorsitzenden saß. Er hatte den armselig gekleideten jungen Mann prüfend angesehen und erkannt, daß in ihm ein ganz ungewöhnlicher Geist stecken müsse und nahm ihn unter seine Fittiche. Er gab dem Jungen weitere Bücher zum Lesen, und die Gespräche mit dem Gelehrten waren Labsal für Lucas' Seele. Zum ersten Mal in seinem Leben fühlte er sich in der Gegenwart eines Menschen wohl. Kurze Zeit danach wurde er in den Äußeren Tempel des Ordens aufgenommen. Endlich war er im Besitz dessen, wonach er solange gesucht hatte, mochte es zu seinem Besten sein oder auch nicht.

Einer half dem anderen, und Lucas ging seinen Weg. Er gelangte in die Fleet Street und machte überraschend schnell als Journalist Karriere, bis diese durch seine Berufung als Schriftführer des Ordens ihr Ende fand.

Dann setzte der Kampf zwischen dem Idealismus der Brüder und dem heftigen Ehrgeiz des Mannes ein, der unter ihnen weilte, aber keiner der ihrigen war. Lucas erzählte die Geschichte in allen Einzelheiten und schonte sich nicht, denn er wollte sich durch diese Aussprache von der Last befreien, die er schon so lange mit sich herumgetragen hatte.

Ehe sein Geständnis beendet, war der Mond untergegangen, die abendliche Kühle und die Dunkelheit trieben das junge Paar ins Haus zurück. Auf der Schwelle blieben sie einen Augenblick stehen, als ob sie zögerten, die Nachtkühle gegen die Schwüle und stickige Luft eines künstlich erleuchteten Zimmers einzutauschen.

Veronica hob die Hand.

„Hören Sie, Fuchshunde“, sagte sie.

„Unsinn, Sie törichtes Kind“, erwiderte Lucas, „man geht doch nicht um diese Jahreszeit zur Jagd, und zu dieser Nachtstunde schon gar nicht.“

„Aber hören Sie doch“, rief das Mädchen. „Sie sind ja schon ganz nahe, hören Sie doch, wie sie bellen, sie haben ihre wilde Beute gewittert.“ Sie hörte das Bellen der Hunde immer näher durch den Wald kommen. Plötzlich umklammerte sie den Arm ihres Begleiters.

„Mr. Lucas!“, schrie sie. „Sie sind nicht auf dem Boden, sie sind oben über uns, in der Luft!“

Sie fühlte, wie sie durch die Glastür ins Zimmer gerissen wurde und hörte die Fensterläden hinter sich zuschlagen. Lucas starrte sie einen Augenblick kreidebleich und wortlos an, dann ließ er sich in einen Sessel am Tisch fallen und verbarg sein Gesicht in den Händen.

Veronica sah ihn hilflos und unglücklich an. Das Bellen der Hunde, das aus der Dunkelheit hoch oben über ihren Häuptern gekommen zu sein schien, hatte schauderhaft geklungen, und der Anblick des in Gram über den Tisch gebeugten Mannes erfüllte sie mit Furcht und bösen Vorahnungen, während ihr Herz in Mitgefühl für seinen Kummer, dessen Ursache sie nicht kannte, schlug.

Schüchtern legte sie ihm die Hand auf die Schulter.

„Mr. Lucas, was ist los? Nun reden Sie doch schon!“

Als Antwort streckte er den Arm aus, umschlang sie, zog sie an sich und barg sein Gesicht in den Falten ihres Kleides. Eine Zeitlang verweilten sie so, der Mann starr und regungslos, während das Mädchen die Hand auf seiner Schulter ruhen ließ und hin und wieder den rauhen Stoff seines Jacketts streichelte, um ihm Trost zu spenden, den sie nicht anders ausdrücken konnte.

Endlich hob er sein Gesicht, das seltsam verändert erschien und sah sie an.

„Das waren die astralen Jagdhunde, die Jagdhunde des Himmels. Sie jagen Verräter“.

„Wer sind sie?" fragte Veronica.

„Die Brüder. Auch das habe ich sie gelehrt, und jetzt jagen sie mich. Der neue Geist in der Bruderschaft. Sie mögen ihn nicht, aber wenn es ihnen paßt, machen sie ihn sich zunutze."

„Aber, Mr. Lucas, sie können Sie doch nicht mit Hunden jagen?"

„Nein, sie jagen nicht mit den Hunden, sie benutzen sie nur, um mich zu suchen. Töten werden sie mich mit dem Strahl."

„Sie töten? Sie werden Sie doch nicht töten?" Veronica klammerte sich in Panik an ihn und krallte ihre Finger in seine Schulter. Er sah sie an.

„Würde es Ihnen leid tun, kleine Veronica?"

„Aber das ist doch nicht möglich, Mr. Lucas! Es ist alles nur ein böser Traum."

„Nein, Veronica, es ist kein Traum. Sie wollen mich töten, und es ist ihr gutes Recht. Es ist besser, wenn ich sterbe, und wenn es Sie nicht gäbe, würde ich gerne gehen. Aber es gibt Sie und daher will ich nicht sterben."

Er stand auf und trat dicht vor sie hin. Wieder verengten sich die Pupillen seiner Augen bis auf Stecknadelkopfgröße, und der Ausdruck seines Gesichtes war jetzt so böse, wie sie es seit Tagen nicht mehr gesehen hatte.

„Aber", schrie er, „ich werde nicht gehen. Jedenfalls nicht weit!"

Er griff in die Tasche, zog ein Federmesser heraus, öffnete es und, ehe sie wußte, wie ihr geschah, stieß er die Klinge in ihren Arm.

„Keine Angst", sagte er, als sie jetzt einen Schrei aus Schmerz und Entsetzen ausstieß und versuchte, sich von ihm loszumachen.

„Ich will Ihnen nicht weh tun, sondern ich mache das nur, damit ich mit Ihnen in Verbindung bleiben kann, wenn ich ins Jenseits gehe. Es ist das Blutband, das die Wilden knüpfen, wenn sie einen Fremden in ihren Stamm aufnehmen. Es hält selbst über den Tod hinaus und ist sogar stärker als das Band der Ehe." Dann packte er sie mit einem Griff, gegen den es keinen Widerstand gab, hob ihren blutenden Arm zu seinem Mund und saugte das Blut.

Von Grauen und Bestürzung erfüllt, sah sie ihn an. Das war wieder der alte Lucas, der Lucas, den sie beinahe vergessen hatte. Er gab ihren Arm frei, hielt sie aber am Handgelenk so fest, daß sie nicht davonlaufen konnte.

„Seien Sie nicht böse“, bat er. „Ich habe Ihnen doch nicht sehr weh getan, oder?“ Dann legte er beide Hände auf ihre Schultern und sah ihr fest in die Augen:

„Hören Sie zu, Veronica. Ich werde vielleicht gehen müssen, aber ich gege nicht weit. Ich werde zurückkommen. Halten Sie Ausschau nach mir!“

Immer noch sah sie ihn sprachlos an, und das alte stumme Grauen stand wieder in ihren Augen. Er zog sie an sich und legte seine Wange an ihre:

„Sei lieb zu mir, Veronica. Ich werde vielleicht bald gehen müssen.“

Der Ton, in dem der Mann die Worte sprach, und die unheilschwangere Stimmung in dem stillen Haus überwältigten das Mädchen. Es brach in Tränen aus und klammerte sich schluchzend an Lucas. Eine Zeitlang standen sie so beisammen, dann machte er sich sanft von ihr los.

„Es schlägt zwölf. Ich muß gehen. Die Brüder halten ihre Sitzungen um Mitternacht. Gib mir einen Gute-Nacht-Kuß, Veronica.“

Da schlang sie die Arme um seinen Hals und küßte ihn.

15

Veronicas Schlaf war unruhig, schwere Träume voller Vorahnungen plagten sie. Ein Schatten schien sich auf das Haus gelegt zu haben, ein Schatten, wie er über einem Gefängnis liegt, in dem bei Morgengrauen ein Mensch hingerichtet werden soll. Die unruhigen Schwingungen einer Seele in Abschiedsstimmung übertragen sich auf alle anderen Seelen in Reichweite, denn keine Seele lebt oder stirbt für sich allein. Sie bilden eine Gemeinschaft, und die Natur kennt keine Unterbrechung der Kontinuität. Eine Aura greift in die andere, und die Erregung einer Seele verbreitet sich in Wellen durch den See des Geistes, bis der Impuls, der sie hat entstehen lassen, erschöpft ist. So laufen die Wellen eines Gedankens, sei er gut oder schlecht, durch Zeit und Raum. Das ist die Ursache für mannigfaltige Erscheinungen.

Veronica schlief also unter dem Schatten künftiger Ereignisse. Durch ihre Träume wandelte die Gestalt von Lucas, manchmal war er der Mann, wie sie ihn kennengelernt hatte, als sie in das Haus am Bloomsbury Square eingezogen war, der Mann, der ihr vorkam wie der Experimentator dem Versuchskaninchen, das sich einer Vivisektion unterzieht, ohne jegliche Boshaftigkeit, aber dennoch ein Wesen einer anderen Schöpfungsart, dessen Handeln durch Motive bestimmt war, die so andersartig waren wie die ihrigen, daß sie sie nicht einordnen konnte. Dann wieder war er der Mann, der in dem Wald am Fluß zu ihr gesprochen und ihr Ausblicke in ein Leben eröffnet hatte, das weit über ihre Vorstellungen hinausging und sie dennoch lockte, ihm weiter und weiter zu folgen, so wie die weite Straße den Wanderer mit sich zieht. Meist aber schien er in einer seltsamen unerklärlichen Bedrängnis zu sein und von ihr Hilfe zu fordern, deren Sinn sie nicht erraten konnte. Plötzlich trat er in das Gewirr ihrer Träume, die Arme flehend ausgestreckt, die Augen schwarze Löcher, wie sie es immer waren, wenn die sanfte Seite seines Wesens zum Vorschein kam. Sie ging auf ihn zu, er aber wich ihr immer wieder aus. Schließlich schleppte sie sich durch eine weite Steppe, angstvoll auf der Suche nach ihm, denn sie spürte, daß er in Not war und sie brauchte, und konnte ihn doch nicht finden. Jede Stunde schreckte sie aus dem Schlaf hoch und sah sich auf der Schwelle des Bewußtseins dem Schatten einer neuen drohenden Tragödie gegenüber.

Erst kurz vor dem Morgengrauen trat eine Veränderung ein:

Der unheilvolle Schatten, der sich bisher nur in Umrissen gezeigt hatte, nahm eine Form an. Er verdichtete sich, wurde schmäler und dann länger, bis er zu einem Schwert mit kreuzförmigem Griff geworden war. Dieses zog sich zurück, wie um Raum für einen Stoß zu gewinnen, und schnellte dann vor, als würde es von einem starken, kosmischen Arm geführt. Eine Sekunde lang zitterte es, als hätte es sich in das Herz eines lebenden Wesens gegraben, dann wurde es zurückgezogen, und Veronica fiel in einen totenähnlichen Schlaf.

Sie schlief jenen schweren traumlosen Schlaf der Erschöpfung und hätte wahrscheinlich bis Mittag weitergeschlummert, wenn die alte Haushälterin sie nicht durch heftiges Schütteln geweckt hätte. Der erschreckte Ausdruck in dem Gesicht der alten Frau ließ Veronica nichts Gutes ahnen, auch wenn ihr das Gebrabbel des zahnlosen Mundes unverständlich blieb. Aber Veronica brauchte nichts zu hören – sie wußte, was geschehen war. Sie hüllte sich in ihren Morgenmantel und folgte der alten Frau in Lucas' Zimmer.

Er lag ausgestreckt auf dem Rücken im Bett, die Beine eng nebeneinander, die Arme auf der Brust gekreuzt, wie eine Skulptur auf einem Grab. Die Sonne schien ihm ins Gesicht, und von der Kletterrose, die sich um das Fenster rankte, war eine Flut scharlachroter Blütenblätter hereingeweht worden und hatte sich wie ein Teppich auf der weißen Bettdecke niedergelassen. Die Bettücher waren glatt, und das Kissen wies nur die eine Mulde auf, in der sein dunkler Kopf ruhte. Es herrschte völlige Stille. Veronica wußte, daß sie allein war. Lucas hatte während der Nacht seinen Körper verlassen und war in das Reich der Schatten hinübergegangen, das für ihn Wirklichkeit war. Ob er auf den Schwertstoß gewartet oder selbst die Tür entriegelt und die Schwelle freiwillig überschritten hatte, wußte sie nicht. Sie wußte nur, daß der Tod anders war, als sie ihn bisher erlebt hatte. Lucas war gegangen und hatte seinen Körper zurückgelassen, als hätten ihn dringende Geschäfte abberufen, und er sein Gepäck zurücklassen müssen. Lucas war nicht mehr. Der olivfarbene Körper, den sie gekannt hatte, war leer. Ihr Freund hatte sie verlassen, sie kannte seinen Aufenthaltsort nicht, und ob er mit ihr in Verbindung treten würde, war ungewiß. Aber ihr Freund hatte nicht aufgehört zu sein. Sie verspürte kein Gefühl des Verlustes, sondern nur Verwirrung. Wie würde es Lucas gelingen, mit ihr Kontakt aufzunehmen? Würde er sich ihrer überhaupt erinnern oder sie vergessen?

Das Zimmer wies keinerlei Spuren eines Kampfes auf. Welche Kämpfe auch immer Lucas ausgefochten haben mochte, sie waren beendet, als er abreiste. Er hatte verloren, denn er hatte nicht diese Welt verlassen wollen. Aber die Schlacht war noch nicht entschieden, er hatte sich nur in die zweite Linie zurückgezogen. Mit seiner Abreise war das Kampfgetümmel verstummt, und über dem Raum lag der Frieden der Stille.

Lange stand sie so da und schaute auf die leblose Hülle hinab. Erschüttert war sie nicht, nur neugierig auf das, was nun geschehen würde. Schwere Tritte von der Treppe weckten sie aus ihrer Träumerei. Als sie sich umwandte, sah sie sich einem Arbeiter gegenüber, den die alte Frau anscheinend gerufen hatte.

„Schrecklich, Madam“, sagte er. „Ihr armer Mann...“

Sein Blick war auf ihre unberingte Hand gefallen. Er unterbrach sich unsicher, denn die Seele eines Bauern hängt sehr an Konventionen. Sein Eintreten ließ jeden Nerv in Veronicas Körper schmerzlich erzittern. Sie wollte in der seltsamen feierlichen Atmosphäre allein bleiben, an die sie sich zuletzt so sehr gewöhnt hatte, diese durchgeistigte Atmosphäre, die auf ihre Seele dieselbe Wirkung ausübte wie die dünne Höhenluft der Berge auf ihren Körper. Sie wollte nicht reden. Es hätte die Stimmung zerstört. So schritt sie wortlos auf den Mann zu, schob ihn sacht zur Tür hinaus, und schloß sie hinter ihm.

Dann ließ sie sich auf einem Stuhl am Fenster nieder, ihre Blicke wanderten über den vom Sonnenlicht übergossenen Garten und dann wieder zu dem sonnenbestrahlten Antlitz.

Kurze Zeit danach wurde ihre Ruhe erneut gestört. Auf der Türschwelle tauchte ein Mann auf und schaute sich suchend im Zimmer um. Eine kleine braune Tasche in seiner Hand verriet, wer er war. Sein prüfender Blick ging von dem Gesicht auf dem Kissen, auf dem sich der Friede des Todes spiegelte, zu dem Antlitz der Frau am Fenster, die Teil dieses Friedens zu sein schien. Dann trat er wortlos zu dem Bett und begann den Toten zu untersuchen. Er wagte wohl nicht, das Schweigen zu stören. Veronica brach es. Die Geschäftigkeit des Mannes weckte sie aus ihrer Apathie, sie ging jedoch sofort zum Angriff über.

„Ich möchte nicht, daß ihn jemand berührt", sagte sie. Es waren die ersten Worte, die sie an diesem Tag hervorbrachte.

Der Ankömmling reagierte höflich.

„Ich fürchte, es wird nicht möglich sein, ihn nicht zu berühren. Wir haben noch viel mit ihm vor. Aber Sie können beruhigt sein, wir werden für ihn und auch für Sie nur das Beste tun. Sagen Sie, sind Sie eine Verwandte des Toten?"

„Ich bin seine Sekretärin", antwortete Veronica.

„Ach so", meinte der Arzt. „Jedenfalls werden wir unser Bestes für Sie tun. Aber vielleicht können Sie uns sagen, wo wir seine Verwandten finden?"

„Ich glaube, er hatte keine."

„Sie sind noch nicht lange hier, nicht wahr? Wo waren Sie früher?"

Veronica sagte es ihm.

„Und was haben Sie dort gemacht?"

Einen Augenblick lang war Veronica nahe daran, es ihm zu sagen, dann aber spürte sie, daß sie es nicht konnte: sie war mit der verborgenen Seite der Dinge in Berührung gekommen, er nicht. Mit ihm darüber zu sprechen, war unmöglich, eine tiefe Kluft trennte sie. Er war ein Fremder für sei, lebte in der Welt der Äußerlichkeiten, sie jedoch war eine Eingeweihte, sie hatte hinter den Schleier geblickt und die Urkräfte bei der Arbeit gesehen. Seither gehörte sie zur Welt des Unsichtbaren, ein Wanderer, der für kurze Zeit in die stoffliche Welt gekommen war. Sie konnte keine Bande knüpfen und von niemand anderem Sympathie empfangen als von denen, die so waren wie sie. Sie mußte weiter alleine ihres Weges ziehen, nur Wesen ihrer Art konnten ihr Gefährten sein; der Arzt gehörte nicht dazu. Sie konnte es ihm nicht erklären, er hätte es nicht verstanden.

So beließ sie es bei der Aufzählung der Tatsachen: Lucas habe sie angestellt, dann habe er seine Tätigkeit aufgegeben, sei nach hier gekommen und habe sie mitgenommen. Sie wisse nicht, warum er seinen Beruf aufgegeben habe, und auch nicht, bei wem er angestellt gewesen sei, jedoch glaube sie, bei einer wissenschaftlichen Gesellschaft. Der Arzt könne im Haus am Bloomsbury Square weitere Auskünfte bekommen. Es sei nicht ihre Aufgabe gewesen, sich darum zu kümmern. Man habe sie gut bezahlt, und sie habe keine Fragen gestellt. Nein, sie sei keine Verwandte von Mr. Lucas, das habe sie schon einmal gesagt. Sie wüßte weder seinen Vornamen noch sein Alter. Er hätte immer als J. Lucas unterschrieben, aber sie wisse nicht, was dieses ‚J' bedeute. Es könnte James, aber auch John heißen. Sie hätte keine Ahnung, und es wäre nicht ihre Sache, sich den Kopf darüber zu zerbrechen. Sie habe ihn immer als Mr. Lucas angesprochen. Und einen Anhaltspunkt für die Todesursache könne sie auch nicht liefern. Er sei bis gestern abend völlig wohlauf gewesen, habe sich nie über irgendeine Krankheit beklagt, höchstens in der letzten Zeit über Müdigkeitserscheinungen.

Der Arzt klammerte sich an diese erste greifbare Auskunft, und Veronica sah keinen Grund, ihn über die Ursache dieser Erschöpfungszustände aufzuklären.

Diejenigen, die mit der Welt des Unsichtbaren zu tun haben, stehen abseits von ihren Mitmenschen. Sie tragen ihre Streitigkeiten untereinander auf eigene Weise aus, weshalb Lucas für Veronica nicht ermordet war. Sie wußte wohl, daß man ihn gezwungen hatte, seinen Körper zu verlassen, doch sie vertraute fest darauf, daß er in der Lage war, auf sich selbst aufzupassen. Ohne irgendwelche Weisungen von ihm würde sie nichts unternehmen.

Schließlich schob sie der Arzt sanft aus dem Zimmer und vertraute sie der Obhut der Haushälterin an. Die gute Alte kümmerte sich um sie und gab ihrer Anteilnahme durch ein unverständliches Gebrabbel Ausdruck.

Langsam gingen die langen Nachmittagsstunden vorüber, während Veronica in einem halb wachenden, halb schlafenden Zustand verharrte. Sie konnte nicht begreifen, daß der Mann, der in den letzten Monaten ihr ganzes Sein erfüllt hatte, dort oben tot in seinem Zimmer lag, und daß diese Phase ihres Lebens endgültig vorbei sein sollte. Bis jetzt war ihr nur bewußt geworden, daß sich ihre gemeinsamen Pläne plötzlich geändert hatten, aber das Spiel war noch nicht vorbei und ein Gefühl gespannter Erwartung erfüllte sie.

16

Die Lokalblätter berichteten ausführlich über den Fall.

Der Arzt bescheinigte offiziell, daß der Tod durch Herzschlag als Folge von Überanstrengung eingetreten sei. Mehr konnte er dazu nicht sagen. Weder ein Kreuzverhör mit Veronica noch die eingehende Untersuchung der inneren Organe hatten eine bestimmte Todesursache ergeben. Lucas hatte einfach aufgehört zu leben. Trotzdem blieb bei allen, die mit dem Fall in Berührung gekommen waren, der Eindruck haften, die Todesursache sei nicht völlig geklärt. Aber keiner von ihnen wäre imstande gewesen, eine Frage zu formulieren, die zum Audruck gebracht hätte, was ihm unklar war.

Sie waren alle davon überzeugt, daß das junge Mädchen, die Gefährtin des Toten, mehr wußte, als sie ihnen erzählt hatte. Der Mann mit den harten Zügen, der aus London eingetroffen war und angeblich Lucas' Brotherr war, hatte sich der Untersuchungskommission gegenüber auch nicht gerade gesprächig gezeigt. Als die Leute dann noch hörten, daß dieser ein erst vor kurzem verfaßtes Testament des Verstorbenen mitgebracht hatte, in dem dieser sein Hab und Gut der besagten jungen Dame vermachte, wurde die Sache noch mysteriöser, aber es gelang ihnen nicht, einen Zusammenhang zwischen dem Testament und dem plötzlichen Tod herzustellen. Es war ein Rätsel, und schließlich gaben die Leute es auf, nach der Lösung zu suchen. Der Spruch der Kommission lautete daher in Übereinstimmung mit dem ärztlichen Befund: Tod durch natürliche Ursache.

Aber die Dorfbewohner waren sich einig, in ihrer Mitte war etwas geschehen, das nicht mit natürlichen Dingen zugegangen war.

Allzu gerne hätten sie bei der Unterredung, die nach der Untersuchung zwischen Veronica und dem Mann mit den harten Zügen stattfand, Mäuschen gespielt, aber wie hätten sie sich das dabei Gehörte zusammengereimt?

Der Mann aus London tauchte bei Veronica auf, als sie im Schein der untergehenden Sonne auf der Terrasse saß. Sie hörte auf dem knirschenden Kies Schritte, und plötzlich stand er neben ihr, setzte sich auf das Steingeländer der Terrasse, lehnte sich, die Ellbogen auf die Knie gestützt und die Hände gefaltet, nach vorne und blickte Veronica starr in die Augen, indem er sein Gesicht dem ihren ganz nahe brachte.

„Nun, Miss Mainwaring, ich will die Wahrheit hören. Was für eine Beziehung haben Sie zu Lucas gehabt?"

„Ich war seine Sekretärin".

Die Augen des Mannes veränderten sich, ähnlich wie sich Lucas' Augen an dem Tag verändert hatten, als er unter den Bewerberinnen seine Auswahl traf, die ihm das Londoner Vermittlungsbüro geschickt hatte. Er schaute Veronica nicht an, sondern durch sie hindurch, als wäre sie aus Glas.

„Sie sind eine medial veranlagte Person und daran gewöhnt, Ihren Körper zu verlassen. Sagen Sie, können Sie es allein, oder brauchen Sie dazu einen anderen, der Sie hypnotisiert und auf die Reise schickt?"

„Ich weiß nicht, was Sie meinen", antwortete Veronica und bemühte sich, eine möglichst unbefangene Miene an den Tag zu legen. Ihr kleines rundliches Gesicht konnte einen sehr unbedarften Ausdruck annehmen, wenn sie etwas nicht verstehen wollte. Das hatten die Leute bei der Untersuchung der Todesursache auch schon feststellen müssen.

„Es ist völlig egal, ob Sie mich verstehen oder nicht. Ihr Geist produziert Bilder, und ich kann sie lesen. Natürlich wissen Sie, was ich meine. Wollen Sie mir nicht vertrauen, Miss Mainwaring? Ich komme als Freund zu Ihnen, nicht als Feind. Wir sind uns vollkommen darüber im klaren, daß Sie nicht verantwortlich sind für das, was man mit Ihren Fähigkeiten gemacht hat."

Veronica zog es vor, weiterhin die Unschuldige zu spielen, bis der Mann sie schließlich anfuhr:

„Es hat keinen Sinn, daß Sie nicht verstehen und nichts wissen wollen, denn Lucas selbst hat uns alles verraten. Übrigens war ich es, der Sie in jener Nacht, als sie sich materialisierten, in der Loge gesehen hat. Ich habe Sie heute auch gleich wiedererkannt, als Sie auf der Zeugenbank saßen."

Jetzt zog Veronica ein Taschentuch hervor und nahm ihre Zuflucht zu Tränen. Der Mann mit dem strengen Gesicht zupfte ärgerlich an seinem Schnurrbart. Frauen sind bei solchen Anlässen eindeutig im Vorteil!

„Es hat offenbar keinen Sinn, mit Ihnen vernünftig zu reden", sagte er, „aber vergessen Sie eines nicht – ob Sie nun viel oder wenig wissen – Sie dürfen mit niemandem darüber reden. Sie haben gesehen, was mit einem Verräter passiert. Also hüten Sie sich davor, daß es Ihnen nicht genauso ergeht!"

Veronica ließ die Hand mit dem Taschentuch sinken, hob den Kopf und sah ihn fest an. In den letzten Tagen war ein neuer Geist in ihr erwacht, und dieser sprach jetzt aus ihr:

„Ihr nehmt euch zu viel heraus. Ihr habt kein Recht, den Richter zu spielen. Es war keine Hinrichtung, es war Mord, und ihr werdet dafür bezahlen müssen. Wenn ihr ihm Zeit gelassen hättet, er wäre umgekehrt, aber ihr habt ihm keine Zeit gelassen – und jetzt, jetzt ist er tot!"

„Ich bin vollkommen Ihrer Meinung", hörte sie plötzlich eine Stimme, und als sie sich überrascht umsah, entdeckte sie einen alten Mann mit einem langen, weißen Bart, der während ihres Gespräches unbemerkt über die Wiese gekommen war.

„Ich war für den Jungen verantwortlich. Ich war es, der ihm das Messer in die Hand gelegt hat, mit dem er sich verletzt hat, und ihr hättet es mir überlassen sollen, mit ihm fertigzuwerden. Ich habe immer Einfluß auf ihn gehabt, und er hatte mich in seiner Art gern." Er wies mit einer Bewegung seiner sehnigen, alten Hand auf Veronica und fuhr fort:

„Sie und ich hätten ihn durchgebracht. Jetzt habt ihr Kräfte ausgelöst, die wir nicht mehr steuern können. Aber wie verhält sich die junge Dame in dieser Sache?"

„Störrisch wie ein Maulesel", erwiderte der Mann mit den harten Zügen und riß wütender denn je an seinem Schnurrbart.

„Ich habe mit der ganzen Sache nichts mehr zu schaffen!"

„Schade, daß Sie das nicht schon eher eingesehen haben", meinte der Ankömmling frostig. Der Mann mit dem strengen Gesicht drehte sich auf dem Absatz um und schritt, immer noch an seinem Schnurrbart zerrend, durch den Garten davon.

„So, mein Kind", sagte der alte Mann und wandte sich Veronica zu, „jetzt wollen wir beide einmal miteinander sprechen und sehen, was dabei herauskommt. Wir wissen praktisch alles, so daß Sie keine Angst zu haben brauchen, Sie könnten uns Auskünfte geben, die Lucas uns hat vorenthalten wollen. Das einzige, was wir nicht wissen, ist – wie wir Sie einschätzen sollen. Wußten Sie, was Sie taten, oder waren Sie nur sein willenloses Werkzeug?"

„Ich werde Ihnen gar nichts sagen", erwiderte Veronica."Warum soll ich Ihre Fragen beantworten? Ihr habt Lucas getötet, und ihr könnt auch mich töten, wenn ihr wollt, aber ich werde euch nichts über ihn sagen."

Der alte Mann seufzte. „Ich kann nicht weiter in Sie dringen, zumal sie ihm zu Dank verpflichtet sind."

Veronica blickte erstaunt auf.

„Zu Dank verpflichtet ...?"

„Wie, hat er es Ihnen nicht gesagt? Hat er Sie nicht ins Vertrauen gezogen?"

„Eigentlich hat er mir gar nichts gesagt. Außer dem, was ich erraten habe, tappe ich völlig im Dunkeln."

„Warum sind Sie ihm dann so treu ergeben, wenn Sie nicht seine Verbündete waren? Dann müssen Sie ja sein Opfer, sein Werkzeug gewesen und von ihm rücksichtsloser mißbraucht worden sein, als nach meiner Erfahrung je ein lebendiges Wesen von einem Menschen mißbraucht worden ist."

Veronica blickte den letzten Strahlen der untergehenden Sonne nach.

„Sie würden mich doch nicht verstehen", sagte sie schließlich."Ich weiß nicht einmal, ob ich es selbst verstehe. Aber es hat ein Band zwischen uns bestanden. Ich weiß nicht, was für eines, aber ich weiß, daß es dieses Band gegeben hat. Und im übrigen hatte er sonst niemanden, der ihm half, und wenn ihm niemand half, so war er völlig verloren. Er war ein böser Mensch, aber er war nicht durch und durch schlecht. Er hatte einen guten Kern, und er hätte sich gebessert, wenn man ihm dazu Gelegenheit gegeben hätte."

Der alte Mann streckte ihr die Hand entgegen. „Glauben Sie nur weiter an ihn. Wenn ihn eines retten kann, dann ist es Ihr Glaube an ihn."

Veronica bemerkte, daß auch er Lucas als ein lebendes Wesen betrachtete und war gerade im Begriff, in diesem Sinne eine Frage zu stellen, als ihr bewußt wurde, daß sie dadurch vielleicht etwas verriet, dessen Tragweite sie nicht einzuschätzen vermochte.

Der Alte war bereits einige Schritte den Pfad hinuntergegangen, als er noch einmal umkehrte. „Er war viel schlechter, als ein Kind wie Sie es sich vorstellen kann", sagte er. „Wenn Sie ihn zu einem neuen Menschen machen wollen, werden Sie all Ihre Kräfte und Ihren Glauben zusammennehmen müssen. Aber ich will Ihnen auch etwas sagen, um Ihren Glauben zu stärken, auch wenn ich fürchte, daß es Ihnen sehr weh tun wird. Wissen Sie, daß Lucas für Sie gestorben ist?"

Mit weit aufgerissenen Augen starrte Veronica ihn an, und er fuhr fort:

„Der Orden, dem ich angehöre, hatte erfahren, daß jemand in die Geheimnisse unserer Bruderschaft eingedrungen war, und wir hatten beschlossen, diesen ‚Jemand' zu vernichten, was wir tun können, selbst wenn wir ihn nicht kennen. Lucas, der das wußte, stand auf und sagte: Dieser ‚Jemand' war nichts als ein Werkzeug, und ich bin dafür verantwortlich. So ließ man Sie laufen und hat ihn bestraft. Ich glaube, es war ein großer Fehler, denn sie hätten erkennen müssen, daß ein Mann, der dieses Bekenntnis freiwillig abzugeben vermochte, sein Antlitz bereits dem Licht zugewandt hatte. Man hätte ihm Zeit geben müssen, wieder auf den Rechten Pfad zurückzufinden.

Meine Liebe, ich fürchte, Sie haben nur die dunklen Seiten des Geheimen Wissens kennengelernt. Sie haben gesehen, wie es für eine böse Tat eingesetzt wurde, wie man es zur Strafe nutzte, ohne Gnade walten zu lassen. Aber ich wünschte, Sie würden daran denken, was ich Ihnen jetzt anvertrauen werde. Vielleicht hat es Ihnen ja schon Ihr eigenes Unterbewußtsein gesagt, denn ich glaube, daß Sie für derartige Dinge ein gewisses Gespür haben: Die Macht, die hinter den Brüdern steht, ist gut, auch wenn die Menschen ihren Namen mißbrauchen und sie falsch anwenden. Es sind allerdings nur sehr starke Menschen, die solch eine Kraft in sich tragen können, ohne an ihr zu zerbrechen. Daher darf man keinen Menschen, der im Umgang mit dem Okkulten versagt, verdammen. Lassen Sie sich durch unsere Irrtümer, unsere fehlende Voraussicht und die aus Furcht entstandene Grausamkeit nicht irremachen: Wir dienen einer Realität, mein Kind, auch wenn wir sie nicht immer deutlich wahrnehmen."

Veronica erhob sich und streckte ihm die Hand entgegen.

„Ich bin eine Fremde für Sie und habe keinen Anspruch auf Ihre Freundschaft", sagte sie, „aber ich spüre, daß ich Ihnen vertrauen kann. Wollen Sie mir helfen? Ich habe niemanden, an den ich mich wenden könnte, und es sind eine Reihe geschäftlicher Dinge zu erledigen."

Der alte Mann griff nach ihrer Hand:

„Ich übernehme die Verantwortung, die mir auferlegt wird, und flehe zu den Mächten, daß ich ihr dieses Mal besser gerecht werde als bei dem älteren Kind meines Geistes, das wir verloren haben."

17

Der alte Mann blieb drei Tage bei Veronica und ordnete ihre Angelegenheiten. Es war nicht allzu schwierig, denn Lucas hatte seinen Tod offenbar erwartet und seine Verfügungen getroffen. Das Ableben des General Sawberry fünf Tage zuvor hatte ihn, und jetzt Veronica, in den Besitz eines beträchtlichen Vermögens gebracht, von dem das Haus im Flußtal nur ein kleiner Teil war. Doch es waren noch viele Formalitäten zu erledigen, bevor Veronica ihre Erbschaft antreten konnte, und der alte Mann wollte, daß sie das düstere, ungesunde Haus, den Schauplatz der Tragödie, verlassen und so lange bei ihm und seiner Schwester wohnen sollte, bis die Erbangelegenheit geklärt war. Veronica lehnte ab. Sie hatte das Gefühl, daß Lucas ihr an diesem Ort nahe sei und ihre Spur verlieren würde, wenn sie von hier fortginge und an einen von vielen Menschen bewohnten Ort zöge. Obwohl Lucas ein böser Mensch gewesen war und ihr das Haus nur Unglück gebracht hatte, konnte sie sich nicht entschließen, es zu verlassen. Sie sehnte sich danach, endlich mit dem ganzen Wirrwarr nach Lucas' Tod fertigzuwerden. Sie sehnte sich nach der Stille, denn nur sie allein würde ihm die Möglichkeit geben, sich ihr zu nähern.

Sie verabschiedete daher den alten Herrn und versprach ihm, sich bei ihm zu melden, wenn sie seine Hilfe benötigte, und vergrub sich in die Einsamkeit. Ihre einzige Gesellschaft war die alte Haushälterin. Der Doktor, dem die ganze Sache verdächtig vorkam, war nur zu froh, nichts mehr damit zu tun zu haben, und der Vikar, der Veronica für ein schwarzes Schaf hielt, hatte keine Lust, sie zu retten und dadurch in den Augen seiner weißen, wolligen Schützlinge selbst zum schwarzen Schaf zu werden.

So vergingen die Tage. Veronica hielt sich genau an den Tagesablauf, den sie und Lucas in der kurzen Zeit, die sie hier gemeinsam verbracht hatten, eingeführt hatten. Morgens wanderte sie über ihren Besitz und legte auf dem Baumstamm am Fluß eine Ruhepause ein. Abends ging sie auf der Terrasse hin und her. Die Stunden dazwischen verbrachte sie entweder in dem Billardraum, der ihnen als Wohnzimmer gedient hatte, oder in dem Zimmer, in dem Lucas gestorben war. Sie glaubte, Lucas würde an den Plätzen, die ihm vertraut waren, umhergehen, und sie ihm dort früher oder später begegnen. Als aber ein Tag nach dem anderen verging, ohne daß sie einen Hinweis von seiner Gegenwart bekam, kroch kalte Furcht in ihr Herz. War er wirklich tot? Tot in dem Sinn, den die meisten Menschen in dieses Wort legen? Sie wußte sehr wohl, daß er seinen physischen Körper abgelegt hatte, und daß ihr kein Mann mit olivfarbener Haut und gerader Haltung mit dem federnden Gang, der für ihn so kennzeichnend war, entgegentreten würde. Aber sie glaubte fest daran, daß Lucas als Persönlichkeit weiter existierte, und daß das wohl geordnete System von Gedanken und Empfindungen, das seinen Charakter ausmachte, noch immer von einem konzentrierten Bewußtsein zusammengehalten wurde, durch Wünsche und ein zielbewußtes Wesen beherrscht. Und dieses geordnete Bewußtsein war ihr Begleiter gewesen, nicht die Gestalt von einmeterfünfundsiebzig Fleisch und Knochen, die jetzt auf dem Kirchhof moderten.

Dem Sommer war der Herbst gefolgt, und als sie eines Tages nach einer Regennacht herunterkam, blies ein kalter Wind. Es war zu kühl, um ohne Mantel im Garten spazierenzugehen, und so nahm sie ihren Regenmantel vom Haken, in den Lucas sie bei ihrer Ankunft aus London gewickelt hatte, zog ihn an und ging hinaus in den Wald.

Mit Kleidungsstücken hat es eine besondere Bewandtnis. Sie scheinen etwas von der Persönlichkeit ihres Trägers in sich aufzunehmen. Veronica hatte das Gefühl, in die geistige Atmosphäre eingehüllt zu sein, die Lucas stets ausströmte – so, als stünde der Mensch selbst vor ihr und spräche sie in seiner charakteristischen Weise an.

Es war nicht mehr nur eine undeutliche Erinnerung an die Vergangenheit, sondern Lucas war wieder zur lebendigen Wirklichkeit geworden. Plötzlich zog es sie an sein Grab. Sie war noch nie dort gewesen, denn für sie waren die kümmerlichen Reste, die dort lagen, nicht ihr Freund. Außerdem fürchtete sie die neugierigen Blicke der Dorfbewohner. Aber jetzt warf sie alle Bedenken über Bord und ging in der Aufmachung, in der sie war,los, ohne Hut, und in dem alten Trenchcoat.

Auf einem Umweg durch den Wald erreichte sie ungesehen den Friedhof. Zwei Männer waren gerade damit beschäftigt, ein Grab zu schaufeln, ein Kindergrab, und hinter diesem erhoben sich weitere kleine Hügel. Veronica wunderte sich, daß in dem kleinen Dorf so viele Kinder gestorben waren, denn die vier frischen Gräber verrieten eine bei der geringen Einwohnerzahl große Kindersterblichkeit.

Veronica hielt sich hinter einigen Büschen versteckt, so daß die Totengräber sie nicht sehen konnten, aber als sie sich an ihnen vorbeischlich, schnappte sie einige Brocken ihres Gespräches auf.

"...und es dauerte einige Tage, bis die Leichenschau stattfand, und dann hat man die Beerdigung um eine weitere Woche verschoben. Man wollte hören, was die Ärzte aus London zu sagen hätten. Mr. Sampson mußte ihn schließlich einsargen, aber Joe Wellan, der ihm dabei half, hat erzählt, die Leiche sei so frisch gewesen wie am ersten Tag. Nicht die Spur eines Leichenflekkens ..."

Als Veronica auf der Suche nach Lucas' Grab um die Kirche ging, berührte eine Hand ihren Ellbogen. Sie wandte sich um und sah einen jungen Mann mit einem angenehmen, frischen Gesicht vor sich, der sie, den Hut in der Hand, ansprach.

„Ich bitte um Verzeihung, aber sind Sie nicht Miss Mainwaring?"

Veronica nickte.

„Dann will ich Ihnen, wenn Sie gestatten, den Weg zeigen", sagte er und führte sie durch die Büsche zu einer abgelegenen Ecke des Friedhofs. Die Dorfbewohner, die instinktiv gespürt hatten, daß Lucas keiner der ihren war, hatten ihn möglichst weit weg von dem Platz begraben, wo einst sie und ihre Kinder zur ewigen Ruhe gebettet werden sollten.

Veronica stand am Grab und sah auf den frisch aufgeworfenen Erdhügel. Da also lag alles, was von dem Lucas, den die Welt gekannt hatte, übriggeblieben war, und sie fühlte eine eisige Furcht in ihrem Herzen emporsteigen. Vielleicht hatte die Welt doch recht? Es gab keinen Beweis für das Gegenteil. Keine Geisterhand aus dem Grabe hatte sie berührt, wie sie halb und halb erwartet hatte. Und eine Erleuchtung war ihr auch nicht zuteil geworden. Als sie vor dem Erdhügel unter den alten Bäumen stand, erschien ihr der Tod – der Tod, wie die Welt ihn sah – als eine unbestreitbare Tatsache. Ihr Vertrauen schwand. Welchem seltsamen Phantom hatte Lucas nachgejagt? Und sie hatte er mit sich gezogen. Nach dem Urteil der Leichenbeschauer war er an einem Herzschlag durch Überanstrengung gestorben. Vor seinem Tod hatte er an einer Wahnvorstellung gelitten, die sie unter dem Einfluß seiner Persönlichkeit mit ihm geteilt hatte. Aber jetzt war er tot. Hier lag sein Körper, und seine Seele war nach orthodoxen Lehrsätzen in die Hölle gefahren. Es war vorbei.

Veronica schreckte aus ihren Träumen hoch. Der Wind blies kalt durch das traurige Immergrün. Sie zog den schweren Mantel enger um sich und versuchte, ihre Füße aus dem weichen Erdreich, in das sie eingesunken waren, zu befreien. Zehn Meter entfernt stand der Mann, der sie zu dem Grab geführt hatte, barhäuptig da und beobachtete sie. Als sie sich zum Gehen wandte, kam er etwas linkisch näher, um sein Mitgefühl zum Ausdruck zu bringen. Die Zweideutigkeit ihrer Lage machte ihn noch unsicherer und damit ungeschickter. Aber wie auch immer ihre Beziehungen zu Lucas gewesen sein mochten (und die Dorfbewohner hatten nicht den geringsten Zweifel in diesem Punkt), der Anblick des verlassenen Mädchens vor dem noch verlasseneren Grab rührte ihn.

„Ich – ich fürchte, es ist schrecklich dort für Sie in dem einsamen Haus“, begann er schüchtern, „besonders nach diesem Schlag. Ein höchst ungemütlicher Ort, selbst in der schönen

Jahreszeit. Sie tun mir ungeheuer leid. Sie müssen eine schwere Zeit hinter sich haben!"

Ohne zu antworten, sah Veronica ihn einen Augenblick fest an. Er war ein grobknochiger, junger Mann mit frischer Gesichtsfarbe und er glich den jungen Leuten, mit denen sie einst in den Gärten von Surrey Tennis gespielt hatte. Er gehörte zu jenen fernen Tagen, die vor dem Einsturz ihrer Welt lagen, zu jenen Tagen, die für immer vorbei waren. In Erinnerung daran lächelte Veronica.

Wenn Veronicas Züge unbewegt waren, sah sie wie eine hübsche Puppe aus, waren sie belebt, glich sie einem hübschen Kind. Ihr Lächeln aber war das der Mona Lisa. Lächelnd war sie die Verkörperung des ewig Weiblichen, ewig Alten, ewig Jungen. Ihr Lächeln erinnerte an die verborgenen, noch nicht erweckten Kräfte des Lebens, die nur der erlösenden Berührung harrten, und kein Mann, der es sah, konnte der Versuchung widerstehen, die Hand zu dieser Berührung auszustrecken, und das Feuer zu entfachen.

Schließlich brach Veronica das Schweigen:

„Sie sind sehr freundlich, aber ich habe mich nicht einsam gefühlt. Nach all der Aufregung war ich froh, meine Ruhe zu haben."

„Aber dieser gottverlassene Hof ist doch ein schrecklicher Ort für ein junges Mädchen. Wie lange wollen Sie denn dort noch bleiben?"

„Ich weiß es nicht", erwiderte Veronica. Vor einer Stunde hätte sie noch geantwortet, „den Rest meines Lebens", aber jetzt fühlte sie sich seltsam losgelöst. Lucas war tot! Alles war vorbei! Was hielt sie hier noch?

„Gehen Sie nach Hause? Wenn Sie möchten, zeige ich Ihnen eine Abkürzung durch den Wald. Dann bleibt Ihnen der Weg durch das Dorf erspart." Und er brachte Veronica zu einem Pfad, der zu einer Öffnung in der niedrigen Steinmauer führte, die den Kirchhof umgab.

„Ich heiße Alec Butler", stellte er sich vor, „mein Vater ist der hiesige Arzt."

„Ich erinnere mich an ihn. Er kam, als Mr. Lucas tot war".

„Ja,“, sagte Alec verlegen, und zwischen beiden trat ein Schweigen ein, das Veronica nicht brach.

Plötzlich rief der Mann aus:

„Schauen Sie doch nur, Ihre Hand, sie blutet!“

Veronica hob erstaunt die Hand. Eine feine rote Linie zog sich am Handgelenk entlang, und von den Fingerspitzen fiel ein schwerer Tropfen Blut auf die toten Blätter zu ihren Füßen, wo er liegenblieb: Eine scharlachrote Träne, in dem bleichen Sonnenlicht, das endlich durch die Wolken gebrochen war. Eine rote Spur ähnlicher Flecken zog sich über die grauen Steine vor der eingestürzten Mauer. Veronica streifte den steifen Ärmel des Trenchcoats zurück und sah aus ihrem Unterarm Blut tropfen. Aus irgendeinem Grund hatte sich die Wunde, die ihr Lucas in der seltsamen Szene in der Nacht vor seinem Tod beigebracht hatte, wieder geöffnet und blutete aufs neue.

„Meine Güte, wo haben Sie sich das denn geholt?“ fragte Butler, der ein großes weißes Taschentuch hervorzog und den Arm nicht ungeschickt verband. Er ließ sich dabei Zeit, und Veronica hegte den Verdacht, daß er, wenn sie ihn nur ein wenig ermutigt hätte, ihre Hand in der seinen behalten hätte. Aber sie zog den steifen Ärmel über den Verband und schob die Hand des verletzten Armes in Brusthöhe zwischen zwei Knöpfe ihres Mantels. Einen Augenblick standen sie sich gegenüber und blickten einander in die Augen. Da sie sich in einer Mulde befanden, waren sie vor dem Wind geschützt. Kein Blatt regte sich. Plötzlich sprang ein schwacher Wind auf, der die welken Blätter um sie herumwirbelte, und dieser Luftzug war kalt, aber von einer andersartigen Kälte, die sie nicht beschreiben konnte. Veronica schauderte und hüllte sich fester in den Mantel. Einem Impuls folgend, den er nicht erklären konnte, warf Butler einen Blick über die Schulter. Dann eilten sie raschen Schritts gemeinsam den Pfad hinunter.

Butler begleitete Veronica bis zu dem schlaffen Draht, der sich zu beiden Seiten der verrosteten Tür hinzog, blieb unentschlossen stehen und wartete auf eine Einladung mit hereinzukommen. Sie blieb aus. Veronica mußte über vieles nachdenken und wollte allein sein. Schließlich lüftete er zögernd den Hut und wandte sich zum Gehen.

Als Veronica durch das Gebüsch ging, folgte ihr immer noch der kalte Windhauch. Sie hörte ihn in den Zweigen rascheln und sah, wie er den Flieder schüttelte, so daß ein Schauer von Blättern niederging. Vor der Glastür, die auf die Terrasse führte, blieb sie einen Augenblick stehen. Von den Treppenstufen wirbelten gelbe Blätter empor, und als sie die unverschlossene Tür aufklinkte, trieb ein Windstoß die blutroten Blüten der Kletterrosen über die Schwelle ins Zimmer, wo sie vor dem offenen Kamin einen schwindelerregenden Tanz aufführten.

Veronica ließ sich in einen großen Ledersessel fallen und starrte in das glimmende Feuer. Da kein Luftzug die Blüten mehr bewegte, bildeten sie auf dem verblaßten Teppich glänzende Flecke. Alles war still.

Veronica war an einem Scheideweg angelangt, und mit echt weiblicher Intuition spürte sie es. Wenn sie sich jetzt Butler und seiner Welt zuwandte, würden sie ihre Wege in ein normales Leben zurückführen. Hielt sie jedoch weiter zu Lucas und seiner seltsamen Welt, zu der er allein den Schlüssel besaß, würde sie die größere Freiheit der Seele erlangen, die er selbst angestrebt hatte. Ihre Erziehung, die Erinnerung an die geliebten Hügel von Surrey, an die Gärten und die Plauderstunden am Kamin zogen sie zu der Welt hin, die Butler verkörperte. Aber Lucas hatte sie in die Endlosigkeit von Raum und Zeit mitgenommen und ihr den Pfad gezeigt, auf dem die Seele von dem dunklen Ozean des Formlosen zum kosmischen Feuer reisen kann. Sie hatte es geschaut und konnte es nicht vergessen. Keine Seele kann es. Wie die Schwalbe nach langer Wanderschaft war Veronica froh, unter dem Dach einer menschlichen Behausung Rast zu machen, aber sie war ein Vogel der Lüfte, sie gehörte nicht zum Federvieh auf dem Bauernhof und würde sich früher oder später wieder in die Lüfte emporschwingen müssen. Ihr Herz sagte ihr, das Unsichtbare würde sie rufen und sie müßte sich bereithalten, diesem Ruf zu folgen.

Ihre Stimmungen wechselten ständig. Ein Gruß des Gärtners oder das Geschrei spielender Kinder genügte, und plötzlich wurde sie sich wieder bewußt, daß Lucas tot und begraben war und der irrsinnige Traum vorüber. Dann verblaßte das Tageslicht, der Abendwind blies um das Haus und ließ die welken

Blätter tanzen. Das verlöschende Kaminfeuer gab nur noch Licht für einen kleinen Kreis, und in den Ecken des Zimmers wuchsen die Schatten. Dann rückte das Unsichtbare wieder näher an Veronica heran, und der Schleier, der uns Sterbliche vor dem Anblick eines allzu hellen Lebens, das uns blendet, schützt, wurde immer dünner. Durch den feinen Stoff erhaschte sie flüchtige Blicke auf die rasenden Ströme des Alls, auf die geballten Wolken, die wie Rauch aus einem Schlot emporstiegen, und mitten unter ihnen sah sie tanzende Gestalten, überall dazwischen züngelnde Flämmchen, die wie ein Schwarm goldener Bienen im Raum schwebten. Es waren die Seelen: einige während der kurzen Spanne ihres Daseins zwischen Tod und Geburt vom Schlaf befreit, und andere bereits in der größeren Freiheit, die ihnen zwischen Tod und Wiedergeburt beschieden war. So warf sie einen Blick hinter die Kulissen des großen Schattentheaters. Früher oder später würde einer aus dem Schatten treten und sie rufen – einer, den sie kannte.

Dann brachte die alte Haushälterin die Morgenzeitung, Veronica schüttelte ihre Träume ab und kehrte in die Wirklichkeit zurück.

18

So wechselten Veronicas Stimmungen, je nachdem, ob es in diesen schnell kürzer werdenden Herbsttagen Sonnenschein oder Wolken gab, aber dennoch harrte sie in dem baufälligen, alten Haus aus. Mittlerweile bemühte sich Butler, die Freundschaft, die an dem frisch geschaufelten Grab begonnen hatte, zu vertiefen. Er kam zu den unmöglichsten Zeiten: am frühen Morgen, nach dem Tee oder dem Abendbrot. Nie ließ er sich überreden, zu einer Mahlzeit zu bleiben, selbst dann nicht, wenn das Essen bereits auf dem Tisch stand. Es hätte Gerede gegeben, und er wollte nicht, daß man zu Hause von seinen Besuchen auf dem Hof und bei seiner einsamen Bewohnerin wüßte. Veronica, in ihrer Unerfahrenheit, wunderte sich über seine Weigerung, fand keine Erklärung dafür. Butler spielte sich gerne als Beschützer und Ritter hilfloser junger Damen auf, aber nur bis zu einem gewissen Punkt; ihn überschreiten konnte er aus Rücksicht auf seinen gesellschaftlichen Stand nicht.

Trotz all der Schwierigkeiten kam er dennoch so oft über den einsamen Waldweg, der über den Kirchhof führte, zu Veronicas Haus, daß selbst die Bulldogge, die an eine Tonne angekettet den Hinterhof bewachte, seinen Schritt bald erkannte und keinen Mucks von sich gab, wenn er erschien. Hin und wieder, wenn er mit Veronica in dem warmen, freundlichen Zimmer beisammensaß, war er nahe daran, sie um ihre Hand zu bitten, hielt sich aber immer im letzten Augenblick zurück.

Sie erzählte ihm freimütig von ihrer Kindheit und der Handelsschule, nichts jedoch von ihrem Zusammenleben mit Lucas – oder zumindest nicht mehr, als sie dem Leichenbestatter mitgeteilt hatte. Wie alle übrigen Leute im Bezirk wußte auch

Butler, daß diese Aussage nichts erklärte, aber Veronica machte nicht die geringsten Anstalten, sich auf weitere Erklärungen einzulassen, und es fehlte ihm der Mut, sie danach zu fragen. Butler, der aufgrund der schlechten wirtschaftlichen Lage in der Zeit nach dem Krieg keine Beschäftigung finden konnte, lebte zu Hause und war selbst mit seinem Taschengeld von seinem Vater abhängig. Er konnte es sich daher nicht leisten, etwas gegen den Willen seiner Eltern zu unternehmen, zumal er auch noch an den Folgen einer Gasvergiftung aus dem Krieg litt. Daher wagte er auch keine Entscheidung in seinem Verhältnis zu Veronica. Die Zeit verging auch so angenehm, er sah sie genauso oft, als wenn sie seine offzielle Braut gewesen wäre, und dabei blieben ihm alle Unannehmlichkeiten erspart, die eine offizielle Verlobung mit sich bringt. Außerdem war kein anderer Mann da, der ihm in die Quere hätte kommen können, und so mußte er sich nicht aus Angst, Veronica zu verlieren, sofort entscheiden. Auch das Mädchen, immer noch seinen wechselnden Stimmungen unterworfen, nahm ihm gegenüber eine abwartende Haltung ein. Obwohl er in den Tagen von Surrey für die Rolle eines Märchenprinzen und Drachentöters die ideale Figur abgegeben hätte – heute war sie nicht mehr daran interessiert, denn jene Tage waren für immer vorbei. In der kurzen stürmischen Zwischenzeit hatte Veronica einen Mann kennengelernt, in dem das Feuer des Lebens so hell und heiß loderte, daß jeder andere Mann neben ihm verblaßte. Alle Männer erschienen ihr entweder unreif oder senil, nur Lucas war ein richtiger Mann, voller Saft und Kraft, Butler dagegen ein Kind: sie fühlte sich in seiner Gesellschaft wohl und freute sich, daß er in sie verliebt war, aber entflammen würde er sie nicht können. Lucas hatte durch die geheimnisvolle Wirkung seiner Persönlichkeit den Flammpunkt ihrer Gefühle so hoch gesetzt, daß es wohl nur noch wenigen Männern gelingen würde, sie in Brand zu setzen.

Die Geschichte wäre wohl noch unendlich lange so weitergegangen, wenn Butler nicht eines Tages bei einem seiner spontanen Besuche Veronica an ihrem Federkiel kauend, über einige amtlich aussehende Papiere gebeugt, vorgefunden hätte. Er bot ihr seine Hilfe an, die sie dankbar annahm. Bald erkannte er aus den Papieren, daß es sich um die Erbschaft eines bedeutenden

Vermögens handelte. Jetzt sah die Sache schon anders aus. Butler wollte nicht geldgierig erscheinen, und war es von Natur aus auch nicht, aber er war labil, und seine Leidenschaft für Veronica reichte nicht aus, ihn über alle Schwierigkeiten hinweg zu dem Objekt seiner Sehnsüchte zu tragen. Die Entdeckung, daß Veronica ein Privatvermögen, und dazu noch ein ansehnliches, besaß, räumte die finanziellen Hindernisse für eine Heirat mit einem Schlag aus der Welt. Natürlich wollte er nicht von dem Geld seiner Frau leben, er wollte sich eine Beschäftigung suchen und das seinige dazu beitragen, aber mit dem Geld wären sie vom Wohlwollen seiner Familie, zumindest für eine gewisse Zeit, unabhängig. Das war sehr wichtig, denn er wußte, dieses Wohlwollen würde sich nie auf Veronica erstrecken, selbst wenn sie ihre Unschuld beweisen konnte, denn die unerfreuliche Berühmtheit, die sie in der Gemeinde erlangt hatte, machte eine freundliche Aufnahme durch seine Familie unmöglich. Im übrigen hatte Veronica nie die geringsten Anstalten gemacht, sich von den Verdächtigungen reinzuwaschen. Sie besaß viel zu wenig Lebenserfahrung, um zu erkennen, daß eine Rechtfertigung notwendig wäre; ihr Gewissen war rein, und sie glaubte, das genügte.

Butler setzte sich an den Tisch und half Veronica, einige Vollmachten auszufüllen. Dabei brachte er im schwindenden Tageslicht seinen Kopf dem ihren näher, als es unbedingt notwendig gewesen wäre, und wahrscheinlich wären in der nächsten Minute verhängnisvolle Worte über seine Lippen gekommen, hätte nicht plötzlich ein Windstoß welkes Laub aufgewirbelt, gegen die Scheiben getrieben und sie zum Klirren gebracht. Die beiden blickten erstaunt auf, denn bisher war die Nacht völlig windstill gewesen.

„Ein Sturm zieht auf", meinte Butler, und noch während er sprach, traf eine neue Bö die Fensterscheiben mit erhöhter Kraft. Die Holzfüllungen der Glastür stöhnten unter dem Druck und erzitterten. Plötzlich gab die ausgeleierte Türklinke nach, beide Türflügel sprangen auf, und ein Windstoß trieb einen Schwall tanzender Blätter in den Raum. Die Lampe erlosch, aber die Flammen der Holzscheite im Kamin loderten hell auf, während sich die federleichte Asche in den Wirbeltanz der welken Blätter einreihte. Butler ergriff die Türflügel und schloß sie mit Gewalt, dann zündete er ein Streichholz an und mit diesem die Lampe, in deren Schein sie sahen, wie die roten Blätter und grauen Aschenflocken langsam auf dem Fußboden niedersanken. Veronica saß mitten in ihrem Durcheinander von Papieren und starrte mit Augen, die nichts zu sehen schienen, in den Raum. Irgendetwas von der wilden Nacht war mit dem Windstoß ins Zimmer eingedrungen, und obwohl sich der Aufruhr gelegt hatte, schienen in der Finsternis unheimliche Gestalten zu lauern. Das Licht der Lampe verblaßte und das Feuer flackerte nur noch. Der Schleier, der das Unsichtbare verhüllt, schien in Fetzen zerrissen, so daß ihnen jeder Augenblick offenbaren konnte, was sich dahinter verbarg. Veronica kam der Gedanke, wenn sich die seltsame Atmosphäre des Zimmer noch weiter verdichtete, müßte sich etwas für ihre physischen Augen, auch die des phantasielosen Alec, materialisieren. Das Unsichtbare, das jetzt zum Greifen nahe war, war anders als bei ihrer Reise aus dem Sternenraum. Es stammte von den Wassern unter der Erde und war dunkel und schwer wie die Luft in einem Brunnenschacht. Die Lampe wollte in dieser Atmosphäre nicht recht brennen, und kleine, blaue Flämmchen tanzten über die Holzscheite im Kamin. Butler in seiner gesunden Dickfälligkeit bemerkte nichts von alledem. Er hob die zu Boden gefallenen Papiere auf, steckte sich seine Pfeife an und machte sich wieder an die Arbeit.

Glücklicherweise war sie beinahe vollendet, denn Veronica fiel es schwer, sich zu konzentrieren. Auch Butler war in Eile, denn das Abendessen rückte näher, und er wollte nicht durch eine verspätete Heimkehr die Aufmerksamkeit der Seinigen auf die Spaziergänge zu dem einsamen Haus lenken. Er war daher schnell fertig und stand auf, um sich zu verabschieden. Veronica ließ ihn nur widerstrebend ziehen, aber wie üblich widerstand er ihrer Einladung, zum Abendessen zu bleiben. Sie öffnete die Glastür und trat auf die Terrasse hinaus. Zu ihrer Überraschung hatte sich der Wind ebenso schnell gelegt, wie er aufgekommen war. In dem geschützen Garten war nicht das leiseste Lüftchen zu spüren. Während sie darüber sprachen und zum sternklaren Himmel hinaufschauten, und Butler sich gerade Veronica zugewandt hatte, um ein letztes Mal für diesen Abend Abschied zu nehmen, zerriß das markerschütternde Geheul eines Hundes die Stille des Abends. Es kam von den Nebengebäuden, wo die alte Bulldogge hauste. Butler, der auf dem Land aufgewachsen war, ahnte, was der verzweifelte Schrei des Tieres bedeutete und rannte hinter das Haus, Veronica hinter ihm her.

Sie fanden den alten Wachhund außerhalb der Tonne, die ihm als Zwinger diente, auf den Pflastersteinen liegen: mit Schaum vor dem schwarzen Maul. Er atmete keuchend, schien jedoch nicht verletzt zu sein. Als er sie erkannte, hob er den Kopf, ließ ihn aber sogleich wieder auf die Steine sinken. Er war offenbar völlig erschöpft.

Butler kniete nieder und untersuchte das Tier.

„Armer, alter Kerl", sagte er. „Er muß irgendeinen Anfall gehabt haben." Mit diesen Worten nahm er den schweren Hund in die Arme und bettete ihn mühsam auf das Stroh in seiner Hütte. Das Tier, zu schwach, um sich zu wehren, ließ es sich widerwillig gefallen.

„Ich frage mich, was mit ihm los ist", meinte Veronica. „Gestern nacht hat er auch ohne erkennbaren Grund so fürchterlich geheult, wie ich es noch nie von einem Hund gehört habe. Es war ein einziger langgezogener Klagelaut. Der Gärtner sagte mir, es sei das Totengeheul, das Hunde anstimmen, wenn sie sehen, wie die Seele eines Menschen den Körper verläßt. Aber in jener Nacht ist niemand gestorben, es sei denn, ein Vagabund oder Zigeuner auf dem Feld. Die Bauern hätten beschlossen, sich auf die Suche nach einer Leiche zu machen."

„Was für ein Unsinn, Veronica! Sie wollen doch nicht etwa behaupten, daß Sie solch ein Geschwätz ernst nehmen?" rief Butler. „Mutters Mops hat sich einmal über den Mülleimer hergemacht und die Flocken aus der Teppichkehrmaschine aufgefressen. Der hat genauso geheult, weil er keine Luft gekriegt hat. Ich habe ihm das Zeug mit einer Feder aus der Kehle gekitzelt, und alles war wieder gut. Ihr Alter hat wahrscheinlich auch etwas in den falschen Hals bekommen. Was immer gewesen sein mag, er hat es jetzt längst herausgehustet, denn er atmet wieder ganz regelmäßig." Alec begleitete sie über die Terrasse zur Glastür und trat, nachdem sie im Haus verschwunden war, seinen Heimweg an. Hocherhobenen Hauptes und leichten Fußes schritt er dahin: Veronica war in greifbare Nähe gerückt – daß sie seine Hand ausschlagen könnte, kam ihm nicht in den Sinn. Während er durch den dunklen Wald ging, pfiff er Mendelssohns Hochzeitsmarsch vor sich hin, stellte seinen Freudengesang jedoch ein, als er den Kirchhof erreichte. Seine gute Erziehung verbot es ihm, an einem solchen Ort zu pfeifen. Es wäre pietätlos gewesen. Der Mond, der soeben aufgegangen war, übergoß die dunklen Eibenbäume mit seinem Licht, und inmitten eines solchen silberglänzenden Flecks lag der Lehmhaufen, der die sterblichen Reste des Mannes bedeckte, dessen Einfluß immer noch das Mädchen seiner Wahl überschattete. Er blieb an dem Hügel stehen. Welche Geheimnisse mochte er bergen? Das mußte er noch aus Veronica herausbekommen, ehe er ihr die Frage aller Fragen stellen. Zwischen Mann und Frau durfte es kein Geheimnis geben, er mußte alles wissen, was sie erlebt hatte. Wer war dieser Kerl, und was hatte er im Schilde geführt? Was für ein Glück, daß er sich davongemacht und ihm, Alec, freie Bahn gelassen hatte.

„Schlaf gut, alter Junge“, sagte er halblaut und nickte dem Mann zu, der unter der Erde lag. „Ich fürchte, ich habe dir dein Mädchen abspenstig gemacht, aber du hättest ja doch nichts mehr mit ihr anfangen können, nicht wahr?

Leise pfeifend ging er weiter. Nicht einmal die unheimliche Umgebung konnte seine gute Laune dämpfen, wenn er an die Zukunft dachte, die vor ihm lag. Die Nacht war ruhig, dieses Mal blies kein Wirbelwind ums Grab, der Körper und Herz frösteln ließ, und ihn zu rascherer Gangart angetrieben hätte.

Veronica, die allein zurückgeblieben war, verzehrte ihr einsames Abendmahl, setzte sich dann an den Kamin und starrte in die Glut. Keine Läden verdeckten die Fenster, und die alten schweren Vorhänge waren alt und durch die Feuchtigkeit so morsch geworden, daß sie wohl in Fetzen gegangen wären, wenn man sich entschlossen hätte, sie aufzuziehen. Sie und boten so den Augen der Nacht und jedem Wesen, das vorbeikam, Einblick in das Zimmer. Veronica hatte keine Angst. Durch die Seelenreisen, auf die Lucas sie mitgenommen hatte, hatte das Unsichtbare für sie viel von seinem Schrecken verloren. Sie kannte die Wesen, die sich in der anderen Welt bewegten und war mit ihnen vertraut. Und sie wußte auch, daß sie, wenn sie wollte, eine mächtige Hilfe herbeirufen konnte. Sie fühlte sich daher so sicher wie in Abrahams Schoß.

Sie blieb einige Zeit sitzen, blickte in die Flammen und ließ ihr Leben in Gedanken an sich vorüberziehen: Ihre Kindheit in der hügeligen Landschaft von Surrey, wo nie etwas geschah; die Plackerei an der Handelsschule; ihre kurze Verbindung mit Lucas, in der sich nur allzu viel ereignet hatte, und ihre seltsame Verbundenheit mit diesem baufälligen, feuchten Haus, in dem er gestorben war. Dann gingen ihre Gedanken zu Butler: Durch die Arbeit mit Lucas feinfühlig geworden, hatte sie sofort Butlers Gedanken erahnt, als er am Tisch neben ihr Platz genommen hatte, und sie wußte sehr gut, daß er bald um ihre Hand anhalten würde, und fragte sich, wie sie reagieren sollte. Wäre nicht die Erinnerung an Lucas gewesen, sie hätte ihn sicherlich erhört. Er hätte sehr gut zu dem unerfahrenen Püppchen gepaßt, das sie bis vor kurzem noch gewesen war. Er war groß, stark und wohl anzusehen in seiner Blondheit, war gutmütig, liebte wie sie Hunde, einen Garten, einen kleinen Zweisitzer oder ein Fahrrad. Er las Unterhaltungsliteratur, hatte eine Vorliebe für leichte Musik und einschmeichelnde Melodien, war immer zu Späßen aufgelegt und ein angenehmer Gesellschafter. Und er behandelte sie jetzt schon ein wenig wie sein Eigentum, was sie sich nicht ungern gefallen ließ. Aber hinter ihm tauchte immer wieder die finstere Persönlichkeit Lucas' auf. Er hatte eine Seite ihres Wesens erweckt, die Butler nie hätte verstehen oder befriedigen können. Ihr kam es ganz selbstverständlich vor, daß ein Hund die Seelen der Verstorbenen sah, wenn sie die Heimreise antraten, und daß er sich davor ängstigte. Sie selbst würde sich davor gefürchtet haben, hätte sie nicht schon so viel über solche Dinge gewußt. Aber warum sollte sie sich vor einem Freund fürchten, ob er nun in seinem eigenen Körper steckte oder nicht? Der Tod änderte nichts daran – wenn jemand im Leben unser Freund gewesen ist, bleibt er es auch nach dem Tod. Als sie sich auf dem Boden der Loge materialisiert hatte, war sie genauso ein Geist gewesen wie jener Tote, und ihr Wesen hatte sich dabei nicht im geringsten geändert. Der Mann, der sie gesehen hatte, Mr. Fordice, war auch nicht erschrocken gewesen, sondern nur erzürnt und hatte sie einer Unverschämtheit bezichtigt, gerade so, als wenn sie sich ungebeten in eine Gesellschaft eingeschlichen hätte. Alec jedoch betrachtete alle diese Dinge als Schwindel oder Aberglauben und wäre zu Tode erschrocken, hätte er sich einer Materialisation gegenüber befunden. Welche Freiheit ihr doch dieses Wissen verlieh, selbst das wenige, das ihr zuteil geworden war! Das Leben wurde so viel reicher, und der Tod verlor seinen Schrecken. Trotz ihres Leids hätte sie die Vergangenheit um keinen Preis missen wollen. Sie hielt etwas in den Händen, was Butler nicht besaß und nie besitzen würde, es sei denn, er wählte den Weg, den sie gegangen war, und das war nicht wahrscheinlich. Man mußte einen hohen Preis für diese wunderbare Freiheit des Geistes bezahlen, aber sie war es wert. Wie Dr. Latimer gesagt hatte, hatte sie die dunkle Seite des Okkultismus gesehen, als Lucas versuchte, Schwarze Magie zu betreiben. Der Orden hatte ihn dafür zerschmettert. Dennoch wußte sie aus eigener innerster Erfahrung, wieviel Licht dieses Geheimwissen zu bieten vermochte. Sie hatte ein Geistwesen gespürt, das dem Menschen ebenso überlegen war wie dieser dem Hund. Eine Macht, die es vermochte, ein nie verlöschendes Feuer in der Seele zu entzünden. Was wohl ihre letzte Inkarnation gewesen war? Sie spürte, daß Lucas darin eine Rolle gespielt haben mußte. Und was würde ihr das nächste Leben bringen? Auftauchen würde er wieder, dessen war sie sich ganz sicher. Und sie wünschte sich so sehr, daß das nächste Leben glatt verliefe und nicht so viel Kampf und Leid brächte! In dieser Nacht erschien ihr die feinstoffliche Welt sehr nahe und durchaus wirklich, nicht wie eine Geschichte aus einem Buch, sondern wie ein eigenes Erlebnis.

Gut, sie war sicher, Lucas in einem anderen Leben wiederzufinden, aber was war mit diesem Leben hier? Er hatte die Welt vorzeitig verlassen, in der Blüte seiner Kraft, mit allen Fasern seines Herzens an der Erde hängend. Das war etwas anderes als der Tod eines alten Mannes, der die ihm gewährte Spanne Zeit gelebt und sich immer mehr von den irdischen Banden gelöst hatte und von seinen Freunden jenseits des Schleiers erwartet wurde. Bei einem solchen Mann konnte man davon ausgehen, daß er seine Freiheit fand, nachdem er seinen Körper verlassen hatte, aber Lucas war eine enttäuschte Seele, und sie wußte, daß er zurückkehren würde, wenn es in seiner Macht stünde. Plötzlich kam ihr der Gedanke, daß der Hund Lucas gesehen und ihn angeheult haben könnte. Trieb er sich in der Nähe herum? Und wenn, wie könnte sie mit ihm Verbindung aufnehmen? Von diesem Gedanken erfüllt, richtete sie sich im Stuhl auf. Vergessen war die Angst, die Lucas ihr in den Tagen ihres Aufenthalts im Haus am Bloomsbury Square eingeflößt hatte. Sie erinnerte sich nur noch an den Mann, den sie in den letzten beiden Tagen erlebt hatte, und fühlte das geheimnisvolle Band, das sie beide umschlang, das Band, das sein Tod nur noch fester geknüpft hatte.

Während sie ihren Gedanken nachhing, lenkte ein Geräusch auf dem Kiesweg draußen ihre Aufmerksamkeit auf die Glastür, wo sich etwas in der Dunkelheit zu bewegen schien. Ihr Herz stand still, denn als Frau alleine mit einer alten Haushälterin in einem abgelegenen Landhaus ist man von solchen unheimlichen Geräuschen nicht unbedingt erbaut. An den unverhängten Fenstern tauchte ein Schatten auf. Bei näherem Hinsehen erkannte sie die alte Bulldogge, die sich von der Kette losgemacht hatte und nun in den beleuchteten Raum hereinblickte, wobei sich in ihren grün glänzenden Augen das Lampenlicht spiegelte. Diese seltsamen glühenden Augen erinnerten sie an jene, mit denen Lucas sie hypnotisiert hatte. Die schienen auch immer wie ein inneres Licht zu leuchten. In jener Nacht fühlte sie sich Lucas sehr nahe.

Vor dem Hund verspürte sie keine Angst, sondern hatte für ihn immer eine große Vorliebe empfunden. Sie beschäftigte sich gerade mit dem Gedanken, den Hund hereinzulassen, damit er sich am Kamin wärmen könnte, als ihr dieser zuvorkam, indem er sich auf den Hinterläufen aufrichtete und mit den Vorderpfoten gegen die Tür drückte, bis bereits zum zweiten Mal an diesem Abend das Schloß nachgab und die beiden Flügel aufsprangen. Und da kam er herein, ein großer getigerter Hund mit weißen Flecken um das Maul, die von seinem Alter zeugten.

Veronica ging durch das Zimmer und schloß die Tür hinter ihm, denn die Nacht war kalt. Der Hund tappte zum Kamin, blieb auf dem Teppich davor stehen und schaute sich im Zimmer um. Er wanderte nicht schnüffelnd im Zimmer herum, wie es Hunde sonst zu tun pflegen, sondern gebrauchte mehr seine Augen als seine Nase, drehte den Kopf von einer Seite auf die andere, beobachtete die Umgebung, und vor allem Veronica.

Sie kehrte zu ihrem Platz am Feuer zurück, und das Tier folgte, blieb vor ihr stehen und starrte ihr mit seinen braunen Hundeaugen ins Gesicht. Sie beugte sich nach vorn und erwiderte seinen Blick. „Weshalb hast du denn letzte Nacht so laut geheult?“ fragte sie. Die Nüstern des Hundes blähten sich, er schnaufte heftig und begann, mit seiner plumpen Pfote an ihrem Rock zu scharren. Er kam näher, legte sein schweres schwarzes Kinn auf ihr Knie und sah sie mit jenem traurigem Ausdruck an, der für das faltige Gesicht einer Bulldogge so charakteristisch ist. Veronica beugte sich hinunter, schaute ihm in die Augen und sagte: „Wenn du Mr. Lucas noch einmal siehst, sage ihm, daß ich ihn sehen möchte.“

Der Hund stieß ein kurzes freudiges Gebell aus und setzte sich auf die Hinterbeine. Sein Maul öffnete sich, seine rote Zunge kam heraus und er grinste, wie nur ein Hund grinsen kann. Veronica mißfiel dieses Grinsen; es war unheimlich. „Leg dich“, befahl sie und deutete auf den Kaminvorleger. Gehorsam tat das Tier, wie ihm geheißen. Sie nahm ihre Stickerei wieder auf. Der Hund verfolgte jede ihrer Bewegungen, blieb aber bewegungslos zu ihren Füßen liegen. Dann wurde es Schlafenszeit, und sie erhob sich.

„Komm“, sagte sie zu ihrem stummen Begleiter. „Ich muß dich über Nacht an die Kette legen.“ Gehorsam folgte ihr der Hund zur Tür, sie legte eine Hand auf seinen mächtigen Nacken und führte ihn in den Hof zurück. Lautlos trottete er neben ihr her. Am Zwinger angekommen, entdeckte sie, daß er sich durch Herausschlüpfen aus dem Halsband von der Kette befreit hatte. Sie zog daher den Riemen vorsichtig um ein Loch enger, denn der Gedanke, das mächtige Tier könne frei herumlaufen, behagte ihr nicht. Wohl hatte er sich als ein freundliches Geschöpf gezeigt, aber sein plötzliches, stilles Erscheinen am Fenster war unheimlich gewesen. Mit ihm schien die Nacht zu ihr ins Zimmer gekommen zu sein, und nicht nur das: Es war, als wenn eine Schar der unsichtbaren Bewohner der Unterwelt mit ihm zusammen Einlaß gefunden hätte. Durch die Glastür, die offen geblieben war, kehrte sie in das von der Lampe erleuchtete Zimmer zurück, aber auch dort verließ sie das Gefühl des Unbehagens nicht. Die flackernden Flammen des Holzfeuers, die einmal hell aufloderten und dann wieder in sich zusammensanken, je nachdem, an welcher Stelle die Scheite in Brand gerieten oder zu Asche zerfielen, ließen launische Lichter durch das Dunkel huschen, so daß es aussah, als ob die großen Augen der ausgestopften Fische in den Glasschränken lebendig geworden wären. Veronica zündete eine Kerze an und floh vor dem gespenstischen Spiel der Schatten in ihr Zimmer.

19

Am Morgen kam ihr ihre Nervosität lächerlich vor. Sicher, bei der Vorstellung, die Bulldogge könnte im Haus frei herumlaufen, wurde ihr immer noch mulmig, denn es war ein großes, starkes Tier, das recht unangenehm werden konnte, wenn sich sein gegenwärtiges Wohlwollen in Abneigung verwandelte. Aber von einem Hund, der sein ganzes Leben an der Kette gelegen hat, kann man einfach keine Sanftmut erwarten. Er sah zwar abstoßend aus, hatte aber trotzdem etwas Anziehendes. Er schien Persönlichkeit zu haben, wie manche Hunde, die das Vertrauen ihres Herren genießen und durch ihr ständiges Beisammensein mit menschlichen Wesen gewissermaßen menschliche Züge angenommen haben.

Nach dem Frühstück machte sich Veronica auf die Suche nach ihm, um nachzuschauen, ob er noch an irgendwelchen Nachwehen des seltsamen Anfalls vom vorhergegangenen Abend litt. Der Hund kam nicht angelaufen, um sie begrüßen, wie man nach seinem freundlichen Verhalten am Tag zuvor hätte erwarten können. Erst nachdem sie sich am Eingang zu seiner Tonne niedergekniet und mehrfach seinen Namen gerufen hatte, steckte er den Kopf heraus und blinzelte sie mit trüben Augen an. Dann zog sich sein Kopf wieder zurück, und kein weiteres Zureden konnte ihn dazu bewegen, sich noch einmal zu zeigen. Doch seine Augen hatten einen seltsam grünen tierischen Glanz, und Veronika schien es, als ob der Speichel, der ihm an den Lefzen hing, leicht phosphorisierte. Jedenfalls war das Bild von Hund, Hütte und Umgebung derartig abstoßend, daß sie sich rasch verabschiedete und den Hof mit seinem unheimlichen Bewohner verließ.

Als sie die Wiese vor der Terrasse erreicht hatte, war sie halb entschlossen umzukehren. Die Scheu vor dem Hund, den sie am Abend zuvor gerne um sich gehabt hatte, kam ihr lächerlich vor, zumal das Tier jetzt offenbar leidend war. Plötzlich entdeckte sie zwischen den Büschen den Gärtner und sprach ihn auf den Zustand des Hundes an. Er meinte, das Tier habe am Morgen nicht gefressen, aber er wagte es nicht, es zu untersuchen. Doch im Dorf sei ein guter Tierarzt, und wenn Miss Mainwaring es wünschte, würde er ihn bitten herüberzukommen und sich den Hund anzusehen. Veronica stimmte zu, wenn der Zustand des Tieres am nächsten Morgen unverändert sein sollte.

Veronica hüllte sich in Lucas' Mantel, den sie nun, da das Wetter kälter geworden war, regelmäßig trug, und machte einen Spaziergang am Flußufer entlang, wobei sie versuchte, die Erinnerung an das Bild im Hundezwinger loszuwerden: die glühenden Augen und das schwach leuchtende Maul. Ihr Weg führte sie an einer Reihe von Arbeiterhäusern vorbei, die unterhalb der Wiese standen. Mehrere Kinder spielten auf dem Weg und starrten sie mit furchtsamer Neugierde an, und auch die Blicke, die ihr die Eltern aus den offenen Haustüren zuwarfen, waren nicht alle mitleidig, sondern zum Teil sogar feindselig. Veronica ging an ihnen vorbei. Die Meinung der Leute berührte sie nicht, gehörte sie doch inzwischen zu einer anderen Welt, deren Bewohner, ob Freund oder Feind, nicht von dieser Daseinsebene waren, denn für sie konnten nur diejenigen Gefährten sein, die auch das Bürgerrecht jener Welt genossen. Der Mann mit den harten Zügen stand ihr, obwohl er sich ihr gegenüber feindlich gezeigt hatte, in gewisser Weise näher als Alec Butler, so gern sie diesen auch mochte. Und der Alte mit dem weißen Bart kam ihr geradezu wie ein Blutsverwandter vor. Sie nahm sich vor, ihn um Rat zu fragen, wenn Alec sie um ihre Hand bitten sollte.

Über Alec war sie sich noch nicht schlüssig. Ihr altes Ich hätte an seiner umgänglichen, etwas oberflächlichen Art Gefallen gefunden, nun aber hatte sie Lucas und mit ihm die Höhen und Tiefen des Lebens kennengelernt. Sie war hin und her gerissen und konnte sich nicht entscheiden, ob sie das eine oder das andere wollte, sie war sich nur sicher, daß beides zusammen nicht sein konnte. Wollte sie wieder die Veronica von den Hügeln in Surrey werden, so führte sie der Weg über den Pfad, den Butler ihr wies. Allein umzukehren, dazu war sie nicht imstande. Zu weit war sie in das verborgene Königreich vorgedrungen, und der Schleier am Eingang hatte sich wieder zusammengezogen. Nur die innige Verbindung mit einem Bewohner der äußeren Welt konnte sie wieder herausführen. All das sagte ihr ihre innere Stimme, die von Tag zu Tag stärker wurde. Manchmal glaubte sie, die Stimme sei Realität, und manchmal versuchte sie sogar, sich zu dieser Stimme eine Persönlichkeit vorzustellen. Sie nannte sie ihren ‚Freund aus dem Schattenreich', und sah ihn als helles strahlendes Wesen, mit Beinen, die aus Flammen bestanden, ein Wesen derselben Schöpfungsart wie jener nächtliche Geist, an dessen Gegenwart sie sich während ihrer seltsamen Reisen gewöhnt hatte, auf die Lucas in den fernen Tagen, im alten Haus am Bloomsburry Square, ihre Seele geschickt hatte. Sie dachte an die riesige Hand, die hinter ihr das Tor zur Welt des Unsichtbaren geschlossen und es mit einem Kreuzzeichen versiegelt hatte. Es war ihr verboten worden, sich dieser Welt wieder zu nähern, aber auf eine seltsame, wunderbare Weise schien diese Welt jetzt von sich aus näherzukommen, nicht greifbar, nicht deutlich wahrnehmbar, sondern eher wie die schattenhaften Umrisse von Gegenständen, die sich im ersten frühen Licht der Morgendämmerung abheben. Manchmal nahm sie wesenlose Gestalten wahr und manchmal jenen nicht stofflichen Teil eines menschlichen Wesens, der in unfaßbarer Weise seine innersten, verborgenen Gedanken und die Geheimnisse seiner Seele widerspiegelt. Freundliche Worte oder ein angenehmes Gesicht konnten Veronica nicht mehr täuschen. Sie beurteilte die Menschen nur noch nach dieser Ausstrahlung, nach der angeblich auch der Hund seinen Herrn erkennt, und sie empfand Sympathie oder Antipathie für diesen Menschen, je nachdem, wie dieses zarte persönliche Aroma der Seele beschaffen war. Es war die Mattheit dieses spirituellen Duftes, die ihr Butler unangenehm erscheinen ließ. In Gedanken verglich sie ihn oft mit einer Limonade, bei deren Zubereitung man mit Zitronen gespart hat. Der schwache Beigeschmack einer negativen Erscheinung verdarb das reine Wasser der Einsamkeit, denn es war nicht genug von dem Duft einer echten Persönlicheit darin, die ein

Beisammensein mit ihm hätte erstrebenswert erscheinen lassen. Aus seiner Stimme sprach kein tieferes Empfinden, aus seiner äußeren Erscheinung kein starker Wille. Wenn Veronica sein regelmäßiges hübsches Gesicht und seine kräftige Gestalt ansah, kamen ihr Zweifel, ob es nicht an ihr lag. War ihre Vorliebe für jene unfaßbaren spirituellen Düfte durch ihre Verbindung mit Lucas verdorben worden? Könnte sie sich, wenn man ihr die schädlichen Reizmittel vorenthielt, noch an eine gesunde, aber langweilige Diät gewöhnen? Die Erinnerungen an die Kinderjahre, an ihr Leben daheim und ihre religiöse Erziehung drängten Veronica, den makabren Traum der letzten Monate zu vergessen und zum normalen gesunden Leben zurückzufinden, das Butler symbolisierte.

Ihr Schutzengel schien am Scheideweg zu stehen und zu ihr zu sprechen:

„Dieser Weg führt zu Frieden und einem einfachen Glück, jener über zahllose Hindernisse zu einer Seele, die du der Hölle entreißen mußt. Wir wollen dich nicht in dieses Schicksal hineintreiben, sondern stellen dich vor die Wahl."

Aber sie hatte Lucas gekannt, und sie konnte ihn nicht vergessen. Er hatte ihrer Seele Ausblicke eröffnet und Wege gezeigt, die über den Horizont hinausführten, und sie die Sehnsucht nach der Unendlichkeit gelehrt. Könnte sie sich wirklich noch innerhalb der engen Mauern wohlfühlen, die sich bei einem Leben mit Alec um sie schließen würden? Würde die Freundschaft der ehrbaren Dorfbewohner sie für den Verlust entschädigen können, wenn sich der Schleier wieder schloß?

Nein! Nur weil sie bisher von der Welt des Unsichtbaren allein die dunkle Seite kennenengelernt hatte, war ihr der Gedanke, diese Welt aufzugeben, überhaupt gekommen. Der leichte kalte Luftzug, der ebenso schnell verschwand wie er aufgekommen war, das seltsame Glühen der Augen des Hundes – wäre das alles nicht gewesen, sie hätte Butler keines Blickes gewürdigt. Diese Phänomene waren ihr vorgekommen wie die Vorboten einer fremden Welt voller unbekannter Schrecken, die sie jeden Augenblick verschlingen würde, und vor der nur er sie retten konnte. Blieb sie alleine, würde sie Schritt für Schritt tiefer in jene unsichtbare Welt hineingezogen werden, von deren Höhen und Tiefen sie bisher nur einen kurzen Blick erhascht hatte.

Diese Angst war der Grund, warum sie versucht war, in Butler und dem ruhigen, wenn auch eintönigen Leben, das er ihr zu bieten hatte, nur das Beste zu sehen, eine erstrebenswerte Alternative zu den Höhen und Schrecken, die Lucas, auch wenn er tot war, für sie offenbar immer noch bereithielt. Sie schätzte den einfachen, liebenswürdigen, im herkömmlichen Sinne guten Charakter Alecs, aber sie konnte es nicht lassen, ihn mit dem seltsamen Feuer, das in Lucas gebrannt hatte, zu vergleichen.

Als Veronica Butler bei seinem nächsten Besuch die Glastür öffnete, gingen ihr die Gedanken noch durch den Kopf, und sie begrüßte ihn daher mit einem Lächeln, und dieses Lächeln und die Erkenntnis, daß ihrer Bindung keine materiellen Hindernisse im Weg standen, brachte ihn dazu, seinen Entschluß sofort in die Tat umzusetzen. Noch halb auf der Schwelle, zog er Veronica in die Arme.

„Veronica", sagte er, „wissen Sie, warum ich komme?"

Dabei blickte er in ihre großen blaugrauen Augen, und zum ersten Mal überkam ihn etwas wie Zweifel: diese Augen waren verschleiert, weltentrückt, und hatten einen Ausdruck, der ihm fremd war. Es waren die Tiefen in diesem Mädchen, die er nicht ergründen konnte, und die für ihn so unbegreiflich waren, daß er nicht einmal eine Frage nach der Eigenart in Worte kleiden konnte. Veronica blieb zwar unbewegt, stieß ihn jedoch nicht von sich und ließ es zu, daß er seinen Arm um ihren Leib schlang und sie zur Kaminecke führte, wo sie sich sanft von ihm losmachte und in ihren Lieblingssessel sinken ließ.

Er blieb vor ihr stehen. „Veronica", sagte er, „wollen Sie meine Frau werden?"

Veronica schwieg. Das Kinn in die Hand gestützt, saß sie bewegungslos da und starrte ins Feuer. In der Glut glaubte sie Lucas' Gesicht zu sehen, und im Geist fragte sie ihn: „Was wirst du sagen, wenn ich es tue? Brauchst du mich jetzt in deinem neuen Zustand noch? Wirst du es als Treuebruch empfinden, wenn ich diesen Weg einschlage, um den Problemen zu entfliehen, mit denen ich alleine nicht fertig werde? Ich habe mich dir geschenkt in jener letzten Nacht deines Lebens, als ich dich küßte, hier, genau an der Stelle, wo er jetzt steht. Aber jetzt, da ich weiß, daß du dich für mich geopfert hast, werde ich aushalten. Wenn du mich allerdings nicht brauchst, werde ich den Fluchtweg nehmen, der sich mir bietet."

Ein schwaches Geräusch von der anderen Seite des Zimmers schreckte sie auf: ein trockenes Blatt war von einem plötzlichen Luftzug über die Fensterschwelle hereingeweht worden und auf den Parkettboden gefallen.

„Verdammtes Fenster!" rief Butler aus, den diese Unterbrechung offenbar verstimmte. Mit seinen schweren Jagdstiefeln ging er zum Fenster und schloß es geräuschvoll. Zur Feuerstelle zurückgekehrt, stellte er sich wieder vor das Mädchen.

„Nun, Veronica", drängte er. „Was ist?"

Im Zimmer schien es plötzlich kalt und dunkel geworden zu sein. Ihr altes Grauen vor dem Unsichtbaren überfiel sie stärker denn je. Sie wandte sich zu Butler, der ihr wie ein sicherer Fels in der Brandung erschien, und streckte ihm beide Hände entgegen, die er mit starkem, warmem Griff erfaßte. Er ließ sich vor ihr auf ein Knie nieder und näherte sein vor Verlangen gerötetes Gesicht dem ihren. Aber als sie ihm in die Augen blickte, kam ihr plötzlich die Erkenntnis, daß sie ihm nichts zu geben hatte, weil ihre Seele längst einem anderen Mann in die Finsternis hinaus gefolgt war. Mit einem Mal bemerkte sie, daß der Schein der Lampe trüber wurde und die Schatten aus den Ecken zum Feuer vorzudringen schienen. Ihre Hände umklammerten Alecs Hände noch fester. Doch vermochte sie es nicht, ihm ihr Wort zu geben, konnte sich trotz aller Schrecken nicht von der Welt des Unsichtbaren trennen.

Schwankend erhob sie sich.

„Ich brauche Zeit", sagte sie. „Es ist eine schwere Entscheidung. Ich muß darüber nachdenken. Bitte gehen Sie jetzt, Alec. Kommen Sie morgen früh wieder und holen Sie sich Ihre Antwort."

Der junge Mann richtete sich neben ihr auf. „Wie dem auch sei", sagte er, „ich werde Sie küssen, bevor ich gehe." Er nahm sie in die Arme und küßte sie voll auf die Lippen. Für einen Augenblick tauchte vor Veronicas Augen die Vision von Lucas' wutverzerrtem Gesicht auf. Butler ließ sie los. „Bis bald!" sagte er. „Ich werde früh kommen. Sollte ich irgendwie verhindert sein, werde ich Sie benachrichtigen.“

Unvermittelt schoß Veronica der Gedanke durch den Kopf, wäre sie der Liebhaber, nichts könnte sie daran hindern, zu kommen und sich Gewißheit über ihr Schicksal zu holen. Sie schloß die Glastür hinter ihm und lauschte seinen schweren Schritten nach, die sich über den Kies entfernten. Bald hatte er den Rand des Waldes erreicht, und das Geräusch der Schritte wurde von dem weichen Boden verschluckt. Plötzlich durchfuhr es Veronica heiß. Lautlos und schnell wie ein Schatten war die Bulldogge an der Tür vorbeigehuscht, die Nase am Boden, und der warmen Spur des Mannes gefolgt. Veronica war wie gelähmt. Sie lehnte sich Halt suchend an den Fensterrahmen. Sollte sie schreien? Sollte sie zu einer Waffe greifen und dem Tier hinterher rennen, oder ins Dorf laufen, um Hilfe zu holen? Aber während sie noch überlegte, gellte ein wilder, schrecklicher Schrei durch die Nacht und brach dann jäh ab ... Totenstille. Veronicas Beine gaben nach, und sie sank wie ein Häufchen Elend in den nächstgelegenen Sessel.

Eine Weile lag sie so da, den Kopf in die Kissen vergraben. Dann erhob sie ihr Antlitz. Würde der Hund zurückkommen? Sie wartete, und ihre Augen versuchten, das Dunkel zu durchdringen. Es dauerte nicht lange. Ein Schatten huschte über die Wiese, dann erschien ein mächtiger Schädel auf den Stufen, die zur Treppe emporführten – da war er.

Dunkler Schaum hing von seinen Lefzen, und seine Flanken zitterten. Es war ein alter Hund, und der Kampf hatte ihn mitgenommen. Die Augen des Mädchens starrten in die des Tieres, die seltsam phosphorisierten. Der Hund setzte sich auf die Hinterbeine und legte eine Tatze auf die hölzerne Türfüllung. Veronica beobachtete mit kaltem Entsetzen, wie das morsche Holzwerk nachgab, das Schloß aufsprang und sich die Tür öffnete. Ein paar getigerte Schultern zwängten sich durch den Spalt. Einen Augenblick schien das Tier auf ein Zeichen zu warten. Veronica aber bewegte sich nicht, gab keinen Laut von sich. Da trat das Tier über die Schwelle.

Nach einem kurzen Zögern ging es auf Veronica zu und legte seine Schnauze auf ihr Knie. Sie bewegte sich immer noch nicht.

In ihr stieg Abscheu vor der Bestie auf, die einen ihresgleichen getötet hatte, aber ihre Glieder waren wie Blei. Der Hund schien ihre Abscheu zu spüren. Das Haar auf seinem Nacken sträubte sich vor Zorn, und er begann, leise zu knurren. Als Veronica ihn anschaute, sah sie, wie sich die Pupillen seiner Augen zusammenzogen, bis nur noch zwei grünlich-braune Punkte, undurchsichtig wie Porzellan, übriggeblieben, und sie anstarrten. Plötzlich durchzuckte Veronica ein Gedanke, und das Bild des Hundekopfes verwandelte sich in ein menschliches Antlitz; alte, längst vergessene Geschichten von Werwölfen fielen ihr ein – Wesen, halb Tier, halb Mensch – und von Tierkörpern, die den Seelen von Magiern als Wirkungsstätte dienen. Ein Wirrwarr von Märchen und Gespenstergeschichten zog ihr durch den Kopf, bis sich das Tier zu ihren Füßen auf die Hinterbeine setzte und seine lange rote Zunge mit einer Art Grinsen herausstreckte, als wollte es sagen: „Jetzt hast du mich endlich verstanden."

Da fiel Veronica in Ohnmacht.

Als sie wieder zu sich kam, war das Tier verschwunden, aber die Glastür stand noch offen. Sie schloß sie mit zitternden Händen, schleppte sich halb betäubt in ihr Zimmer, warf sich auf ihr Bett und hoffte, der Schlaf würde ihr Erlösung bringen.

20

Als Veronica die Augen wieder aufschlug, strömte warme herbstliche Sonne in ihr Zimmer und Vogelgezwitscher klang an ihr Ohr. Für einen Augenblick erwachten ihre Lebensgeister, um den klaren frischen Morgen zu begrüßen, doch schon bald fiel ein Schatten auf ihre Seele und ließ das Sonnenlicht blaß und kalt erscheinen. Noch vom Schlaf betäubt, konnte sie nicht sofort erfassen, warum sie plötzlich von dem leuchtenden Morgen ausgeschlossen und in kalte, dunkle Schatten gehüllt war. Da kam ihr Lucas in den Sinn.

Plötzlich saß sie kerzengrade im Bett und starrte mit Augen, die nichts sahen, nach den Baumwipfeln, deren Umrisse sich vom Blau des Himmels abzeichneten; sie ließ ihr Leben seit ihrer ersten Begegnung mit diesem fremdartigen Wesen erneut an sich vorüberziehen. In ihrer Seele hatten sich zwei Türen aufgetan – eine führte zu den Sternen und eine andere in die Unterwelt, und die Bewohner beider Welten hatten jetzt Zutritt zu ihrer Seele. Sie war in Schicksalsströme hineingezogen worden, von denen die meisten Menschen barmherzig verschont bleiben, und fühlte, wie diese sie mit rasanter Geschwindigkeit einem Ziel zutrugen. Nichts Zweckloses lag in diesem Geschehen, kein zufälliger Wirbel im großen Gezeitenstrom der Ereignisse, der so eilig dahinbrauste, und nur die allergrößten Anstrengungen hätten es ihr ermöglicht, das rasch zurückbleibende Ufer wieder zu erreichen.

Lucas war nicht tot, davon war sie überzeugt. Mehr noch, er hatte nicht aufgegeben, ihr zu folgen. Irgendwo, ganz in der Nähe, unsichtbar, lauerte er, und er konnte sich grobstoffliche Formen für kurze Augenblicke dienstbar machen, um seine

Anwesenheit durch sie zu offenbaren. Als Geist der äußersten Finsternis kam er mit dem kalten Wirbelwind, der plötzlich aus völliger Stille aufspringt, die dürren Blätter zum Wirbeltanz aufpeitscht und dann ebenso schnell wieder erstirbt. Nur wenige Sekunden vermochte sein Wille solch eine flüchtige Form zusammenzuhalten, aber es genügte, und seine Kraft war groß genug, die Glastür mit dem ausgeleierten Schloß aufzustoßen und Veronicas Papiere wie mit zorniger Hand auf den Boden zu fegen.

Sie sah jetzt alles ganz klar vor sich: Lucas, dessen körperloser Geist nur imstande war, sich in flüchtigen unsteten Formen zu offenbaren, war sich alles Geschehenen bewußt und wurde selbst im Tod unverändert von demselben rücksichtlosen Willen angetrieben, der ihn durch sein Leben gehetzt hatte. Da alle seine Interessen und all sein Verlangen am Stofflichen hingen, war sein Geist an die Erde gebunden. Körperlos und gestaltlos verlangte er immer noch nach leiblichen Dingen, und sie, Veronica, war das Ziel seiner Sehnsüchte.

Wer weiß, welche Dämonen eifersüchtigen Hasses und unerfüllter Begierden ihn dazu getrieben haben mochten, in den Körper dieses Hundes, dieser armer getigerten Bestie, hineinzuschlüpfen und auf Samtpfoten in der Gestalt einer niederen Lebensform umherzuwandeln, zumal er sich eine Gestalt gewählt hatte, die seinem Temperament besser entsprach als die Form, die er zu Lebzeiten benutzt hatte. In Lucas war immer mehr ein Jagdhund gewesen als ein Mensch. Der sanfte Spaniel oder der kluge Schäferhund hatte mehr menschliche Züge als Lucas. Aber nicht ihre Form hatte er für seine Zwecke gewählt, sondern die einer älteren, wilderen Rasse.

In den Tagen am Bloomsbury Square hatte Veronica am meisten darunter gelitten, daß sie mit keinem Menschen über ihre Erlebnisse hatte reden können. Man hätte sie für verrückt gehalten. Es gab sogar Zeiten, in denen sie sich selbst für verrückt hielt. Dann hatte sie aus ganzem Herzen gewünscht, Lucas und alles, was mit ihm zusammenhing, wären Gebilde ihrer Phantasie, auch wenn sie dies ihre Freiheit gekostet hätte. Dann hätte sie wenigstens den Beweis gehabt, daß die Welt rational, dreidimensional und aus Materie ist. Stattdessen mußte sie sich in einer

Welt bewegen, die so wirr war wie der Traum eines Wahnsinnigen. Das unsichtbare Halsband, das Lucas ihr um den Hals gelegt hatte, war nichts anderes als eine gewöhnliche Suggestion, die ihr damals fremd gewesen war. Was aber war mit dem Hund, der die Augen und die Ziele eines Mannes hatte? In der oft sehr weitschweifigen Literatur des Mittelalters finden sich zahllose Geschichten dieser Art, aber auch das wußte sie nicht, und das war vielleicht gut so.

An Butler dachte sie mit mitleidigem Entsetzen, ein Mensch, der ein schreckliches Ende gefunden hatte. Er schien schon weit weg zu sein, und sein Liebeswerben hatte sie beinahe vergessen. Jene lange Sekunde, in der sie dem Hund in die Augen geschaut hatte, als sich seine Pupillen ärgerlich zu der Größe eines Stecknadelkopfes zusammenzogen, hatte sie wieder mitten in den Strudel hineingerissen, dem sie versucht hatte zu entkommen. All ihre Gedanken kreisten um Lucas. Er erfüllte ihr ganzes Sein. Doch sie sah nicht mehr den Mann in ihm, für den sie sich in den letzten Tagen ihres kurzen Beisammenseins erwärmt hatte, sondern wieder den Menschen, der düsteren, unbekannten Zielen nachjagte und sie rücksichtlos für seine Zwecke mißbraucht hatte; Lucas, der Mann, der sie in Trance versetzt hatte, Lucas, der Mörder von Butler, der sie mit sich in die Finsternis reißen würde, wenn er nur ein einziges Mal ihre Seele in seine Klauen bekäme. Obwohl das Schlafzimmer in warmes Sonnenlicht getaucht war, fröstelte sie, als ob die Kälte der Finsternis bereits nach ihr gegriffen hätte.

Aber sie blieb nicht lange allein. Kurz darauf erschien die alte Haushälterin und bedeutete ihr mehr durch Gebärden als durch Worte, daß jemand sie zu sprechen wünschte. Veronica kleidete sich hastig an und ging in die abgedunkelte Halle des alten Hauses hinab, wo sie von zwei Männern erwartet wurde. Den einen kannte sie, den anderen nicht. Jener war der Arzt, den man gerufen hatte, als Lucas tot aufgefunden worden war. Er war auch der Vater Alecs, und Veronica schloß aus seinem Erscheinen, daß man die Schuld an dem schrecklichen Ereignis wieder auf sie schieben würde. Da sie unfähig war, sich zu verteidigen, eine Erklärung abzugeben oder gar die wirklichen Ereignisse zu schildern, bediente sie sich derselben Taktik wie bei der ersten

Untersuchung, als sie über Lucas, der in ihrer Nähe tot aufgefunden worden war, hatte Auskunft geben müssen. Und auch dieses Mal wußten die Leute, daß hinter der Sache weit mehr steckte, als ihre Fragen ans Tageslicht bringen würden, und spürten, daß es einen Zusammenhang zwischen den beiden Todesfällen gab. Veronica war der Schlüssel dazu. Der Doktor ließ nicht den geringsten Zweifel daran, und seine Abscheu ihr gegenüber hätte nicht größer sein können, wenn er sie mit bluttriefenden Händen auf frischer Tat ertappt hätte.

Sein Begleiter, der sich in der Atmosphäre des Hauses offenbar sehr unwohl fühlte, stand verlegen herum, klopfte mit der Jagdpeitsche an seine Stiefelschäfte und starrte dem Mädchen ins Gesicht, das zum Gegenstand so vieler Gerüchte im Ort geworden war.

Veronica ihrerseits beschränkte sich darauf, alle an sie gerichteten Fragen der Wahrheit entsprechend zu beantworten, ohne auf Einzelheiten einzugehen. Sie wußte sehr gut, daß keiner der beiden Männer imstande war, die geheimen Zusammenhänge zu erkennen. Lucas' Kampf mit dem Orden, der Mißbrauch, den er mit dessen Lehren getrieben, seine Exekution, ja allein schon die Tatsache einer Geheimwissenschaft, die sich mit unbekannten Kräften befaßte, all das waren Dinge, die weit über das Begriffsvermögen dieser beiden realistischen Engländer hinausgingen. Nur der Vater, dessen Sinne für kurze Zeit durch den Schock, den er bei dem Tod seines Sohnes erlitten hatte, geschärft worden waren, spürte intuitiv, daß der Wutausbruch des Hundes genauso wenig in den normalen Ablauf der Ereignisse paßte wie der Stillstand von Lucas' Herz, und die Begleitumstände führten ihn zu dem Mädchen, das in beiden Fällen den toten Mann als letzte lebendig gesehen hatte.

Nachdem das Kreuzverhör zu keinem anderen Ergebnis geführt hatte als der beschämenden Feststellung, daß Butler das Haus regelmäßig besucht und sogar um ihre Hand angehalten hatte, wandte sich der Arzt enttäuscht und verärgert an seinen Begleiter und rief aus: „Nun, Hargreaves, was halten Sie von dieser höchst sonderbaren Geschichte?"

Zum ersten Mal ergriff nun der andere das Wort:

„Wenn Sie meine Meinung hören wollen, Doktor, ich kann nichts Geheimnisvolles an der Sache sehen. Es handelt sich offensichtlich um einen Fall von Tollwut, und das einzige, was zu tun bleibt, ist, den Hund aus dem Weg zu räumen, damit er andere nicht noch ansteckt. Ich verstehe nur nicht, wie ein Tier, das immer an der Kette gelegen hat, ausgerechnet als erstes diese Krankheit bekommen konnte. Ich hoffe, Sie haben nichts dagegen, Miss Mainwaring, wenn ich den Köter verschwinden lasse? Es muß geschehen, das Tier wird nicht leiden. Ich bin nämlich der Tierarzt, müssen Sie wissen."

Veronica wich bis zur Wand zurück, lehnte sich dagegen und starrte eine Weile mit leeren Augen ins Nichts, während die Männer sie erstaunt anblickten. Für Veronica waren Lucas und der Hund ein und dasselbe Wesen, und auch wenn der Gedanke an ihn sie mit Grauen erfüllte, konnte sie kein Todesurteil über ihn fällen.

Endlich fand sie die Sprache wieder.

„Ich – ich brauche Zeit – ich muß darüber nachdenken", stotterte sie.

Der Doktor fiel ihr heftig ins Wort:

„Das geht nicht", sagte er. „Das Tier ist nicht mehr an der Kette, und der Himmel mag wissen, was es als nächstes anrichten wird."

Sie erschrak. Natürlich, das kranke oder gar besessene Tier lief ja frei in der Gegend herum – das hatte sie ganz vergessen.

Da ergriff der Fremde das Wort:

„Ich verstehe, daß Sie an dem Tier hängen, aber es muß verschwinden, und zwar schnell. Denken Sie doch an die Kinder hier im Dorf. Es ist sowieso ein alter Hund, und es ist ein Akt der Gnade."

Veronica senkte den Kopf.

„Tun Sie, was Sie für richtig halten", sagte sie. „Begraben Sie ihn weit weg von hier, und tief genug." Sie wandte sich ab und ging zurück in das Billardzimmer, wo sie eine ganze Weile alleine dasaß und in die Luft starrte. Nur die glotzäugigen Fische in den Glaskästen leisteten ihr Gesellschaft. Lucas, der ihr so nahe gekommen war, schien ihr jetzt völlig entrückt zu sein. Sie dachte darüber nach, was die Männer wohl mit ihm tun würden, und was mit ihm geschähe, wenn sie die Gestalt des Hundes, die er als Zuflucht angenommen hatte, vernichten würden. Jetzt, da er in Gefahr war, flog ihm ihr Herz, ganz nach Frauenart, wieder zu. Würde er, wenn man ihn aus dieser gegenwärtigen körperlichen Hülle vertrieben hatte, wieder mit ihr Verbindung aufnehmen? So schlecht er auch war, der Gedanke an seinen Verlust erfüllte sie mit Trauer.

Plötzlich drang aus der Küche wieder Lärm an ihr Ohr. Ein weibliches Wesen schien hysterische Anfälle zu haben, denn Veronica hörte gellende Schreie aus einem Chor von aufgeregten Männerstimmen. Sie lief durch den langen Gang zu dem rückwärtigen Hof und fand die alte Haushälterin ausgestreckt auf dem Boden liegend und aus vollem Halse schreiend. Als Veronica auf der Bildfläche erschien, zogen sich einige Bauern mit bleichen Gesichtern zurück und warfen ihr mißtrauische Blicke zu.

„Was ist los?" wandte sich das Mädchen an die Leute.

Niemand antwortete, und die Gruppe trat langsam, fast unmerklich, durch die halboffene Tür den Rückzug an. Die alte Frau stand mühselig auf und schlich in die Speisekammer, wo ein ‚plop' und ein anschließendes Gurgeln ihr Tun verrieten. Ein kleiner Junge lungerte im Hof herum, er hatte das Schauspiel neugierig verfolgt. Veronica schnappte ihn und hielt ihn an seiner zerlumpten Jacke fest.

„Was war los?"

„Sie haben den Hund erschossen, Miss," erwiderte er und versuchte, sich loszureißen.

„Das weiß ich. Aber warum sind sie alle so erschrocken? Du brauchst dich gar nicht so anzustrengen, ich lasse dich erst wieder los, wenn du es mir gesagt hast."

„Es – es war der Herr, Miss," antwortete der Junge mit heiserem Flüstern. „Er ist zurückgekommen."

„Welcher Herr?" fragte Veronica.

„Der dunkle Herr, der zusammen mit Ihnen hier war, Miss. Er kam aus dem Zwinger, nachdem sie den Hund erschossen hatten. Ich habe ihn selbst gesehen. Wir alle haben ihn gesehen. Er trat aus dem Zwinger und stand im Sonnenlicht. Ganz deutlich. Wirklich. Er hat uns angegrinst, und dann ist er verschwunden, Stück für Stück, wie eine Rauchwolke, bis nichts mehr von ihm übrig war. Ich habe ihn gesehen, wir alle haben ihn gesehen. Und jetzt lassen Sie mich endlich los!“ Mit einem Ruck gelang es ihm, sich von Veronica freizumachen, und wie ein Blitz war er verschwunden.

Tief in Gedanken versunken, kehrte Veronica in das Billardzimmer zurück. Als sie die Tür öffnete, hatte sie das Gefühl, erwartet zu werden. War der Doktor oder sein Begleiter zurückgekommen, um noch einmal mit ihr zu sprechen? Ihre Augen suchten die Kaminecke und die Fensternischen ab, doch da war niemand. Sie durchquerte das Zimmer und trat durch die Glastür auf die Terrasse hinaus. Ohne sich ihres Tuns bewußt zu werden, hielt sie die Tür für den offen, der ihr folgte und sprach den Unsichtbaren an ihrer Seite an:

„So bist du also wieder da?“

Sie wartete. Schweigen. Dann sprach sie weiter:

„Ich kann dir nicht verzeihen, was du mit Alec Butler gemacht hast und auch die Sache mit dem Hund nicht. Ich kann verzeihen, was du mir angetan hast. Das ist vorbei und vergessen. Aber das mit dem Hund war schrecklich, das kann ich dir nicht vergessen.“

Wieder Stille. Veronica hatte gesagt, was sie zu sagen hatte, aber es kam keine Antwort, die sie mit ihren Sinnen hätte wahrnehmen können. So drehte sie sich um, trat wieder durch die Glastür und schloß sie rasch hinter sich. Dann blieb sie stehen, um hinauszublicken. Es war ein ruhiger, sonniger Spätsommertag. In diesem Augenblick jedoch begann, ganz wie sie es erwartet hatte, eine leichte Brise die welken Blätter, die auf den Treppenstufen lagen, aufwärts zu treiben. Ein Wirbelwind hob das trockene Laub auf und warf es gegen die Fensterscheiben. Die morsche Tür wurde nach innen gedrückt und das Schloß wollte schon aufspringen, als Veronica sich gegen den Fensterrahmen stemmte und den Verschluß wieder sicherte. Dann schob sie einen schweren Sessel gegen die Tür, und die welken Blätter, von dem letzten ärgerlichen Windstoß über die Terrasse gejagt, fielen langsam, beinahe wie enttäuscht, zu Boden.

21

Von dieser Zeit an blieb Veronica nur noch selten allein. So wie in den alten Tagen war Lucas fast ständig um sie. Der Eindruck seiner Nähe war jedoch nicht immer gleich lebendig. Vor allem im hellen Sonnenlicht, wenn sie sich den direkten Strahlen der Sonne aussetzte, fühlte sie seine Gegenwart nicht. Aber an grauen Tagen und in der Dämmerung wurde seine Gegenwart fast greifbar, und mit Einbruch der Dunkelheit spürte sie ihn beinahe leibhaftig an ihrer Seite. Sie konnte nichts sehen, nichts hören, keine Mitteilung aus dem Jenseits erreichte sie, und doch spürte sie sogar den Wechsel seiner Stimmungen. Einmal war es ein vergnügter Lucas, dann wieder ein zorniger, oder ein Lucas, der heftig darum kämpfte, sie gefügig zu machen, und für den das Medium, mit dem er sich bemerkbar machen konnte, zu schwach war. Dann geschah manchmal ganz plötzlich die Verwandlung des unsichtbaren, körperlosen Geistes in die einzige stoffliche Form, die er annehmen konnte, und ein flüchtiger Wirbel eisiger Luft trieb das Laub um sie her in dem ohnmächtigen Verlangen, Veronica mit seinen formlosen Armen zu umfangen. Das war eine Offenbarung des zornigen Lucas. Jetzt verstand sie, warum man Geister entweder für Teufel oder für Engel hielt, denn, von einer starken Gefühlsbewegung getrieben, wie Liebe oder Haß, sind sie imstande, sich als stoffliche Erscheinungen zu materialisieren. In ihrer gewöhnlichen Gemütsverfassung können sie nur von jenen Unglücklichen wahrgenommen werden, die wir Sensitive nennen.

Nachdem es Lucas endlich gelungen war, ihr seine Gegenwart bewußt zu machen, schienen seine Kräfte zu wachsen. Ob ihre sensitiven Fähigkeiten zunahmen oder er immer geschickter wurde, seinen Willen der Materie aufzuzwingen, läßt sich nicht beantworten, aber die Tatsache blieb bestehen: zwischen dem Geist des Verstorbenen und dem lebendigen Mädchen war eine Brücke entstanden, über die der gedankliche Austausch voll im Gange war.

Für den Lebenden ist die Wiederkehr eines geliebten Toten meist ein grausiges Erlebnis, für Veronica jedoch, die wußte, daß Lucas ein böser Geist war und sich ganz in seiner Gewalt fühlte, bedeuteten die Offenbarungen seiner finsteren Gegenwart den Inbegriff aller wüsten Träume und kindlichen Horrorgeschichten. Sie konnte zwar seine Stimmungen erkennen, nicht jedoch seine Gedanken erraten, und es dauerte eine Weile, bis sie entdeckte, daß er imstande war, die ihren mit größter Leichtigkeit zu lesen. Wenn sie ihrem Geist erlaubte, sich mit Alec zu beschäftigen, erfüllte drohender Zorn die Atmosphäre in ihrer unmittelbaren Umgebung, und hin und wieder zeugte der Wirbeltanz der Blätter im Wind von einem ohnmächtigen Mißfallen. Dachte sie aber an die wenigen, kurzen Stunden der Gemeinsamkeit und Zuneigung mit Lucas kurz vor seinem Tod, und schickte sie eine Frage nach dem Wohlergehen ihres Freundes in die Dunkelheit hinaus, dann erfüllte eine seltsame Wärme den Raum und schien sie in einen Mantel aus unsichtbarem Licht zu hüllen.

Allmählich lernte Veronica die Stimmungen ihres unsichtbaren Gastes zu verstehen, und bald wurde seine Gegenwart, die zu Beginn für sie allen Schrecken des Unbekannten mit sich gebracht hatte, zur vertrauten Gewohnheit, ja zur Selbstverständlichkeit. Sie fürchtete sich zwar immer noch davor, aber nicht mehr als vor dem Lucas aus Fleisch und Blut. Und es kam die Zeit, wo sich seine alte, unheimliche Faszination wieder bemerkbar machte, und sie ertappte sich dabei, beim schwindenden Tageslicht auf sein Kommen zu warten und damit in geheimnisvoller, unbewußter Weise sein Erscheinen zu erleichtern. Sie fürchtete ihn, und dennoch hätte sie ihn vermißt, wenn er nicht gekommen wäre. So gingen die Tage dahin in dem ewigen Widerstreit ihrer Gefühle. Die Tage wurden kürzer, und die Stunden, in denen Lucas Macht über sie hatte, länger.

Es war Allerseelen, als es ihm schließlich gelang, die Grenzen des Feinstofflichen zu überschreiten und auf der irdischen Ebene Fuß zu fassen.

Ein heller, frostiger Tag hatte Veronica zu einem langen Spaziergang verleitet, von dem sie erst in der Dämmerung zurückgekehrt war. Erschöpft lag sie in dem großen Sessel am Kamin und döste in dem nur vom Feuer erhellten Raum vor sich hin, völlig entspannt. Ihr Geist hatte sich auf die Reise gemacht und gab sich den Wachträumen hin, die seit ihrer Kindheit Teil ihres Lebens gewesen waren. Lucas schien an jenem Abend weit entfernt. Sie hatte seine Gegenwart abgeschüttelt, als sie auf ihrem Spaziergang die Grenze des Bereiches überschritten hatte, der für ihn erreichbar war, und er hatte sie noch nicht entdeckt. Sie war also wirklich allein.

Ihre Gedanken wanderten zu dem seltsamen Wesen, das ihren Weg gekreuzt und ihr Leben so völlig aus der Bahn geworfen hatte. Sie dachte an ihn und an Alec und verglich die beiden Männer miteinander. Dabei wurde ihr klar, daß sie an der Seite dieses gutherzigen, fröhlichen Burschen, der in den Augen der Welt der ideale Gatte war, nie und nimmer Zufriedenheit gefunden hätte. Sie gab sich viel lieber den dunklen Zielen von Lucas hin, wenn auch nur gezwungenermaßen. Er war ihr Leben! Die mächtigen Ströme des Universums umbrandeten sie, sie spürte die ungeheure Lebenskraft des Mannes, die sich ihr strahlend mitteilte, und fühlte, wie sie wuchs und wuchs, höher und höher, immer weiter, und wie das große Unsichtbare, von dem alles stammt und zu dem alles wiederkehrt, näherrückte.

Während sie so zwischen Wachen und Träumen lag und in die Kaminglut starrte, hatte sie plötzlich das Gefühl, mit großer Geschwindigkeit in den Weltraum hinausgeschleudert zu werden wie immer, wenn Lucas ihre Seele auf eine jener Reisen ins Unbekannte geschickt hatte. Dieses Mal jedoch schwanden ihr nicht die Sinne, sondern sie nahm alles, was geschah, deutlich wahr. Nur die Fähigkeit, sich zu bewegen, war ihr abhanden gekommen. Eine Weile lag sie so in diesem nicht unangenehmen Zustand zwischen Schlaf und Traum. Dann machte sich ein neues Gefühl bemerkbar: Es war, als würde etwas aus ihrer linken Lende herausgezogen, zuerst ein Prickeln, dann ein seltsames Sausen. Weiße Nebelwölkchen sammelten sich zu ihren Füßen, breiteten sich langsam aus, zogen sich in die Höhe und nahmen die Form eines dürren, in ein Laken gehüllten Gespenstes an, und schließlich formte sich in einer dunklen Falte des Tuches ein Antlitz – das Gesicht von Lucas!

Veronica lag wie gelähmt in ihrem Stuhl und sah zu, wie der Tote zu neuem Leben erwachte. Seine glänzenden dunklen Augen senkten sich tief in ihre glanzlosen. Seine Lippen, rot wie Blut, näherten sich den ihren, die totenblaß waren; und seine Arme, stark wie die eines lebendigen Mannes, umfingen den Leib des Mädchens, das wie ein Häufchen Elend im Sessel saß.

Die seltsame Erscheinung dauerte nur wenige Augenblicke. Lucas wagte es nicht, sie zu verlängern. Kurz darauf spürte das Mädchen, das mehr tot als lebendig war, wie das Leben zurückströmte. Die Gestalt vor Veronica sank in sich zusammen, verlor ihre Umrisse und lag wieder als formlose Nebelwolke zu ihren Füßen. Wie aus einen Traum erwacht, fragte sie sich, ob dieses seltsame Erlebnis Wirklichkeit oder nur ein Spiel ihrer Phantasie gewesen sei.

Nach dem Abendessen kam ihr das Ganze noch unwirklicher vor, und als sie am nächsten Morgen aus tiefem, traumlosen Schlaf erwachte, war nur noch eine vage Erinnerung zurückgeblieben. Der Tag zog sich langsam mit belanglosen Beschäftigungen dahin: Zwischen zwei Regenschauern machte sie einen Spaziergang, nähte, und las eine Weile in einem Roman, der jedoch ihre Aufmerksamkeit nicht zu fesseln vermochte. Als die Lampen brannten, fiel Veronica plötzlich ein Brief ihres Anwalts ein, den sie beantworten mußte. Sie setzte sich an den Schreibtisch, tauchte die Feder in die Tinte und begann, am Federstiel zu kauen, denn sie war keine gewandte Schreiberin und hatte für geschäftliche Dinge keine große Begabung. Schließlich gelang es ihr, ‚Sehr geehrter Herr' zu Papier zu bringen. Weiter kam sie nicht. Als sie mit der Feder in der Hand dasaß, bemerkte sie plötzlich, wie auf dem weißen Papier langsam Wort für Wort Schriftzeichen erschienen.

„Wie geht es dir, Veronica? Es ist Justin, der schreibt."

Entgeistert starrte das Mädchen auf die Worte, die vor ihren Augen entstanden waren. Die Feder hatte von ganz alleine geschrieben, ohne daß sie etwas dazu beigetragen hatte. Die Schrift stammte zwar von ihrer Hand, und war doch nicht die ihre, aber sie kam ihr seltsam bekannt vor. Es war die Schrift eines Mannes, und Justin war der Name eines Mannes. Sie kannte niemanden namens Justin, und dennoch war ihr der Name seltsam vertraut. Wo hatte sie ihn früher nur schon gehört? Ah, jetzt fiel es ihr ein: es war der Name des Römers, von dem ihr Lucas erzählt hatte, des Mannes, der im alten Rom ein Mädchen geliebt und verloren hatte.

„Genau. Justinian war sein Name, und Justin, die englische Version des lateinischen Wortes, ist mein Name, so, wie ich die englische Ausgabe des römischen Kriegers bin. Nur kennst du mich vielleicht besser als J. Lucas."

Wieder hatte die Hand von alleine geschrieben, und Veronica saß da, wie vom Donner gerührt und starrte auf die Worte, die von selbst auf dem Papier entstanden waren und eine so passende Antwort auf ihre unausgesprochenen Gedanken gaben.

Erneut begann die Feder zu schreiben:

„Du wirst mir helfen, Veronica, nicht wahr? Wirst du mir helfen? Du weißt, daß ich dich brauche." Dann kam, als hätte sein durchdringender Geist ihre schwache Stelle erraten, der Hilferuf:

„Wenn du mir nicht hilfst, bin ich verloren. Veronica, verlaß mich nicht!"

Welche Frau hätte da widerstehen können? Veronica, deren erster Gedanke ‚Flucht' gewesen war, egal wohin – in den Garten, auf die Straße, irgendwohin, blieb bewegungslos sitzen, lauschte und wartete auf die nächste Offenbarung dieses unsichtbaren Wesens.

Wieder setzte die Feder zum Schreiben an, und ihre Augen folgten den Schriftzeichen:

„Du warst sehr gut, gestern abend. Die feinstofflichen Bestandteile sind leicht von deinem dichten Körper zu trennen. Ich kann sie herausziehen und mir daraus eine Gestalt formen, aber ich habe Angst, daß es für dich zu anstrengend sein wird, wenn ich es zu oft wiederhole. Was wir eigentlich brauchen, sind ein paar Leute, die im Kreis beisammensitzen, und von denen jeder einen kleinen Teil dazu beiträgt, so daß niemand überanstrengt wird. Es ist leicht, die feinstofflichen Bestandteile herauszuziehen, aber viel schwieriger, sie dem Körper zurückzugeben, und wenn sie nicht zurückwollen, stirbst auch du. Ich nehme an, es gibt keine Möglichkeit, einen solchen Kreis zu schaffen?"

Veronica konnte nichts dazu sagen, das Ganze ging über ihr Begriffsvermögen. Natürlich kannte sie keinen Menschen, den sie hätte bitten können, ihr bei dieser seltsamen, gefährlichen Aufgabe zu helfen, wenn es das war, was er gemeint hatte. Offenbar hatte er es gemeint, denn wieder erschienen Schriftzeichen:

„Dann gibt es nur noch eines: nämlich, ich materialisiere mich teilweise aus dir, und dann gehen wir so nahe wie möglich an andere Menschen heran und versuchen, ihnen das, was ich noch brauche, zu entziehen. Ich glaube, es funktioniert, wenn wir warten, bis die Leute schlafen. Wir könnten es jedenfalls versuchen."

Veronica warf die Feder auf den Tisch, öffnete hastig die Glastür und trat auf die Terrasse hinaus. Was um Himmels Willen hatte der Tote vor? Sie wußte nichts von diesen Dingen und hatte sich auch keine Vorstellung von den seltsamen Kräften gemacht, die Lucas einsetzte, und noch weniger von seinen seltsamen Zielen und Absichten. Nie zuvor hatte sie etwas von der Existenz der geheimen Bruderschaft gewußt, die diese Dinge lehrte, geschweige denn von den unsichtbaren Wesen und den unsichtbaren Kräften, die daran mitwirkten, bis sie plötzlich mit all diesen sonderbaren Dingen konfrontiert war. Jetzt kam es ihr vor, als sähe sie sie überall, als würde sie die Geister, die sie rief, nie mehr loswerden, und als würde sie von dem Strom der Gezeiten, dem Werden und Vergehen, hin und hergerissen, während die meisten Menschen doch nur mit dem Ergebnis ihrer eigenen Handlungen zu tun hatten. Sie war allein, verstört, hilflos, Lucas völlig ausgeliefert, der mit der Kraft, die er sich ausgeliehen und konzentriert hatte, nicht weniger lebendig war als sie, nur daß er keinen Körper hatte und jetzt offenbar bestrebt war, sich das Fehlende mit allen Mitteln zu beschaffen.

Sie war völlig verrückt! Veronica wußte, daß es nur ein Traum sein konnte. Offenbar hatte ihr Geist unter den ständigen Aufregungen gelitten. Vielleicht sollte sie einen Arzt aufsuchen oder am besten gleich in die Klapsmühle gehen, wo man Leute wie sie hinter Schloß und Riegel brachte. Aber, oh Ironie des Schicksals, der Arzt wollte ja nichts von ihr wissen. Selbst der Erzfeind des Toten diente dessen Zwecken, und ausgerechnet Alec war es, der ihr den Rückzug abschnitt. Bei diesem Gedanken hörte sie förmlich Lucas stillvergnügt in sich hineinlachen.

Die anbrechende Dunkelheit und der schneidende Wind trieben sie ins Haus zurück. Immer wieder wanderten Veronicas Gedanken zu den unheimlichen Ereignissen des Tages, und je mehr sie grübelte, desto seltsamer kam ihr das Ganze vor. Für jedes Ereignis gab es eine natürliche Erklärung, nicht jedoch für ihre Reihenfolge, denn das eine schien nahtlos in das andere zu greifen und das nächste auszulösen. Es waren ihrer zu viele, als daß man vom Zufall hätte sprechen können, und sie mußte daher die Theorie als Tatsache hinnehmen, daß sie in den Sog einer unbekannten, aber dennoch existierenden Energieform geraten war.

Veronica griff nach der Kerze, aber ihre Hand blieb mitten in der Luft stehen. Der Geist war wieder da, sie konnte ihn am Ellbogen spüren. Langsam sank sie auf den Stuhl zurück, aus dem sie sich vorher erhoben hatte, und wieder begann ihre Seele, in den Raum zu stürzen. Erneut strömte die seltsame Substanz aus ihrer linken Lende, und sammelte sich in der Gestalt eines in Tüchern gehüllten Gespenstes, wie wir es aus vielen Geschichten kennen, und wieder starrten sie Lucas' Augen aus dem weißen Tuch an. Aber damit war die Materialisation am Ende, es ging nicht weiter, nur die Augen waren voll materialisiert, der Rest der Form hing wie ein Rauchwölkchen in der Luft.

Veronica, noch im Vollbesitz ihrer geistigen Kräfte, auch wenn sie sich leicht und gelöst fühlte, erwiderte den Blick der dunklen Augen. Seine Lippen und seine Kehle waren noch nicht genügend materialisiert, um sprechen zu können, aber seine Augen zwangen sie mit hypnotischem Blick, ihm zu Willen zu sein. So erhob sie sich aus dem Stuhl und stand vor ihm, unter Zwang und dennoch begierig, sich diesem Zwang zu beugen. Gehorsam folgte sie ihm in eine Ecke des Zimmers, wo sein alter Trenchcoat über einem Stuhl hing, der Mantel, der Lucas' Persönlichkeit zu verkörpern schien. Sie zog ihn an und fühlte sich dem Toten in einer seltsamen Seelenverwandtschaft noch enger verbunden.

Seine Augen leuchteten in unheimlichem Glanz, halb zärtlich, halb triumphierend. Als die graue Form zur Glastür schwebte, ließ sich Veronica mitziehen. Es kam ihr vor, als würden ihre Füße nicht den Boden berühren, und als brauchte sie nur an einen Ort zu denken, um im selben Moment dort zu sein. Tatsächlich folgte ihr Körper mit außerordentlicher Leichtigkeit jedem Befehl ihres Gehirns. Kaum war ein Gedanke gefaßt, wurde er ohne weitere Anstrengung ihrerseits in Bewegung umgesetzt. So blieb sie der vor ihr dahinschwebenden, milchigen Gestalt auf den Fersen und folgte ihr über die dunkle Terrasse hinab.

Eine zarte silbrige Schnur verband sie mit dem Schatten, der vor ihr herglitt, und sie wußte, daß dieses Band um jeden Preis unversehrt bleiben mußte. Dann beobachtete sie eine andere, noch seltsamere Erscheinung:

Obwohl es pechschwarz war, hatte sie deutlich das Gefühl, als ob sie von einem bleigrauen Zwielicht umgeben wäre. Die Landschaft erschien ihr in einem eigentümlichen fahlen Licht, ähnlich wie man es bei einer totalen Sonnenfinsternis beobachten kann, nur viel schwächer. Und keiner der Gegenstände warf einen Schatten.

Mit großer Eile bewegten sie sich mühelos über den grasbewachsenen Zufahrtsweg und auf die Straße hinaus, die am Fluß entlangführte, um sich dann nach links zu wenden. Veronica erriet, daß die kleinen Arbeiterhäuser, weiter unten auf der Gasse, ihr Ziel waren. Sie wagte kaum zu atmen und folgte der Schattenform, die sie am silbernen Band mit sich zog, bis sie beide an der Mauer des ersten Häuschens Halt machten.

Einen kurzen Augenblick wandten sich ihr die tiefschwarzen Augen zu, dann ringelte die Gestalt wie ein Rauchring über ihrem Kopf, und drängte sich gegen eines der bleigefaßten kleinen Scheiben, die hoch oben unter der Dachrinne des Häuschens in einem morschen Fensterrahmen hingen. Die Scheibe mußte einen Sprung haben, denn der Nebel verschwand, bis nichts mehr von ihm zu sehen war als das schmale Silberband, das ihn mit ihrem Körper verband.

Sie wartete eine Ewigkeit. Kein Laut war zu hören, bis ein schwaches Geräusch ihren Blick nach oben lenkte. Über ihrem Kopf war das Fenster geöffnet worden, und am Fensterbrett erschien eine Hand. Ein formloser Nebel war durch den Sprung im Fensterglas eingedrungen, die deutlich erkennbare Form eines Körpers kam zurück, und auch nach dem Geräusch auf dem Boden wußte Veronica, daß die Form ein gewisses Gewicht haben mußte. Dann schlich die Gestalt über die winterliche Vegetation auf Veronica zu, und sie sah Lucas, in ein weiches graues Tuch gehüllt, vor sich stehen, wie sie ihn zu Lebzeiten gekannt hatte.

Mit der altvertrauten Bewegung schlüpfte seine Hand unter ihren Arm, um sie rasch durch die Gassen und den Garten auf die Terrasse zurückzuführen. Im Billardzimmer glomm noch die Holzasche, und Veronica, halb tot vor Angst und Kälte, wollte mit dem Schürhaken die Glut anfachen, als sich eine deutlich fühlbare Hand auf ihren Arm legte und eine vertraute Stimme ihr ins Ohr flüsterte:

„Laß, mein Kind, ich bin ein lichtscheues Wesen, weißt du!"

In seiner herrischen Art führte er die willenlose Veronica zu ihrem Sessel zurück. Als sie in den Kissen lag, beugte er sich zu ihr hinab.

„Jetzt will ich dir zurückgeben, was ich mir von dir geliehen habe. Es wäre zu gefährlich, dich zu lange in deinem jetzigen Zustand zu lassen", sagte er, und noch während er sprach, fühlte Veronica, wie der Teil der Lebenskräfte, die er ihr entzogen hatte, wieder in ihren Körper zurückströmte. Dieses Mal verflüchtigte sich die Gestalt nicht völlig, nachdem Veronica ihr volles Bewußtsein wieder erlangt hatte. Von der vorher greifbaren Form blieb eine Wolke aus Nebel, die schwarze Flecken an den Stellen zeigte, wo früher die Augen gewesen waren. Er hatte ihr das zurückgegeben, was sie ihm geliehen, aber behalten, was er den schlafenden Menschen in den Häusern genommen hatte. Noch einmal näherte sich ihr die schwebende Form, als ob sie Abschied nehmen wollte. Dann glitt sie zur Glastür hinüber und verzog sich langsam durch einen Spalt im Fensterrahmen. Veronica, verwirrt und erschöpft, zündete ein Licht an und durchsuchte den jetzt leeren Raum.

22

Am nächsten Morgen kamen Veronica die Ereignisse der letzten Nacht wie ein böser Traum vor. Als sie halb wach im Bett lag, dankte sie dem Himmel, daß es nicht Wirklichkeit gewesen war. Plötzlich fielen ihre Augen auf ein Paar durchnäßte, mit Schlamm bespritzte Pantoffeln. Sie starrte sie an, weigerte sich aber immer noch, die Erinnerungen der letzten Nacht als Realität anzusehen. Sie mußten ein Traum bleiben, oder sie würde den Verstand verlieren, und Veronica war wild entschlossen, dem Klatsch der Leute nicht noch mehr Nahrung zu geben.

Nach dem Frühstück machte sie ihren üblichen Morgenspaziergang am Fluß, als sie hinter sich das Geräusch von Rädern hörte. Sie drehte sich um. Es war der Arzt, Alecs Vater, der in seinem Jagdwagen über die mit Gras bewachsene Straße fuhr. Er warf ihr einen kurzen Blick zu, zog die Zügel straffer und fuhr schnell an ihr vorbei. Der Haß und die Abscheu in seinem Blick sprachen Bände. Nun, dieser Mann aus der Welt des Grobstofflichen hatte für den Tod von Lucas keine andere Ursache finden können als Herzschlag und für den seines Sohnes keine andere als Verbluten durch Verletzung der Halsschlagader infolge eines Hundebisses, und doch hatte ihm seine innere Stimme, die sich selbst bei den Verbohrtesten bemerkbar macht, zugeflüstert, daß Veronica an diesen Ereignissen nicht ganz unschuldig war und sich diese den Gesetzen der dreidimensionalen Welt entzog. Er konnte nicht erklären, was es war, nicht einmal sich selbst gegenüber, aber er haßte und fürchtete sie gleichzeitig, wie es Kindern und Hunden manchmal ergeht, die ein anderes Wesen grundlos, aber mit sicherem Instinkt hassen und fürchten.

Veronica ging weiter über die mit Gras bewachsene Gasse bis zu den Arbeiterhäusern, Schauplatz der Ereignisse ihres Traumes der vergangenen Nacht. Nicht einmal bei Tageslicht gelang es ihr, den Schrecken der Nacht ganz abzuschütteln: der Schatten der Erinnerung hing immer noch drohend über ihr. Da war der Winkel neben der von Kletterrosen umrankten Haustür, und dort unter der Dachrinne das kleine Fenster, durch das Lucas eingedrungen war. ‚Gott sei Dank war es nur ein Traum', redete sie sich nun wieder ein. Dann fiel ihr Blick auf den aufgeweichten Boden. Wie versteinert blieb sie stehen: ein Fußabdruck, der gewiß nicht von einem schweren Bauernschuh stammte, zeichnete sich deutlich in dem weichen Boden ab. Kleine Füße mit hochhackigen leichten Schuhen waren offensichtlich diesen Weg gegangen. Sie erinnerte sich an die Stiefelchen aus schwedischem Leder mit den hohen Absätzen aus der Zeit von Ludwig dem XIV. und den blitzenden Schnallen, die sie sich von dem ersten großzügigen Gehalt von Lucas gekauft hatte und die jetzt durchnäßt und verdorben auf dem Fußboden in ihrem Schlafzimmer lagen. Mit heftig klopfendem Herzen suchte sie weiter nach den Spuren eines leichtbeschuhten Männerfußes, die sie neben dem ihren hätte finden müssen, wenn ihr schrecklicher Traum wahr gewesen wäre. Sie fand sie nicht. Die kleinen Füße waren alleine durch die pechschwarze, stürmische Nacht gewandert. Es waren wohl auch schwere Stiefel über den Weg gekommen, aber sonst hatte kein menschlicher Fuß einen Abdruck hinterlassen. Gerade, als sie einen Seufzer der Erleichterung ausstoßen wollte, weil sich ihre Befürchtungen nicht bestätigt hatten, entdeckte sie neben der Spur der hochhackigen Schuhe eine andere, eigenartige Spur, als wäre etwas über den Boden geschleift worden, und hier und da fand sich doch ein vereinzelter Fußabdruck; jedoch nicht der eines menschlichen Wesens, sondern eher wie der Abdruck einer Pfote oder nicht völlig entwickelter menschlicher Gliedmaßen.

Ein Laut erregte ihre Aufmerksamkeit, und sie schaute nach oben, wo sie etwas bemerkte, was ihr bisher entgangen war: Das Pferd des Doktors war an den Zaun angebunden. Jener stand am Tor des ersten Hauses, das er offenbar eben erst verlassen hatte, und beobachtete sie mit großer Aufmerksamkeit.

Beunruhigt blickte sie zu ihm herüber. Warum sah er sie so feindselig prüfend an? Ahnte er etwas von ihrem mitternächtlichen Ausflug, und wenn ja, was würde er tun?

Dann sprach er:

„Hier in dem Haus ist in dieser Nacht ein Kind gestorben, und vier andere sind ernsthaft erkrankt. Als sie zu Bett gingen, waren sie noch gesund."

Einander in die Augen starrend, waren beide unfähig, einen Kommentar zu dieser kurzen Mitteilung abzugeben. Veronica war wie gelähmt, von einem furchtbaren Grauen gepackt, und der Doktor seinerseits fand keine Worte, die das hätten ausdrücken können, was er empfand.

Die Blicke des Mannes folgten denen Veronicas und er machte einen Schritt vorwärts, als wollte er genauer sehen, was ihre Aufmerksamkeit gefesselt hatte. In diesem Augenblick sprang der leichte Wind auf, der ihr nun schon so vertraut war, und trieb einen großen Haufen welker Blätter über den Weg, so daß die verräterischen Spuren völlig verdeckt wurden. In demselben Moment bäumte sich das Pferd, das geduldig auf seinen Herrn gewartet hatte, so heftig auf, daß die verrottete Latte, an die es festgebunden war, nachgab und das Tier die Gasse hinunterraste, die Zügel hinter sich herschleifend.

Der Arzt blieb einen Augenblick unschlüssig stehen und konnte sich nicht entscheiden, ob er seine Nachforschungen weiter verfolgen oder seinem Gaul hinterherlaufen sollte, rannte aber schließlich doch dem Pferd hinterher, denn die Spuren auf dem Boden, die das Mädchen offensichtlich untersucht hatte, würden nicht verschwinden.Wehe, wenn sie versuchte, sie zu verwischen, er würde ihr schon auf die Schliche kommen.

Veronica machte sich mit schlotternden Knien aus dem Staub. Unfähig, sich noch weiterzuschleppen, ließ sie sich auf einen der vielen gefallenen Bäume nieder. Von dort aus konnte sie die Gasse mit den kleinen Häusern beobachten, während sie selbst von dem Gebüsch verdeckt wurde. Kurz darauf hörte sie das Geräusch von Wagenrädern auf der Straße. Es war der Doktor, der mit seinem gezähmten Gaul zurückkehrte. Als das brave Tier an dem ersten Häuschen angelangt war, machte es plötzlich einen gewaltigen Satz zur Seite, so daß eines der Räder in den

Straßengraben geriet und der Doktor beinahe ebenfalls dort gelandet wäre. Der gute Mann, der sich unbeobachtet glaubte, machte seinem Herzen mit ein paar kräftigen Flüchen Luft, nahm das jetzt völlig demoralisierte Pferd am Zügel und führte es an der Stelle, vor der es so scheute, vorbei. Trotz der Kälte des Tages lief dem Tier der Schweiß über die glatte braune Decke, während es mit zurückgelegten Ohren und wild rollenden Augen widerstrebend seinem Herrn folgte.

Es war offensichtlich, daß der Arzt gerne Halt gemacht und nachgesehen hätte, was Veronicas Interesse auf dem Boden geweckt hatte, aber der Gaul war kaum zu bändigen. Außerdem hatte der leise kalte Wind alle Steine und Pfützen, die ihm die verdächtige Stelle verraten hätten, mit einer Schicht trockener Blätter bedeckt, so daß er an der falschen Stelle suchte, während die scharrenden und stampfenden Hufe seines Pferdes die einzigen sichtbaren Spuren des mitternächtlichen Abenteuers zertrampelten.

In das Billardzimmer zurückgekehrt, wo ihr die glotzenden Fische Gesellschaft leisteten, grübelte Veronica über das Ereignis nach. Sie konnte das Erlebte also doch nicht so einfach als einen Alptraum abtun. Sie mußte es als Realität anerkennen, so außergewöhnlich und unglaublich es auch war. In dem Haus da drüben lag ein totes Kind, und vier andere waren sterbenskrank. Das also war der Preis dafür, daß ein toter Mann für eine kurze Spanne Zeit zu einem schattenhaften Leben erwacht war. Die dafür notwendige Lebenskraft konnte er sich nur beschaffen, indem er sie anderen nahm. Aber die Nahrung reichte nicht für alle, und einige kamen zu kurz, wenn der ungebetene Gast aus der Schüssel schöpfte, und Lucas, der rücksichtslose Einzelgänger, suchte sich natürlich solche Wesen aus, die seinen räuberischen Gelüsten am wenigsten Widerstand leisten konnten. Veronica dachte an die neuen kleinen Gräber, die ihr auf dem Friedhof aufgefallen waren, und fragte sich, wieviele Leben wohl geopfert werden mußten, damit Lucas in der Welt des Stofflichen wieder Fuß fassen konnte.

Eines stand fest: Wenn es in ihrer Macht stand, würde keines der kleinen Kinder mehr zu Schaden kommen. In Veronica war der Mutterinstinkt erwacht. Was hätte mehr ihren Widerstand reizen können, als seine Schandtaten an den Kindern. Furchtsam und bereit, eher zu leiden als sich zu wehren, wenn es um ihr eigenes Wohl ging, wurde sie zur reißenden Wölfin, wenn hilflose kleine Wesen ihres Schutzes bedurften. Lucas hatte die Ewige Mutter, die Bewahrerin des Lebens, in ihr erweckt, und die vereinte Kraft aller beschützenden Naturmächte gaben ihr Rückendeckung, als sie, die kleine, sanfte Veronica, zum ersten Mal aufbegehrte.

Unwichtige persönliche Streitigkeiten, wie sie im Leben eines jeden Menschen vorkommen, können persönlich ausgetragen werden, ohne weitere Kreise zu ziehen. Wenn aber menschliche Wesen sich mit unsichtbaren Kräften einlassen, werden sie leicht zum Kanal dieser Kräfte in einer Weise, auf die sie nicht vorbereitet sind, und von den Kräften, die sie zu ihrem Zweck angerufen haben, ausgenutzt. So werden sie zum Spielball der kosmischen Kräfte. Lucas hatte sich elementare Kräfte zunutze gemacht, und die Elemente trachteten nun danach, das Gleichgewicht wiederherzustellen, das seine selbstsüchtige Hand zerstört hatte, wobei sie sich eines Werkzeugs bedienten, das ihnen sehr ähnlich war. Veronica, die ihren Geist nur sehr begrenzt einsetzte, stand in hohem Maße unter dem Einfluß jener gewaltigen Kräfte, die sich in einfachsten Lebensformen äußern, jener Kräfte, mit denen der zivilisierte Durchschnittsmensch nicht viel zu tun hat, die aber das Verhalten von Kindern, Tieren und jenen bestimmen, die halb Kind, halb Tier sind, und die wir Wilde nennen. Kommt eine solche Kinderseele aber in einer Industriestadt zur Welt, und es gelingt ihr, im Einklang mit der Natur zu leben, wie es für ihr Wohlbefinden notwendig ist, wirken die Elemtarkräfte auf ihren Geist und rufen jene Ausbrüche lyrischer schöpferischen Kreativität hervor, die das Dunkel unserer blauäugigen Kultur erhellen. Aber die Kulturvölker schliessen das Risiko solcher Ausbrüche nicht gerne ein, und Erziehung, Moral und sogenannte Menschenfreundlichkeit tun ihr möglichstes, sie zu unterdrücken.

Veronica war nicht intelligent genug, um die Formen einer Daseinsebene in die entsprechenden Symbole einer anderen zu übertragen. Sie war ein Medium im wahrsten Sinne des Wortes, ein Wesen, das alle Strahlen aus einer höheren Welt durchließ, um die Dichte unserer Erde zu durchdringen. Kaum hatte sie die Welt entdeckt, waren ihre friedlichen Tage schon gezählt.

Veronica bewegte in ihrem Köpfchen nicht allzu viele Gedanken, aber sie besaß eine ausgeglichene Natur, die sie befähigte, das, was ihr in den Sinn kam, wirksam werden zu lassen. Sie konnte alle ihre Kräfte auf einen einzigen Punkt konzentrieren, und wenn sie sich einmal ein Ziel gesteckt hatte, gab es nur eines: dieses Ziel. Und jetzt war sie wild entschlossen: nie wieder würde Lucas sich an einem Kind vergreifen. Nie mehr würde sie sich zu solch einer Materialisation hergeben.

Der Tag verging. Sie wartete auf die Dämmerung, die Lucas zu ihr bringen würde, sie bereitete sich auf den bevorstehenden Kampf vor. Sie wußte nicht, was er mit ihr machen würde, doch sie war fest entschlossen, unter keinen Umständen das Zimmer zu verlassen. Dann konnte Lucas, der mit ihr, nachdem er sich materialisiert hatte, durch die Silberschnur verbunden war, auch nicht fort und sein Unwesen treiben. Was er tun würde, um ihr seinen Willen aufzuzwingen, wußte Veronica nicht, aber es war ihr völlig gleichgültig. Die Dinge waren zu weit gediehen. Ihr kam die Geschichte wie einer jener seltsamen Träume vor, in denen man in den Abgrund springt und nichts geschieht.

Die Sonne war bereits in einem Kranz von Wolken untergegangen und die Dämmerung brach schnell herein. Kaum war das letzte Licht verschwunden, als Veronica die milchig-graue vermummte Gestalt mit den dunklen blitzenden Augen sah, die sich wie von Zauberhand aus den Schatten bildete. Offenbar hatte Lucas bereits genügend Ektoplasma gesammelt, um sich nach Wunsch zu materialisieren, vorausgesetzt, es war dunkel genug. Sprechen oder entscheidend handeln konnte er offenbar noch nicht. Er mußte mehr von dieser seltsamen feinstofflichen Substanz aufbringen, wenn er im Reich der Lebenden bleiben wollte, und Veronica war wild entschlossen, ihm diesen Stoff nicht zu verschaffen. Wie sie das bewerkstelligen sollte, wußte sie nicht, glaubte jedoch, daß ihn ihre Weigerung in seinem Zustand fehlender Stabilität lahmlegen würde.

Sie standen vor einer Kraftprobe, und sie sammelte all ihre Kraft. Die dunklen Augen, die sie aus den grauen Tüchern anstarrten, blickten überrascht und vorwurfsvoll drein, aber der Zorn, den Veronica erwartet hatte, fehlte.

Wieder einmal hatte sie dieses seltsame Gefühl eines schnellen Sturzes, und wieder sah sie die nebelartige Substanz aus sich herausströmen, die Lucas die Gestalt eines lebenden Menschen verleihen würde. Dieses Mal bedurfte es keiner großen Anstrengung, und Veronica war immer noch in einem Zustand, der sich kaum von ihrem normalen Bewußtsein unterschied, als Lucas bereits materialisiert im schwachen roten Licht des Feuers vor ihr stand, in weiche graue Tücher gehüllt, aber seine Hände sahen aus, als könnten sie fest zupacken, und das Gesicht zeigte unter der dunklen Haut die Farbe des Lebens. Für sie war ihr Freund nie tot gewesen, und so war auch seine Wiederkehr für sie kein Schock. Von dem Augenblick an, da sie an jenem fernen Sommermorgen seinen leblosen Körper auf dem sonnenbeschienenen Bett entdeckt hatte, wußte sie, daß er nur auf eine Gelegenheit wartete, zu ihr zurückzukehren. Sie hatte auf ihn gewartet, und jetzt wurde ihr Warten belohnt. Sie hegte für ihn dieselben Gefühle wie damals, als er noch lebte, aber in gewisser Weise mochte sie ihn sogar noch mehr. Als sie noch in Bloomsbury wohnten, war sie von seinem Wohlwollen, ein ständiger Unsicherheitsfaktor, abhängig gewesen. Jetzt hing seine Existenz von ihr ab, da ein Teil ihres Seins dazu diente, ihm Gestalt zu verleihen, und seltsamerweise hatte ihr Mutterinstinkt sie in die Arme dieses Wesens getrieben, das aus ihrem eigenen Leben entstanden war, und gerade seine Abhängigkeit von ihr gab ihm Macht über sie. Veronica hätte in ihrer jetzt erwachten Mütterlichkeit vielleicht einem Angriff Widerstand leisten können, aber andererseits würde sie jedes Wesen, das von ihr abhängig war, zärtlich lieben und umsorgen und Lucas in seinem halb materialisierten Zustand war von ihr genauso abhängig wie ein neugeborenes Kind von seiner Mutter.

Nachdem der Prozeß soweit gediehen war, wie Lucas ihn zu treiben gewagt hatte, sahen sie einander an – der Mann halb materialisiert, das Mädchen halb dematerialisiert. Wieder öffnete sich die Traumwelt, wieder hatte die Seele, die sie als Justin Lucas kannte, menschliche Gestalt angenommen, von denselben Gefühlen bewegt, die ihn im Leben beherrscht hatten. Sie ging auf Veronica zu, und eine tiefe, tonlose, und dennoch deutlich vernehmbare Stimme traf ihr Ohr.

„Nun, Veronica, freust du dich, mich zu sehen?“

Sie gab keine Antwort. So groß ihr Grauen auch vor ihm und vor der seltsamen Art seines Erscheinens war, übte er nach wie vor jene eigentümliche Anziehungskraft auf sie aus. Er schien ihre Gefühle zu erraten, denn die schattenhaften Lippen verzogen sich zu einem Lächeln:

„Also, nicht ganz unzufrieden, nicht wahr? Wir machen Fortschritte, kleine Veronica.“

Es folgte eine Pause, in der sie einander prüfend maßen. Lucas hatte die ihm zu Verfügung stehende Substanz zur Materialisation der oberen Körperhälfte verwendet: Kopf, Schultern und Hände waren gut ausgebildet, während die unteren Gliedmaße in dem Gewirr von Falten schlaff herabhingen. Wie ein seltsames Wesen aus dem Meer kam er ihr vor, das von den Hüften abwärts in den dunklen Fluten des Chaos schwamm, und von diesem seine Kraft bezog.

Wieder sprach der Mann:

„Nun, Veronica, zuerst einmal müssen wir das zu Ende führen, was wir gestern nacht begonnen haben. Ich habe ein Haus auf der anderen Seite des Dorfes ausgesucht, und wenn du die Güte hättest, dich mit ein paar Schuhen zu bewaffnen, die keine hohen Absätze haben, können wir uns auf den Weg machen.“

Veronica rührte sich nicht, und die dunklen Augen öffneten sich weit vor Erstaunen. Lucas war ein erfahrener Hypnotiseur, aber das hatte es noch nicht gegeben: ein Wesen, das sich leicht in Trance versetzen ließ, dann aber seiner Suggestion widerstand. Er wußte nicht, daß Veronica ihr Bewußtsein vorher ‚programmiert‘ hatte, den Raum nicht zu verlassen. Diese Autosuggestion würde alle späteren hypnotischen Befehle unwirksam werden lassen. Innerhalb der Wände dieses Zimmers war sie ihm zu Willen, aber niemand, weder er, noch ein anderer, würde sie dazu bringen, den Raum zu verlassen.

Durch die veränderte Situation unangenehm überrascht, änderte Lucas seine Taktik.

„Willst du mir denn nicht helfen?“

Veronica, die in ihrem Stuhl bewegungslos wie eine Statue saß, wandte ihm ihr Gesicht zu, als ob sie ihn mit geschlossenen Augen sehen könnte.

„Eines der Kinder ist tot", sagte sie tonlos, „und die anderen sind schwer krank."

„Das tut mir leid", erwiderte Lucas. „Ich muß ihm mehr entzogen haben, als es verkraften konnte. Die anderen werden in ein oder zwei Tagen wieder gesund sein."

„Es sind aber noch mehr Kinder an den Folgen dessen gestorben, was du ihnen angetan hast", sagte Veronica und schoß einen Pfeil aufs Geratewohl ab.

„Ach wirklich? Nun, Kinder sterben halt leicht. Man nimmt ihnen ein bißchen Lebenskraft, und schon sind sie hinüber."

„Dazu wird es nicht mehr kommen".

„Ich hoffe nicht. Aber los, komm jetzt, wir müssen aufbrechen. Noch ein Versuch, und ich habe mein Ziel erreicht."

„Einen solchen Versuch wird es nicht geben."

„Oh, doch", sagte Lucas, senkte seine Augen in die ihren,und zog seine dunklen Brauen zusammen. Die schmale Hand mit den langen Fingern streckte sich nach ihr aus und strich mit einer langsamen Bewegung über ihr Gesicht. Veronicas Körper blieb unbeweglich, aber ihre Seele tauchte wieder in das blauschwarze Nichts, während Lucas' Handbewegung den Tranceschlaf vertiefte.

Wieder versuchte er, Veronica seinen Willen aufzuzwingen, und erneut widerstand ihm ihr Unterbewußtsein, auf einen bestimmten Entschluß programmiert. So ließ er sie eine weitere Stufe herabsinken, und erneut war es vergebens. Und dann ließ er wütend und verwirrt alle Vorsicht beiseite und versuchte es ein drittes Mal. Zu seinem großen Erstaunen verlor der Körper seine Starre und Veronica sank wie ein schlafendes Kind in die Kissen zurück, während ihre Gesichtszüge einen wundervollen Ausdruck des Friedens annahmen. Lucas hatte den Bogen überspannt, wie es manchem schon ergangen ist, der die Naturgesetze hat überlisten wollen. Er hatte Veronica über die Grenzen seiner Einflußsphäre hinausgetrieben. Sie war seiner Macht entglitten. Ihre Seele war aus dem unbewußten Zustand der Trance in den bewußten einer höheren Bewußtseinsebene übergegangen. Es gibt nicht viele Hypnotiseure, die ein Wesen in solch einen tiefen Trancezustand versetzen können, und nur wenige Medien, bei denen es funktioniert. Aber manchmal treffen solche Menschen aufeinander, und dann können sie Erstaunliches vollbringen. Veronicas Seele, tiefer und tiefer in den unbewußten Zustand versetzt, war schließlich in jene Sphären ausgebrochen, die dem Okkultisten als Sphäre der Sicherheit zur Verfügung stehen. Die Seele hatte ihre Heimat erreicht und war unter ihresgleichen.

Veronicas Lippen öffneten sich zu einem Lächeln, und es sah so aus, als erwidere sie einen Gruß. Lucas, der sie aufmerksam beobachtet hatte, erkannte, daß sie die Ebenen betreten hatte, zu denen er keinen Zugang besaß. Er hätte seine Seele dafür gegeben, Einlaß zu bekommen. Die Natur hatte ihr den Schlüssel zu dem Tor gegeben, ihm aber den Zutritt verwehrt. Er beobachtete sie und wartete, unfähig, ihr zu folgen. Dabei erinnerte er sich an das Geschehen auf der Straße nach Brighton, wo eine unbekannte Macht sie beschützt und ihn mit einer Kraft niedergeworfen hatte, wie sie nur ein Wesen von einer sehr hohen Daseinsebene zu entwickeln vermag. Was für eine Wesenheit mochte das wohl sein, die durch die kindliche Persönlichkeit Veronicas wirkte? Es mußte ein uralter Eingeweihter der höchsten Gnade sein. Lucas wunderte sich, daß er Veronicas wahre Größe nicht früher entdeckt hatte. Er hatte sie immer für ein kleines einfaches Ding gehalten, ein Nichts, während sie viel weiter entwickelt war, als man hätte erwarten können.

Die unsterbliche Seele war nicht zu einer Inkarnation in Veronicas Körper zurückgekehrt, sondern nutzte die physische Hülle, um sich durch sie zu manifestieren, aus den Erfahrungen eines jeden einzelnen Lebens entstanden, verriet kaum etwas von der wahren Größe, die sich dahinter verbarg. Diese Seele hatte kein Bedürfnis nach einer eigenen Inkarnation. Das Erdenleben hatte einem solchen Geist nichts mehr zu bieten, sein Platz war in einer anderen Dimension. Er hätte es bereits früher aus ihrer Bescheidenheit und ihrem Mangel an Vergeltungsdrang erkennen können. Warum aber war sie dann hier? Irgendetwas mußte sie noch mit dieser Daseinsebene verbinden. Sie waren in der Vergangenheit ein Stück des Weges gemeinsam gegangen und hatten an derselben okkulten Aufgabe gearbeitet. Das ist das stärkste Band überhaupt. Es hält, selbst wenn die Bande aus Haß und Liebe reißen. Lucas hatte nach seiner letzten verhängnisvollen Inkarnation in Avignon, als sie den Weißen und er den Schwarzen Pfad gewählt hatte, und für diese Wahl mit seinem Leben bezahlen mußte, jede Spur von ihr verloren. Jene Zeit mag in mancher Hinsicht ein dunkles Zeitalter gewesen sein, und die klügsten Menschen von damals nach unseren heutigen Maßstäben müssen höchst unwissend gewesen sein, aber sie wußten Dinge, die ihre Nachkommen eines erleuchteteren Zeitalters vergessen haben, und dazu gehörten auch gewisse psychologische Aspekte. Sie kannten die selteneren Gaben des Geistes und ihre Gefahren und die Geheimnisse der Weißen Magie, aber man achtete darauf, daß jeder, ob Mann oder Frau, der im Besitz außergewöhnlicher Kräfte war, durch den Beichtvater und die Klosterregeln in strenger Disziplin gehalten wurden. Man überließ diese Menschen nicht sich selbst, da man wußte, welchen Gefahren sie ausgesetzt waren, und wenn eine Person, die offenbar übernatürliche Kräfte besaß, diese nicht für heilige Zwecke anwendete, wurde sie verbrannt, und damit ging auch ihr Wissen verloren. Menschen jener Zeit kannten die Gefahren, die aus dem rein weltlichem Gebrauch dieser Kräfte entstehen konnten, und wollten sich ihnen nicht aussetzen. Sie taten gut daran. Gewiß wurden damals viele Unschuldige hingerichtet, und zweifellos spielten bei den Gerichtsverhandlungen nicht immer nur Unvoreingenommenheit und Gerechtigkeit eine Rolle. Wer sich jedoch mit den Prozessen jener Zeit eingehend beschäftigt, wird feststellen, daß man damals sehr viel über gewisse Praktiken wußte, aber die großen okkulten Bruderschaften, denen die Geheimhaltung anvertraut war, haben immer versucht,sie vor der Öffentlichkeit zu verbergen. Dieses Wissen geriet in die Hände von Menschen, die damit in schändlicher Weise Mißbrauch betrieben. Viele Nicht-Eingeweihte glauben heute, eine unwissende und korrupte Priesterschaft habe jene Verfolgungen angestiftet. Dem war aber nicht so. Der Anstoß ging von den Männern aus, die damals die Schlüssel zu den geheimen Pforten in Händen hielten, Männer, die in den Künsten, die sie ausrotten wollten, viel bewanderter waren als die anderen, die sie ausübten. Die Kirche hat nie versucht, die Kräfte der Spiritualität zu zerstören. Ihr Anliegen war es, den Einsatz dieser Kräfte zu reglementieren und ihren unbedachten, nicht dem Dienste Gottes geweihten Gebrauch zu verhindern. Sie hat dadurch die Menschen vor Übel bewahrt in einem Ausmaß, wie es sich die Christen von heute kaum vorstellen können. Männer wie Lucas waren im Mittelalter in Europa nichts Ungewöhnliches. Amtlich bestätigte Berichte über ihre Taten liegen in den Archiven und sind jedem zugänglich, der Einsicht nehmen will. Sie sind heute deshalb nur so selten, weil eine Priesterschaft, die den Ruf hatte, unwissend zu sein und das Volk verdummen zu wollen, zwischen den gewöhnlichen Menschen und den Mächten der Finsternis stand. In der heutigen Zeit, in der das Interesse für das Unsichtbare stetig wächst, wären wir gut beraten, wenn eine eingeweihte Priesterschaft uns vor den Gefahren bewahren würde, deren Tragweite wir nicht einmal ahnen können.

Lucas wartete ungeduldig, während Veronicas Seele in den lichtvollen Sphären schwebte, die ihm verschlossen waren. Seine Welt war das Reich der Schatten und der dunklen Wasser der Tiefe, aus denen die Ursubstanz gewonnen wird. Er war ein Unsichtbarer, während sie im Licht wandelte, dessen strahlender Glanz blendet, und dieses Licht versperrte ihm den Weg, wie es eine Mauer aus Granit nicht besser hätte tun können. Er würde auf sie warten, ohne zu ahnen, was sie mit sich brachte.

Veronica hätte es selbst nicht sagen können, denn als sie das lichte Reich verließ, schlossen sich die Tore hinter ihr und löschten die Erinnerung in ihrem Bewußtsein. Sie erwachte aus der Trance wie ein Kind aus dem Schlaf. Eine seltsame Wärme erfüllte das Zimmer. Sie war allein, aber der Duft von Lucas' Gegenwart hing noch im Raum, so wie Tabakrauch sich lange in einem Zimmer hält. In ihrem übersensiblen Zustand merkte sie es sogleich. Irgendwo in der Sturmnacht draußen wurde er von den kosmischen Winden hin und hergetrieben, heimatlos, ohne Gefährten, ohne Rast und Ruh. Er, der gegen die Gesetze des Lebens verstoßen hatte, war in die Gegenströmung geraten, und der große Strom der Evolution hatte sich in einen Strudel verwandelt, als er versuchte, die Gezeiten des Lebens für seine kleinlichen, persönlichen Zwecke zu mißbrauchen. Den Wind hatte er erfolgreich beschworen, aber ihm war der Sturm gefolgt. Es ist leicht, den Zyklon zu rufen, die Segel zu füllen und den eigenen Kurs ungeachtet der Schäden, die er anrichtet, zu segeln, aber viel schwieriger, sich aus den Klauen des unweigerlich folgenden Antizyklons zu befreien. Wenn wir die Naturgesetze anrufen, müssen wir uns auch an sie halten, und ihr wichtigstes Prinzip ist: Wirkung und Gegenwirkung sind auf der Ebene, auf der sie beschworen werden, gleichrangig, wenn auch entgegengesetzt. Sie kommen zurück wie das Schwingen eines Pendels. Selbst wenn der Eingeweihte der ‚geringeren' Mysterien das Pendel in Gang zu setzen vermag, kann er dem Rückschwung nicht ausweichen. Nur der Eingeweihte der ‚größeren' Mysterien ist mit diesem Geheimnis vertraut.

Veronica fühlte sich seltsam leicht und frei, als wäre eine Last von ihren Schultern genommen worden. Sie war schlaftrunken und dennoch pulsierte das Leben in ihren Adern. Sie fühlte sich erfrischt und war doch bereit, sich umzudrehen und noch einmal in Morpheus' Arme zu sinken.

Veronica zündete ihre Kerze an und ging mit wackeligen Beinen zu Bett. Sie hatte das Gefühl, nach der langen Reise ihren Körper noch nicht wieder ganz in Besitz genommen zu haben. Ihre Seele schien weiter ohne ihren Körper dahinzufliegen, sie wollte sich seinen Zwängen noch nicht fügen.

23

Als Veronica am nächsten Morgen erwachte, hatte sie das Gefühl, geträumt zu haben, aber ihre Träume waren unbestimmt und flüchtig gewesen, wie es Träume immer sind, und doch waren sie anders, irgendwie vertraut, wie flüchtige, vergessene Erinnerungen an die Kindheit, die einzeln dahinschweben und keine Verbindung zum Gang der Ereignisse haben. Irgendwo hatte sie die großen Gestalten schon einmal gesehen, die langsam hin und her schaukelten und sich nur durch die Farbe ihrer Umhänge voneinander unterschieden. Irgendwann hatte sie ihre tiefen, wohlklingenden Stimmen schon einmal gehört, in einer Sprache, die ihr nicht fremd war.

Es war einer jener stillen, warmen Herbsttage, kein Lüftchen regte sich. Veronica wanderte durch den Garten und versuchte, die Teile des Puzzles zusammenzusetzen. Aber die Erinnerungen widersetzten sich ihren Anstrengungen: Wenn sie nach ihnen haschte, flohen sie, und wenn sie sich abwandte und in die blauen Weiten blickte, wurde sie von ihnen bedrängt, als wollten sie ihre Aufmerksamkeit fesseln. Ein mittelalterlicher Klosterhof verwandelte sich in die Vorhalle eines antiken Tempels mit hohen weißen Säulen, und auch dieses Bild machte wieder einem anderen Platz und zeigte ihr den Ort, zu dem sie die Träume der letzten Nacht geführt hatten, in strahlendem Glanz.

Manchmal hörte sie auch die Stimme eines Wesens, das ihr zuflüsterte, sie solle ihr Schicksal vertrauensvoll in seine Hände legen, sie würde geführt werden. Sie müßte etwas lernen, und jemand würde zu ihr geschickt werden, aber was und wer wußte sie nicht. Das Gehirn hatte die allgemeinen Eindrücke bewahrt, nicht jedoch die Einzelheiten. Sie ahnte nur, daß sich ihrer höhere Mächte in dem Kampf, den sie bisher allein geführt hatte, angenommen hatten, höhere Kräfte, die aus irgendeinem Grund dem Geschehen nicht teilnahmslos gegenüberstanden, vielleicht weil Lucas in ihr Gebiet eingedrungen war und sie erzürnt hatte. Er selbst hatte oft genug von anderen Daseinsformen erzählt, die, nur weil wir sie sinnlich nicht wahrnehmen, deshalb nicht weniger wirklich oder mächtig sind. Wahrscheinlich sind wir für diese anderen Daseinsformen genauso unwirklich wie sie für uns. Und nur weil Veronica durch Lucas und seine Machenschaften vom normalen Lebensweg abgebracht worden war, hatte sie die Existenz dieser anderen Lebensformen wahrgenommen, und diese ihrerseits Veronica. Das Mädchen hatte ihre hohe Weisheit und ihre Macht zu helfen erkannt, und jene ihre Schutzlosigkeit und die Gefahr, in der sie sich befand. Eine wenn auch schwache und unsichere Verbindung war zwischen den beiden Stufen des Lebens hergestellt worden; man konnte sich durch Zeichen über die Kluft miteinander verständigen.

Endlich war sie nicht mehr allein, nicht mehr ohne Freunde. Auch wenn sie offenbar ein einsames Leben führte, so spürte sie doch die Nähe des Unsichtbaren. Es gibt Menschen, die, wenn sie einmal von der Wirklichkeit des Übernatürlichen überzeugt sind, alles und jedes darauf zurückführen: Die Maus im Kleiderkasten und der Wind im Rauchfang erscheinen ihnen dann als dienstbare Geister, und sie glauben, eine besondere Vorsehung wache über ihr Tun und Lassen. Andere wieder schwören, daß böse Kobolde ihr Unwesen in den knarrenden Möbeln treiben, die man durch umständliche Beschwörungen vertreiben muß. Veronica gehörte zu keiner dieser beiden Gruppen. Wenn das Unsichtbare an sie herantrat, mußte sie wohl oder übel seine Existenz anerkennen, aber sobald es wieder im Hintergrund verschwand, überprüfte sie jedes Mal erneut die Glaubwürdigkeit ihrer Erinnerungen, eher geneigt, sie einem Traum oder ihrer Phantasie zuzuschreiben. Veronica hatte nicht an das Unsichtbare glauben wollen, aber es war ihr schließlich aufgezwungen worden.

Immer noch sträubte sie sich dagegen, ihre Erlebnisse der letzten Nacht als real anzusehen. Es gab keinen Beweis. Die Geister, die aus dem Nichts aufgetaucht und wieder verschwunden waren, hatten keine Spur hinterlassen. Nur eines schien für die Wirklichkeit der Erinnerung zu sprechen – das Gefühl, jemand habe ihr das feste Versprechen gegeben, ein Wesen der hiesigen Welt, mit der sie Verbindung aufnehmen könne, zu ihr zu schicken, um ihr zu helfen. Und sie erklärte es sich so: Sie hatte im Schoß einer großen Organisation Aufnahme gefunden, die über mehrere Daseinsebenen verzweigt war, und ihre Mitglieder kamen ihr zu Hilfe, nahmen sich aber andererseits auch das Recht heraus, sie, Veronica für ihre Dienste in Anspruch zu nehmen. Sie schienen einer alten, menschenunwürdigen Vergangenheit anzugehören, die die Menschheit hinter sich gelassen und vergessen hatte. Die Welt des Unsichtbaren, mit der sie jetzt Bekanntschaft machte, war ein Teil einer Dimension, von der die Menschheit bisher höchstens einen flüchtigen Blick hatte erhaschen dürfen. Lucas ließ die tote Vergangenheit wieder auferstehen, während Veronica die lebende Zukunft in die Welt brachte.

Der Tag verging, ohne daß etwas geschah. Lucas Stunde war noch nicht gekommen! Sie kam erst nach Eintritt der Dunkelheit. Veronica wußte es und wartete auf ihn. Wie bisher kündete das Schwinden des Tages sein Nahen an, und sobald es ganz dunkel geworden war, spürte sie seine Gegenwart. Die verfügbaren Lebenskräfte wurden zwischen beiden aufgeteilt, bis sie sich auf halbem Weg zwischen dem Reich des Unsichtbaren und dem Sichtbaren trafen.

Bald hatte sich die vermummte Gestalt gebildet und begann zu sprechen:

„Veronica, wir müssen zu einer Einigung kommen. Willst du mir nun helfen, oder nicht?"

Veronica sah ihn an, wie sie es oft getan hatte, als er noch lebte.

„Ich will alles tun, um dir zu helfen", sagte sie, „aber das, was du mit den Kindern getan hast, wird nicht wieder geschehen, wenn ich es verhindern kann!"

„Was soll ich denn sonst tun?" erwiderte die vermummte Gestalt. „Wenn ich meine Lebenkraft nicht durch die anderer auffülle und stärke, kann ich nicht einmal diese Form zusammenhalten, und dann gehe ich in den Zweiten Tod. Du weißt nicht, was das ist, der Zweite Tod, nicht wahr?"

Sie schüttelte den Kopf.

„Vielleicht ist es auch besser, wenn du es nicht weißt. Aber jetzt haben wir mit diesen Dingen zu tun und müssen versuchen, mit ihnen so gut wie möglich fertig zu werden. Eines aber laß dir gesagt sein, Veronica, ich werde nicht in diesen Zweiten Tod gehen. Bitte, schick mich nicht dorthin, Veronica!"

Um seiner Bitte Nachdruck zu verleihen, schwebte er auf sie zu, und eine Hand, so wirklich wie die eines Menschen, legte sich auf ihren Arm.

Veronica streckte die Hand aus. Die weichen Tücher fühlten sich ganz anders an als jedes Gewebe, das sie bisher berührt hatte.

„Ich will dir gewiß nichts Böses, Lucas," sagte sie, „nicht um alles in der Welt möchte ich dir schaden, aber ich kann nicht zulassen, daß du diesen Kindern etwas antust. Ich muß sie beschützen. Es ist alles so furchtbar! Warum nur, warum?"

„Es ist eben so", sagte der Mann. „Ich brauche Energie, oder ich muß sterben, und ich will nicht sterben, wenn ich es verhindern kann."

„Aber du bist doch tot!"

„Es gibt keinen Tod in dem Sinne, wie du ihn verstehst. Ich habe nur die Maschine, die man mir überlassen hat, damit ich funktionieren kann, vor der Zeit verloren. Die Kräfte, die sie antreiben, sind noch intakt. Ich bin lebendig, ungeheuer lebendig, und wenn es mir gelingt, wieder eine Maschine zu bauen, werde ich leben, wie du, Veronica! Aber im Augenblick bin ich erst halb am Ziel, ich brauche noch mehr Leben und muß es mir dort holen, wo ich es bekommen kann."

„Du sollst es aber nicht wieder von den Kindern nehmen! Ich will dich ja nicht im Stich lassen. Das habe ich versprochen, und ich werde mein Wort halten und für dich das tun, was ich kann, aber die Kinder wirst du nicht bekommen."

Sie sah ihn fest an, und obwohl sie so jung und unreif war, ging eine Kraft von ihr aus, die so alt war wie die Welt. Trotz ihrer kindlichen Gestalt verkörperte sie die Ewige Mutterschaft: das unsterblich Weibliche, das seine Jungen verteidigt. Sie war das wildeste, tapferste Wesen auf Erden. Selbst der Mann, den sie liebte, durfte die Kinder nicht berühren, und Lucas wußte es. Veronica tat blindlings, was ihre Instinkte ihr geboten, aber

Lucas kannte die Kräfte, die sie dazu trieben. Es war ihr bewußt, daß er versucht hatte, etwas, das die Evolution ausgerottet hatte, zu neuem Leben zu erwecken. Die Natur selbst war aufgestanden und hatte ihm zugerufen:

„Das darf nicht sein!" Und das gefügige junge Mädchen, das er selbst zum Medium gemacht hatte, war zum Sprachrohr geworden und hatte mahnend seine Stimme erhoben. Die Antizyklonen hatten eingesetzt, und die Grundsätze und Mächte, gegen die sich Lucas vergangen hatte, begannen, jetzt gegen ihn zu arbeiten.

Veronica sprach weiter:

„Ich verstehe nichts von diesen Dingen, aber ich bin bereit, alles, was in meiner Macht steht, zu tun, um dir zu helfen, denn irgendwie scheinen diese Dinge für mich doch nicht völlig fremd zu sein. Ich habe keine Angst."

„Das glaube ich auch", meinte Lucas. „Und ehe du deine Aufgabe erfüllt hast, wirst du noch mehr davon verstehen. Ich bitte dich nur um eines: Gib mir so viel von den feinstofflichen Energien deines Leibes, damit ich genügend Material für einen physischen Körper sammeln und durch ihn wirken kann. Wenn du das nicht willst, dann weiß ich nicht mehr weiter!"

„Ich bin bereit, dir meine Lebenskraft zu überlassen", sagte Veronica. „Aber ich werde nicht zulassen, daß du die Kinder nimmst."

„Aber ich bin im Moment nur stark genug, um Kindern die Kräfte zu entziehen, die ich für mich brauche. Nähme ich weiterhin Kräfte von dir, Veronica, würde ich dich zu mir auf meine Stufe – die des lebendigen Todes – hinüberziehen, und davor schrecke selbst ich zurück. Auch wenn du mich nicht zu dir ins Leben lassen willst, werde ich dich nicht zu mir holen. Das also ist der Stand der Dinge. Ich hoffe, du siehst einen Ausweg, denn ich sehe keinen."

Veronica schwieg. Die graue Gestalt vor ihr schwankte wie eine Kerzenflamme im Wind, da es menschliche Gefühle waren, die sie bewegten. Und wieder sprach Lucas:

„Wenn ich dich nicht liebte, wäre es mir egal. Aber ich liebe dich, und darum kann ich es nicht tun. Warum, warum soll gerade meine Liebe zu dir – das Beste, das mir je begegnet ist –

mein Untergang sein? Wäre es mir gleichgültig gewesen, was mit dir geschieht, hätte ich dich nur den Brüdern überlassen müssen und selbst fliehen können, wie es meine ursprüngliche Absicht war. Aber als es soweit war, brachte ich es nicht übers Herz. Ich hätte leben können, doch ich wäre allein gewesen, und das lockt mich nun nicht mehr. Und selbst jetzt könnte ich noch ins Leben zurück, wenn ich deine Kräfte für mich nähme, aber damit würde ich dich von deiner Ebene vertreiben. Wir würden nur unsere Plätze tauschen, und ich wäre wieder allein. Warum habe ich dich erst getroffen, als ich schon so tief gefallen war! Wärest du mir doch früher begegnet. Das alles hätte mich nicht interessiert, wenn ich dich gekannt hätte, und jetzt ist es zu spät. Es gibt keinen Weg zurück, nur wenn ich anderen Menschen das Leben nehme, aber das läßt du nicht zu. Sicher, ich bin schon verdammt, und wahrscheinlich würde es ohnehin keinen großen Unterschied mehr machen, aber ich werde es trotzdem nicht tun."

Das Zimmer, von dem verlöschenden Kaminfeuer nur schwach erleuchtet, war finster wie die Hölle. Draußen jagten Wolken über den Himmel, kein Stern blickte durch das vorhanglose Fenster herein. Die Lampe brannte nicht, und selbst das Feuer, das einer anderen Lebensform angehört als wir Menschen, schien sich durch die Gegenwart eines Wesens, das ohne Berechtigung in diese Welt eingedrungen war, bedrückt zu fühlen und flackerte nur mühsam. Ein Teil von Lucas' Persönlichkeit war auf das Feuer übergegangen, so daß es nicht mehr hell brannte wie ein freundliches, behagliches Kaminfeuer, sondern wie flackernde Irrlichter im Moor. Wenn Lucas von dem Unsichtbaren zurückkehrte, dann war er nicht allein, sondern eine Reihe anderer Geister schlüpften mit ihm durch das Tor, das sich für ihn öffnete. Es waren Wesen aus einem anderen Leben, die unsere Welt von der gleichen Neugierde gepackt betraten, mit der ein Suchender in die geistige Welt eindringt.

Durch den dünner werdenden Schleier hatte ein Prozeß spirituellen Austausches eingesetzt, und die kräftigeren Formen aus dem Reich des Unsichtbaren hatten begonnen, von dieser Daseinsebene Lebenskraft zu trinken. Lucas kannte diese Gefahr. Da er sich geweigert hatte, sich an den für ihn bestimmten Ort, die Gerichtshalle des Osiris, zu begeben, mußte er in dem Vorraum zwischen der unsichtbaren und der sichtbaren Welt bleiben, im Reich des Formlosen, wo die Ursubstanz aller Dinge liegt, und wohin die Form zurückkehrt, wenn die Seele sie verlassen hat. Dort leben Kreaturen einer anderen Schöpfungsart als der unsrigen, die sich am ehesten mit den Bakterien im Reich der Verwesung und Fäulnis vergleichen lassen. Wenn sie die ihnen zugewiesene Sphäre verlassen, können sie sich in die schrecklichsten Phänomene verwandeln.

In dieser finsteren Unterwelt hauste Lucas, und diesen Einflüssen setzte er das einzige Wesen aus, das ihm je wichtig gewesen war. Von den Lehren der okkulten Schule, in denen er aufgezogen worden war, als auch aus eigener Erfahrung, seit er den physischen Körper verlassen hatte, wußte er, in welch eine kalte Hölle der Auflösung er gestürzt war. Und noch etwas wußte er: Wenn es ihm nicht gelang, sich in der Welt des Stofflichen zu behaupten, würde er das bißchen Lebenskraft, das er jetzt hatte, verlieren, seine zerbrechliche Form nicht mehr zusammenhalten können und erneut in den Fluß der kosmischen Gesetze gezogen werden. Dann würde der Prozeß der Sterbens, den er hinausgezögert hatte, weiter seinen Lauf nehmen, die letzte Hülle feinstofflicher Substanz abfallen, die ihn mit der Welt der Materie verband, und seine nackte Seele sich auf den Weg zur Richtstätte machen, um dort Rechenschaft abzulegen, denn am Ende einer jeden Inkarnation erfolgt die Abrechnung, die Bilanz. Wir müssen das, was wir dem Kosmos schulden, bezahlen, genauso wie umgekehrt der Kosmos uns das gibt, was er uns schuldet. Diese beiden Vorgänge sind eine Erfahrung, die jede Seele machen muß, was als Läuterungsfeuer oder Vorhölle bekannt ist. Wenn dann das Gleichgewicht durch subjektive Erkenntnis wieder hergestellt ist, ist die Seele bereit, sich auf ein neues Abenteuer in der Welt des Stofflichen einzulassen. Erfahrung ist in Wissen verwandelt worden, und das Gleichgewicht zwischen Gut und Böse der Seele wieder hergestellt. Sie hat sich freiwillig in die Liquidation begeben, ihre Guthaben ausgerechnet und ihre Schulden anerkannt, also eine Gewinn- und Verlustrechnung vorgenommen. Lucas aber war ein verstockter Schuldner, er wollte sich keiner Prüfung unterziehen, denn seine

Geschäfte mit den unsichtbaren Mächten waren betrügerisch gewesen. Er hatte Gelder, die ihm anvertraut worden waren, für eigene Zwecke mißbraucht, indem er kosmische Kräfte für persönliche Zwecke verwendete. Man würde ihm eine Rechnung präsentieren, die er nicht bereit war zu zahlen, und den Konsequenzen wollte er sich erst recht nicht stellen.

Weil er keine physischen Organe besaß, mit denen er aus der Pflanzen- und Tierwelt durch Nahrungsaufnahme und -abgabe Energie ziehen konnte, mußte er sich diese als ‚Fertiggericht' von anderen Wesen beschaffen. Er wurde somit zum Parasiten und lebte von der Lebenskraft anderer. Was mit diesen anderen geschieht, haben wir bereits gesehen. Hätte sich dieses mysteriöse Kindersterben im Mittelalter ereignet, man hätte es als das erkannt, was es war, und eine Jagd auf den Vampir hätte begonnen, und die Leiche des Verdächtigen wäre ausgegraben worden, die der Zersetzung getrotzt hatte, weil die Seele, für die der Leib als Wohnstätte gedient hatte, noch an der Welt der Form festhielt. Da nur Feuer die Verbindung eines Halbtoten an seine Fleischeshülle zerstört, wäre die sterbliche Hülle zu Asche verbrannt wurden. Doch in unserem erleuchteten Zeitalter weiß man von diesen Dingen nichts. Weder dem Leichenbeschauer noch dem Bestatter war aufgefallen, daß Lucas' Leiche keinerlei Zeichen von Zersetzung aufwies, und so konnte die Tragödie des Lebendtotseins ihren Lauf nehmen. Die Mächte der Äußeren Finsternis hatten Gewalt über das Leben von Menschen bekommen. Jetzt ging es um die Frage, ob die Kräfte des Inneren Lichts imstande waren, mit ihnen fertigzuwerden.

24

Als Veronica erwachte, war das Feuer zu grauer Asche niedergebrannt, und die Morgendämmerung drang durch das Fenster herein. Es hatte in der Nacht gefroren, und die Sonne brachte eine mit einem silbernen Schleier bedeckte Welt zum Funkeln. Lucas war fort, doch die Atmosphäre des Zimmers erinnerte noch an seine Gegenwart. Das Mädchen öffnete Fenster und Türen und trat in den klaren kalten Herbstmorgen hinaus. Das graue Zwielicht wandelte sich rasch in rosige Helle, und trotz der fortgeschrittenen Jahreszeit drangen aus den Baumwipfeln Vogelstimmen an Veronicas Ohr. Veronica wartete, das Gesicht nach Osten gewandt, darauf, daß die Sonne über die Hügel käme, denn das Tal lag noch im Schatten, obwohl der Himmel bereits ganz hell war. Schon lange war sie nicht mehr das Mädchen, das einst im hügeligen Surrey den Sonnenaufgang beobachtet hatte. Sie war von Natur aus sehr sensitiv veranlagt, wie Lucas sofort erkannt hatte, als sie mit Dutzenden von anderen Frauen auf sein Schwindelinserat hin von der Stellenvermittlung geschickt worden war, und durch die Erfahrungen, die sie hatte sammeln können, hatte sich ihre seelische Wahrnehmungsfähigkeit ungemein rasch gesteigert. Erscheinungen, die der normal Sterbliche nicht bemerkt, obwohl sie sich tagtäglich in seiner Nähe abspielen, fielen ihr sofort auf. Und so wurde sie an diesem klaren frostigen Wintermorgen Zeuge einer der schönsten Naturereignisse dieser Welt: Die Wachablösung der kosmischen Mächte, bei der die Kräfte der Sonne den Dienst von den Wachsoldaten der Finsternis übernehmen, und die Erde aus der Gewalt des Unsichtbaren den Mächten des Lichtes übergeben. Sie hörte die großartige rhythmische Musik der Sphären, an der der

Sensitive die Kräfte, die sich jetzt Bahn brechen, unterscheiden kann, wie der erfahrene Mechaniker das Fabrikat eines Wagens am Geräusch des Motors erkennt. Sie spürte den Luftzug, als sie vorbeimarschierten und sah die breiten, am Himmel auf- und niederführenden Lichtstreifen, die den Weg bezeichneten, den sie nahmen. Die schwindende Dunkelheit machte dem hereinflutenden Tag Platz, von jeder Kreatur umjubelt, nachdem die ermüdete Schöpfung am Abend zuvor die Entspannung nicht weniger freudig begrüßt hatte. Das Licht hat sein Gutes, aber auch die Dunkelheit, wenn beides gleichmäßig verteilt ist wie Ebbe und Flut, wie Wirkung und Gegenwirkung, stets gleich stark und einander gegenüberstehend, wodurch sich die Evolution spiralförmig zu den höheren Sphären hinaufschwingt.

Eine Weile lauschte sie, bis sie aus den kosmischen Rhythmen ein neues Leitmotiv heraushörte und die Erde ihr Tagewerk begann. Aus der Ferne krähten die Hähne, und das Klappern schwerer Hufe auf der Landstraße verriet, daß sich die Pfluggespanne an die Arbeit machten. Der Tag hatte begonnen. Die stille, vom Nebel geschwängerte Luft des Tales mischte sich allmählich mit den dröhnenden Geräuschen menschlicher Tätigkeiten. Das Fauchen und Stöhnen einer Lokomotive, die sich die Steigung von Beckering hinaufkämpfte, gab den Rhythmus des stählernen Zeitalters an, und Veronica, wieder in der Welt des Stofflichen, begann, ruhelos auf der Terrasse hin und her zu wandern, und wartete, ob sich die alte Haushälterin bequemen würde, ihr das Frühstück zu servieren.

Menschen, die in die subjektive Welt des Geistes eingedrungen sind, langweilen sich nie, denn die Bilder, die an ihrem geistigen Auge vorbeiziehen, beschäftigen sie mehr als genug, und Veronica hatte viel, worüber sie sich den Kopf zerbrechen konnte. Während sie hin und her wanderte, überdachte sie die Ereignisse, die sie in die gegenwärtige Situation getrieben hatten. Ihr Geist hatte eine nie zuvor gekannte Klarheit erreicht, so daß sie hinter der Reihe der Erinnerungsbilder die einzelnen Zusammenhänge erkennen konnte. Während der Erlebnisse der Nacht hatte sich in ihrem Bewußtsein eine Tür geöffnet, und es war, als hätten sich geheime Kammern ihres Gehirns aufgetan, die ihr bisher versperrt gewesen waren.

In diesem Bereich des Unterbewußtseins, der sich für sie neu erschloß, traf sie auf eine Reihe kleiner, scharf umrissener Bilder, sehr entlegen, aber dennoch deutlich erkennbar wie etwa Erinnerungen der frühen Kindheit, Bilder ihrer selbst in verschiedenen Umgebungen und verschiedenen Lebenslagen, und sie erkannte sie als Erinnerungen an frühere Leben. Irgendwann, während einer dieser vergangenen Inkarnationen, hatte sie mit Lucas einen Bund geschlossen, und es war der immer noch wirksame Einfluß des geheimnisvollen Bandes, das sie beide seit jener Zeit umschlang und ihr das Gefühl vermittelte, zu keinem anderen menschlichen Wesen eine so nahe Seelenverwandtschaft zu haben wie zu ihm. Auch wenn er ein schlechter Geist war, so stand er ihr doch näher als jeder andere.

Als sie die Traumbilder betrachtete, wurden sie immer klarer. Vor ihrem geistigen Auge formten sich Tempel, Haine und eindrucksvolle Rituale mit Gesängen, und blitzartig kam ihr die Erleuchtung, daß diese Szenen jenen ähnelten, die sie gesehen hatte, als Lucas sie über jene Grenze der psychischen Kraft hinausgetrieben hatte, die die geheimen Grade seines Ordens schützte. Sie waren zwar dem Äußeren nach nicht identisch, jedoch ähnlich in ihrer Kraft, und eine gewisse Verbindung mußte zwischen ihnen bestehen.

Aber die neu erschlossenen Kammern ihres Gehirns enthielten nicht nur Szenen, sondern auch längst vergangene Geschichten, die ihr Stück für Stück wieder in Erinnerung kamen und sich über die gedankliche Assoziation zu einem Ganzen zusammenfügten. Das Unterbewußte überschritt die Schwelle ins Bewußtsein, und in seinen Tiefen barg es die Erinnerungen an frühere Leben. Während Veronica in dem blassen Licht der Morgensonne hin und her wanderte, hatte sie das Ganze plötzlich durchschaut. Als das menschliche Leben auf der Erde in der Dämmerung der Schöpfung entstand, als die Unsichtbaren den Menschen noch sehr nahe und die Priesterkönige noch an der Macht waren, gehörte sie einer der Mysterienschulen an, die damals in hoher Blüte standen. Sie hatte gelernt, mit einem Partner zusammenzuarbeiten, mit dem sie, als die Verbindung zwischen ihnen aufgebaut war, immer und immer wieder gemeinsam gewirkt hatte. In einem späteren Leben war es dann zu einer Krise gekommen: Er war in Versuchung geführt worden und hatte der Begierde nach Macht nicht widerstehen können, während sie am Glauben festhielt. Die physischen Hüllen, an denen die zerstörerischen Kräfte zerrten, hatten die Seelen bald freigegeben. Diese aber waren zu gegebener Zeit in der römischen Inkarnation, von der Lucas Veronica auf der Straße nach Brighton erzählt hatte, wieder in die Welt der Form zurückgekehrt. Veronica vermochte dank ihres erhöhten spirituellen Sehvermögens zu erkennen, was sich hinter den Ereignissen verbarg. So erfuhr sie, daß sich eines der beiden Wesen mit der großen neuen Welle der Spiritualität anvertraut hatte, die sich von den Hügeln Galiläas über die Welt ergoß, und das andere an den alten heidnischen Mysterien festhielt, sich von der Zukunft abwandte und in den Urzustand der Schöpfung zurückgefallen war.

In Avignon wiederholte sich die Geschichte: Eine der Seelen hatte sich in die religiöse Strömung ihrer Zeit hineinziehen lassen, die andere war zu den heidnischen Mythen zurückgekehrt. In dieser Inkarnation hatten sie sich wiedergefunden, aber wie die Geschichte ausging, wußte keiner. Blitzartig wurde Veronica klar, daß einer dieser beiden geistigen Gefährten sich mit den Kräften des Geistes und der andere mit denen des Herzens auseinandersetzen mußte, und daß jeder von ihnen ohne den anderen hilflos war, der eine ein Gehirn ohne Gewissen, ein Bösewicht, der andere ein fühlendes Herz ohne Verstand – ein Narr. Es war der Umgang mit Lucas, der Veronicas Intellekt geweckt, so wie Veronicas Einfluß Lucas' Gewissen wachgerüttelt hatte.

Diese Erkenntnis war Veronica allmählich gekommen. Sie dämmerte langsam auch Lucas, aber sie waren gefangen in einem Netz aus Ursache und Wirkung,das seinen Ursprung im vergangenen Leben hatte. Vielleicht war die Erkenntnis zu spät gekommen und eine Lösung in dieser Inkarnation nicht mehr möglich. Veronica sah keinen Ausweg aus dem Wirrwarr und war sich bewußt, daß Lucas in diesem seltsamen, morbiden Zustand des lebenden Toten und toten Lebenden, zu dem er sich selbst verdammt hatte, leicht jene Grenze überschreiten könnte, wo ihm weder eine menschliche noch eine göttliche Hand helfen könnte. Er wurde in die Wirbel des Chaos gezogen, von denen es keine Rückkehr gibt.

Aus dem Küchenschlot stieg leichter Rauch auf und verriet Veronica, daß das Frühstück endlich unterwegs war. Sie wollte gerade ins Haus gehen, als Schritte ihre Aufmerksamkeit erregten und sie eine Gestalt erblickte, die sich durch das von Tau benetzte Gebüsch einen Weg zu ihr bahnte – eine Gestalt in einem weißen, altmodischen Umhang, die eine altertümliche Reisetasche in der Hand trug. Eine Minute später stand er auch schon vor ihr: ihr alter Freund mit dem langen weißen Bart, der ihr freundlich die Hand schüttelte.

Veronica war so verdutzt, daß sie ihren unerwarteten Besucher wortlos anstarrte und sogar ihre Pflichten als Gastgeberin vergaß. Erst nachdem der alte Mann sie in das Billardzimmer geführt und sich aus dem Gewand geschält hatte, fragte sie ihn nach seinem Begehr.

Er warf ihr unter den buschigen grauen Augenbrauen einen scharfen Blick zu und meinte dann:

„Haben Sie jemand anderen erwartet?"

Veronica sah ihn verständnislos an, dann aber erinnerte sie sich an den Besuch, der ihr in ihren visionären Träumen angekündigt worden war. Einen Augenblick zögerte sie. Sollte sie davon sprechen? Sie selbst wurde sich zwar der Wirklichkeit ihrer Erlebnisse immer bewußter und hielt sie nicht länger für Gebilde ihrer Phantasie, aber es wäre ihr nie im Traum eingefallen, ein anderer könnte ihre Überzeugung teilen. Sie fürchtete, sich lächerlich zu machen oder sogar Mißtrauen zu erwecken. Aber die Augen des Alten hielten ihren Blick fest, und so nahm sie die Herausforderung an.

„Ja," sagte sie leise. „Ich habe jemand anderen erwartet, aber ich war nicht sicher, ob er kommen würde. Ich wußte nicht, daß Sie es sein würden. Ich bin völlig perplex."

Die Augen des Alten in dem müden Gesicht hatten einen seltsam glänzenden Ausdruck angenommen und starrten sie weiterhin unvermindert an.

„Wer hat Ihnen gesagt, daß Sie auf jemanden warten sollen?"

Veronica hielt seinem Blick stand. Sie konnte die Gedanken des Alten lesen und ihre waren für ihn ebenso offenkundig. Sich gegenseitig etwas vorzumachen war sinnlos und unnötig. Daher antwortete sie auf seine Fragen in derselben Weise, wie sie gestellt worden waren.

„JENE haben es mir gesagt".

„Sie kennen JENE?!"

Sie neigte den Kopf. Das genügte. Sie verstanden sich.

Die alte Hausmeisterin erschien mit dem Frühstückstablett. Als sie den alten Mann sah, schlurfte sie rasch in die Küche zurück, um ein weiteres Ei zu kochen. Nichts und niemand konnte diese Frau je aus der Fassung bringen, und nichts schien je ihre Neugierde zu erregen. Hätte sie Dschingis Khan höchstpersönlich in zärtlichem Tête-à-Tête mit Veronica angetroffen, sie wäre genauso ruhig hinausgegangen und hätte ein zweites Ei gekocht. Lucas hatte sie gut erzogen.

Das Mahl verging unter dem üblichen Austausch von Höflichkeiten. Der Gast erkundigte sich nach Veronicas Befinden, und man sprach über das Wetter und andere belanglose Themen. Beide wollten mit einem so schwerwiegenden Gespräch bis nach dem Essen warten.

Als sich der alte Mann in einen der riesigen Ledersessel vergraben hatte und seine Pfeife schmauchte, warf er Veronica, die sich auf der anderen Seite der Kaminecke in einem Armstuhl kauerte, einen scharfen Blick zu:

„Es ist wohl so einiges geschehen, nicht wahr?"

Er hoffte auf Veronicas Vertrauen, und sie beschloß, hinter sich alle Brücken abzubrechen und ihm ihr Vertrauen zu schenken.

„Dr. Latimer", sagte sie, „ich werde Ihnen die Wahrheit sagen, aber Sie dürfen mich nicht für verrückt halten, denn es ist die Wahrheit, ob Sie es mir glauben oder nicht."

„Ich werde Ihnen glauben", erwiderte der Alte.

„Zwischen Himmel und Erde gibt es Dinge, die nur wenige von uns wissen, und die der großen Welt verborgen bleiben."

Veronica begann:

„Nachdem Sie mich verlassen hatten, geschah eine Weile nichts, und ich dachte schon, ich hätte mich geirrt, der Tod sei doch so, wie die Menschen glauben – alles ist vorbei. Doch eine innere Stimme sagte mir, ich solle abwarten, man würde mich bald brauchen."

„Sie haben also damals weder etwas gehört noch etwas gesehen?" forschte der alte Mann.

„Stimmt. Es war nur ein Gefühl. Zwei Seelen kämpften, ach, in meiner Brust: Die eine flüsterte mir immer wieder ins Ohr, ‚alles ist Unsinn, du bist eine Närrin', während mich die andere ganz tief aus meinem Innersten heraus immer wieder beschwor, ‚du mußt glauben', aber diese Stimme war so schwach, daß ich keine rechte Vorstellung davon hatte, was auf mich wartete, bis ich eines Tages zufällig einen alten Mantel anzog, der Mr. Lucas gehörte. Auf einmal hatte ich das Gefühl, ihm wieder ganz nahe zu sein, und spürte seinen Wunsch, zum Friedhof hinüberzugehen und sein Grab aufzusuchen. Ich war früher nie dort gewesen, weil der Gedanke, ihn dort als Toten liegen zu sehen, für mich unerträglich war. Aber jetzt gehorchte ich und ging hin."

„Haben Sie dabei irgendetwas Besonderes gefühlt?" fragte der Alte.

„Nein. Der Besuch hinterließ nur den Eindruck, daß Mr. Lucas wirklich und wahrhaft tot sei, und daß ich besser daran täte, an etwas anderes zu denken. Aber während meiner Rückkehr durch den Wald geschah etwas. Ich weiß allerdings nicht genau, was: Es war wie ein leichter Wind, der von nirgendwo kam und uns erschauern ließ."

„Was heißt ‚uns'?" fragte der alte Mann schnell.

„Alec Butler und ich. Er war der Sohn des hiesigen Arztes. Vielleicht erinnern Sie sich, er hat die amtliche Untersuchung geleitet."

„W a r der Sohn?" fragte der alte Mann interessiert weiter. „Ist er denn tot?"

Veronica rang nervös die Hände.

„Ja", antwortete sie schließlich. „Mehrere sind tot. Das ist es ja, worüber ich mit Ihnen sprechen möchte."

Der alte Mann nahm die Pfeife aus dem Mund und blies den Rauch langsam in Ringen in die Luft. Veronica sah sich verstohlen um, als wollte sie sich vergewissern, daß kein Lauscher in der Nähe wäre, und fuhr dann fort:

„Als ich auf dem Friedhof war, entdeckte ich vier frische Hügel – Gräber von Kindern, und das bei einem so kleinen Dorf, das nur aus einer einzigen Straße besteht." Sie machte eine vielsagende Pause und sah den alten Mann scharf an. Wie würde die Mitteilung auf ihn wirken? Der aber nickte nur und meinte:

„Das überrascht mich nicht. Seitdem sind, so viel ich weiß, noch zwei weitere Kinder gestorben, aber davon später. Zuerst möchte ich etwas von Alec Butler wissen."

„Nun, er sprach mich an, als ich auf dem Friedhof das Grab suchte. Er war sehr freundlich und half mir. Ohne ihn hätte ich es wahrscheinlich kaum gefundenn."

„Hat man Lucas in geweihter Erde begraben?" unterbrach sie der Alte.

„Ich glaube schon", antwortete Veronica, „man hat ihn aber nicht in dem alten Teil des Friedhofs, der um die Kirche herum liegt, begraben, sondern in dem neuen Teil, unten am Fluß, und dort im äußersten Winkel."

„Das erklärt manches", meinte der Alte. „Eine moderne Weihe nach anglikanischem Brauch ist bei weitem nicht so wirkungsvoll wie eine aus der Zeit vor der Reformation. Man hätte sich viel Leid erspart, wenn man Justin im Schatten der Kirche begraben hätte. Man kann christliche Barmherzigkeit nie weit genug treiben."

„Alec hat mich durch den Wald nach Hause begleitet. Der Besuch an Lucas' Grab hatte mich ziemlich mitgenommen,und außerdem schien er sich von mir angezogen zu fühlen. Danach hat er mich oft besucht, ich muß ihn wohl stark beeindruckt haben, denn schließlich bat er um meine Hand. Ich glaube, das war der Grund ...."

„Der Grund wofür?"

„Nun", erklärte Veronica und bemühte sich, nicht die Fassung zu verlieren, „ich meine, für seinen Tod. Wissen Sie, der Hund hier, er bekam eines Nachts eines ganz seltsamen Anfall und ..." Konnte sie ihm wirklich ihre wilden Phantasiegeschichten anvertrauen? „Und er wurde wütend, riß sich los und tötete Mr. Butler", brachte sie schließlich mühsam hervor.

„Was geschah mit dem Hund?"

„Man hat ihn erschossen."

„Und der Kadaver?“

„Man dachte, das Tier hätte Tollwut gehabt, und ließ es in Ambridge verbrennen.“

„Gut so,“ sagte der alte Mann mit einem Ausdruck der Zufriedenheit auf seinem Gesicht. „Es ist das einzig Richtige in solchen Fällen. Und hat es sonst noch etwas gegeben, nachdem der Hund beseitigt war?“

„Ja“, erwiderte Veronica mit tonloser Stimme. „Mr. Lucas kam in dieses Zimmer und materialisierte sich genau an der Stelle, wo Sie jetzt sitzen.“

„Hat ihn außer Ihnen noch jemand gesehen?“

„Damals nicht, aber als man den Hund erschossen hatte, haben ihn viele Menschen gesehen. Seitdem zittert hier alles wie Espenlaub, die alte Hausmeisterin hängt an der Flasche und ist seit dem Tag nicht mehr nüchtern gewesen.“

„Wie geschah die Materialisation?“

„Er tötete die Kinder und nahm sich von ihnen eine gewisse Menge der Substanz, die er brauchte, und borgte sich den Rest von mir.“

„Borgte sich?“

„Ja, er nahm sich die Substanz, die er für die Materialisation noch brauchte, um mit mir sprechen zu können, und gab mir später, wenn er sich auflöste, meine Lebenskraft wieder.“

„Ist dies oft geschehen?“

„Vier oder fünfmal.“

„Und wie ist es Ihnen dabei ergangen?“

Wieder zögerte Veronica eine Weile mit der Antwort und meinte dann: „Es hat mich damals nicht so sehr angestrengt. Ich muß zugeben, es hat mich jedes Mal weniger angestrengt. Dafür regt sich aber in mir allmählich das Bedürfnis, mit anderen Menschen dasselbe zu tun. Als ich gestern durch das Dorf ging, kam ein kleines Kind auf mich zugelaufen. Da mußte ich es aufnehmen und an mich drücken. Ich spürte dabei förmlich die Lebenskraft, die von ihm ausstrahlte. Die Mutter des Kindes kam herbeigerannt und riß es mir aus den Armen, und ich war ihr sehr dankbar dafür, denn mir war bewußt geworden, daß ich genau dasselbe tat wie Lucas. Jetzt, da ich weiß, was es bedeutet, würde ich es nicht wieder tun, aber es ist doch schrecklich, solche Gefühle in sich entdecken zu müssen, nicht wahr?"

Der alte Mann zog ein paar Mal an seiner erloschenen Pfeife, ehe er antwortete:

„Wäre es möglich, Lucas' Grab zu öffnen, ohne daß andere es merken, oder müssen wir uns dafür eine Genehmigung der Behörden verschaffen?"

„Ich glaube, es ließe sich im Geheimen machen", antwortete Veronica. „Aber ich möchte nicht, daß irgendetwas geschieht, was für Mr. Lucas nachteilig wäre."

Der alte Mann sah sie scharf an.

„Was verbindet Sie beide eigentlich, ich meine Sie und Lucas?" fragte er.

„Ein altes Band."

„Das habe ich mir gedacht. Und was ist das für ein altes Band?"

„Wir haben in einem der alten Tempel zusammengearbeitet. Dann gab es Streit, und wir haben uns aus den Augen verloren. Aber wir brauchen einander. Ich glaube, unsere Trennung war der Anfang vom Ende. Er war mein Geist, ich sein Herz. In diesem Leben sind wir uns wieder begegnet, aber wir sind in so verworrene Verhältnisse geraten, daß es uns bisher nicht gelungen ist, sie zu entwirren. Mr. Lucas hat allerlei dummes Zeug mit mir angestellt. Er macht sich keine Gedanken, ob das, was er tut, Recht oder Unrecht ist. Er ist auch jetzt nicht richtig tot und will nicht richtig sterben, weil er dann an irgendeinen schrecklichen Ort muß und ganz verloren ist. Er kann sich nur am Leben erhalten, indem er anderen ihre Lebenskraft raubt."

„Haben Sie je von Vampiren gehört?" fragte der Alte.

„Gewiß! Von Vampiren, und von Werwölfen."

Daraufhin schwiegen beide. Schließlich begann das Mädchen erneut:

„Wissen Sie, was der ‚Zweite Tod' ist?"

„Im ‚Zweiten Tod' löst sich die Persönlichkeit auf. Das ist der Teil des Selbst, den man in jeder Inkarnation ändert, und der eine Summe aller Gedanken und Handlungen sämtlicher vergangener Leben darstellt, und dieser Teil geht in der Individualität auf, dem unsterblichen Seelenkern, der den göttlichen Funken enthält. Ein Beipiel: John Smith stirbt. Sein Ich, das wir Johannes nennen wollen, übernimmt die Erfahrungen dieses John Smith. Der erste Tod ist das Sterben des Wunschkörpers, also der physischen Hülle, die sich der bewußte Verstand ausgesucht hat. Wenn dieser hinübergegangen ist, verweilt der unterbewußte Geist, durch den göttlichen Funken beseelt, an dem Ort, den wir normalerweise Himmel nennen, bis er für eine neue Inkarnation reif ist."

„Warum hat Mr. Lucas dann so große Angst vor dem Zweiten Tod?"

„Weil es der Tag der Abrechnung ist, an dem die Persönlichkeit für ihre Taten Rechenschaft ablegen muß. Lucas fürchtet sich vor dem Tag des Gerichts, und das nicht ohne Grund."

Eine Weile sah Veronica traumverloren zum Fenster hinaus.

„Also, wenn uns jemand hören würde," meinte sie schließlich, „er sagte glatt, wir wären verrückt."

„Zweifellos!" stimmte der Alte zu. „Aber wie wollen Sie Gevatter Tod Einhalt gebieten? Im Dorf sterben die Kinder wie die Fliegen, da beißt die Maus keinen Faden ab."

25

Lucas erschien nie während der Stunden des Tageslichtes, man mußte auf die Dunkelheit warten. Veronika wanderte mit dem alten Mann daher auf ihrem Besitz herum und führte ihn zu all den Orten, die mit dem Problem in Zusammenhang standen. Sie waren in Lucas' Schlafzimmer gegangen, wo die letzten Blüten der roten Kletterrose einige vom Mehltau überzogene Blumenblätter auf das Fensterbrett gestreut hatten. Als der alte Mann sie gedankenverloren aufsammelte, hatte Veronika das Gefühl, er würde sie nicht nur mit seinen fünf physischen Sinnen betrachten.

Sie suchten den leeren Hundezwinger auf, in dem noch immer das losgeschnallte, an der Kette befestigte Halsband lag, und besahen sich dann aus unauffälliger Entfernung die Häuser auf der Dorfstraße. Schließlich gingen sie über den Waldweg zum Friedhof und machten an einem der frisch aufgeworfenen Erdhügel Halt, der sich allmählich unter dem Druck des Herbstregens zu senken begann.

Lange Zeit verweilte der alte Mann barhäuptig vor dem Hügel. Woran mochte er wohl denken? Sprach er mit der Seele des Toten? Oder träumte er davon, wie es hätte sein können, wenn sich das Kind seines Geistes als würdiger Nachfolger erwiesen hätte? Schließlich kniete er nieder und streute die regenverwaschenen Blüten, die er am Schlafzimmerfenster des Toten aufgesammelt hatte, auf das nasse Grab. Veronika kniete sich neben ihn und ordnete die welken roten Blütenblätter in Form eines Kreuzes. Der Alte hielt sie nicht davon ab, im Gegenteil, sie schien damit seinem unausgesprochenen Wunsch nachgekommen zu sein.

„Vielleicht hat er trotz allem ein Anrecht darauf. Wer sind wir, als daß wir es uns anmaßen dürften, ihn zu richten? Jeder Mensch hat seinen eigenen Herrn“, war sein einziger Kommentar.

Sie verbrachten den Abend gemeinsam in dem vertrauten Billardzimmer. Das Holzfeuer verbreitete sein schwaches Licht, und als die alte Frau den Tisch abgedeckt hatte, löschte Dr. Latimer auch noch die Lampe.

„Normalerweise würde ich nicht zulassen, daß Sie in Trance gehen, ohne entsprechende Vorsichtsmaßnahmen getroffen zu haben. Unter den gegebenen Umständen müssen wir jedoch die Tore öffnen und einlassen, was da kommen will, sonst schließen wir vielleicht etwas aus, was von großer Bedeutung für uns sein könnte.“

Sie brauchten nicht lange zu warten. Als die Flammen verloschen und die Holzscheite in der rotglimmenden Glut zerfielen, hatte Veronika wieder das Gefühl, als würde die Energie von ihr abgezogen. Bald darauf begann sich im Dunkeln die vermummte Gestalt zu formen. Die milchige Substanz verdichtete sich zu wehenden Tüchern, in deren Falten sich allmählich Hände und Gesichtszüge und an Stelle der Augen abgrundtiefe, schwarze Löcher bildeten.

Lucas, ganz auf Veronica konzentriert, bemerkte erst, nachdem er sich voll materialisiert hatte, die Gegenwart einer dritten Person. In derselben Sekunde wuchs seine Gestalt zu doppelter Größe und während sich die Tücher wie riesige Fledermausflügel ausbreiteten, baute sich Lucas vor dem ehrwürdigen weißbärtigen Mann auf, der bewegungslos in seinem Armstuhl verharrte. Das weiche Ektoplasma gehorchte dem Geist, der es beseelte, so schnell, daß sich an den Fingerspitzen, die nach der Kehle des erwählten Opfers griffen, mächtige Klauen bildeten. Bevor sie zupackten, hielten sie einen Augenblick unentschlossen inne. Unverwandt richtete sich der Blick der klaren blauen Augen unter den schweren weißen Augenbrauen auf die milchige Form, bis sich die drohende, nach vorne gebeugte Gestalt zurückzog und die ausgebreiteten Fledermausflügel zögernd herabsanken. Jetzt nahm Lucas eine Verteidigungshaltung an, die an eine wehrlose ägyptische Mumie erinnerte.

Schließlich sprach der alte Mann:

„Sei gegrüßt, mein Sohn, im Namen derer, denen wir beide dienen."

Ein Zittern ging durch die starre Gestalt, und aus den engen Mumienbandagen schien sich eine dünne Falte des Tuches zu befreien und hing wie ein langer loser Ärmel herunter.

„Woher kommst du?" fragte der Alte eindringlich, und es klang wie die Formel aus einem uralten Ritual.

„Aus der Tiefe", kam die Antwort.

„Und wohin gehst du?"

Ein langes Schweigen trat ein, nur von dem Geräusch der zur Asche zerfallenden Scheite und von Veronicas rhythmischen Atemzügen unterbrochen. Die Antwort ließ lange auf sich warten, und erst als das Holzscheit heruntergebrannt war, kam sie. Der alte Mann hatte sich nicht bewegt.

„Ich bin ein Teil der Äußeren Finsternis und werde von den Winden des Alls hin und hergeschleudert. Fragt mich nicht, wohin ich gehe, ich kann es euch nicht sagen."

„Geh, mein Sohn, geh in Frieden," sagte der alte Mann. „Gib Rechenschaft und beuge dich der Erkenntnis, und wenn für dich ein neues Leben dämmert, kehre zurück zu dem Pfad an die Stelle, wo du von ihm abgewichen bist."

Die fledermausartigen Flügel schlugen drohend, als Lucas zornig antwortete:

„Es steht nicht in eurer Macht, mich fortzuschicken. Ich habe in der Welt des Stofflichen so weit Fuß gefaßt, daß wir beide eurer Befehle spotten können."

Der alte Mann wandte sich an Veronica:

„Meine Tochter, Lucas hat recht, es liegt nicht in meiner Macht, ihn vor das Jüngste Gericht zu schicken, da ich ihn nicht aus der Form vertreiben kann, die er sich gebaut hat, ohne dich zu vernichten, denn seine Gestalt besteht zum Teil aus dem Stoff deines Körpers. Aber wenn du dich von ihm zurückziehst, kann ich ihn dorthin schicken, wo man seiner harrt."

Langsam richtete sich Veronica im Sessel auf und blickte von dem einen Mann zu dem anderen. In der seelischen Verfassung, in der sie sich befand, schien keiner von beiden wie ein stoffliches Wesen auf sie zu wirken, sondern sie waren wie zwei Wesen eines unterschiedlichen Geistes, die ihre Kräfte maßen: der alte Mann ein Prisma, das die Strahlen einer mächtigen Sonne durchläßt, wie ein Lampion im Raum hängend, und Lucas einer jener Pilze, die im Glanz ihrer eigenen Verwesung leuchten.

„Wohin soll er denn gehen?“ fragte sie nach einer Weile. „Wohin gehört er? Und wird es ihm dort gut gehen?“

Lucas begann zu lachen, und unzählige Stimmen schienen in sein Gelächter mit einzufallen. Jedes Flackern des Feuers, jeder Luftzug in dem baufälligen Haus schien in unheimlicher Fröhlichkeit mitzukichern.

„Der Ort, dem ich gehöre“, sagte er, „ist der ‚Finstere Planet der Verwesung‘, der Wanderstern, der keine feste Bahn kennt. Wenn ich dorthin komme, werde ich Zelle um Zelle, Molekül um Molekül und Atom um Atom dem Urstoff wiedergegeben, von dem ich stamme. Für mich gibt es kein Läuterungsfeuer, sondern nur Vernichtung. Ich habe mich der Finsternis ohne Vorbehalt geweiht, und zum Bösen gesagt: „Sei du mein Heil!“

„Mein Sohn, bist du ganz sicher, daß du dich dem Bösen rückhaltlos verschrieben hast?“ fragte der Alte.

„Wenn nicht, so liegt es nicht an mir“, knurrte Lucas.

Veronicas Stimme unterbrach den Streit:

„Ich kann ihn nicht in die Vernichtung schicken, Dr. Latimer. Mag sein, daß ich töricht bin und auf dem falschen Weg, aber ich bringe es nicht über mich. Er kann niemanden etwas tun, wenn ich ihm nicht helfe, und wenn wir ihm etwas Zeit geben, vielleicht hat er dann eine Chance zu sühnen.“

„Zeit ist genau das, was wir ihm nicht geben können, mein Kind. Bei den kosmischen Gezeiten gibt es kein Stauwasser. Er muß sich für eine Seite entscheiden, für das Leben oder den Tod der Seele.“

„Warum kann er denn nicht zurück, wenn es grundsätzlich doch möglich ist?“

„Weil es nur durch deine Lebenskraft geht, und dann kämst du dorthin, wo er jetzt ist.“

„Wäre das so schrecklich?“

„Es ist schrecklich“, sagte Lucas.

„Ich frage dich noch einmal, mein Sohn," begann der Alte wieder und konzentrierte seinen Blick auf die zusammengeschrumpfte Gestalt vor sich, „wohin gehst du, mein Sohn?"

Lucas antwortete nicht.

„Bist du bereit, Rechenschaft abzulegen?"

Die Fledermausflügel schlossen sich noch enger an den bandagierten Körper, durch den ein Schauder zu laufen schien.

„Nicht, wenn ich es umgehen kann."

„So gedenkst du also dein Dasein auf Kosten der Lebenskraft dieses jungen Mädchens zu fristen?"

Lucas schien sich nicht schlüssig zu sein, und so herrschte eine Weile Schweigen.

„Du wirst dich für das eine oder das andere entscheiden müssen", mahnte der alte Mann.

„Das weiß ich", erwiderte Lucas.

Er sah Veronica an, die zurückgelehnt in dem großen Stuhl da lag. Sie beugte sich sorgenvoll zu ihm vor.

„Ich weiß nicht, was das alles bedeutet", sagte sie, „aber ich werde dich nicht fortschicken. Ich habe versprochen, zu dir zu stehen, und ich werde mein Wort halten. Ich kann nicht zulassen, daß du weiteren Kindern Schaden zufügst, aber wegschikken werde ich dich auch nicht."

Lucas lächelte ein trauriges Lächeln.

„Vielleicht werde ich mich selbst wegschicken müssen, kleine Veronica."

Der alte Mann wurde in seinem Armstuhl ganz still und schien kaum zu atmen, während er auf die nächsten Worte des grauen Schattens in der Ecke wartete.

Das Feuer war erloschen, und es herrschte völlige Dunkelheit.

„Es gibt Dinge – " sagte Lucas, und die Worte fielen langsam und dumpf wie Tropfen in einer Höhle, „die man nicht tun darf."

Wieder breitete sich tiefe Stille aus. Kein Laut, weder von drinnen noch von draußen, unterbrach ihn, bis Lucas' Stimme wieder zu hören war:

„Wenn es jemand anderes wäre als Veronica – aber so... nein, ich kann es nicht." Die Stimme wurde fester, sie tönte wie eine Glocke, und plötzlich klang beinahe Freude heraus.

„Es ist mein Abschied, Veronica. Leb wohl. Gott segne dich! Sei frei und werde glücklich! Vergiß, so viel du kannst, und verzeihe den Rest. Wenn du aber an die Zeit mit mir denken mußt, dann wisse, daß ich dich geliebt habe."

Veronica erhob sich und ging auf ihn zu. Der alte Mann, der sie beobachtete, sah, daß es nicht mehr das Kind Veronica war, denn die Seele, seit undenklichen Zeiten auf der Reise, hatte wieder voll von ihr Besitz ergriffen.

„Nichts werde ich vergessen, und nichts gibt es, das ich verzeihen müßte. Was geschehen ist, mußte geschehen, und wir haben beide Teil daran gehabt. Für dich bin ich die Seele gewesen, und für mich solltest du Geist sein. Wenn du nach dem ‚Finsteren Planeten' ziehst, werde ich mit dir gehen, und wenn ich hierbleibe, wirst du zu mir zurückkehren."

„Es liegt nicht an uns zu entscheiden, was wir tun werden", sagte Lucas. „Ich gehe zu ‚JENEN', die mit mir das tun werden, was sie für richtig halten" – und die Arme ausbreitend rief er im Ton der Beschwörung: „...denn ich trete vor meine Richter."

Kaum waren die Worte ausgesprochen, als sich die Gestalt verwandelte. Farbige Streifen zuckten durch die graue, vermummte Erscheinung, und purpurfarbene Rauchwolken quollen empor wie über einer brennenden Stadt. Wieder war aus jedem Schatten, aus jedem Spalt des gespenstischen Hauses das Kichern zu hören, dem ein Freudengeheul von hoch oben antwortete, wo die schwarzen Nachtwolken in Fetzen über das leuchtende Angesicht des Mondes jagten. Die Finsternis hallte vom Triumph des Bösen wider, das Lucas zu verschlingen schien. Ein wütender Windstoß traf das Haus in voller Breite. Es schien in den Grundfesten zu erzittern, und Balken und Dach krachten, als ob der ganze morsche Bau zusammenstürzen wollte. Die Fenster wurden buchstäblich aus dem Rahmen gerissen und fielen klirrend und splitternd zu Boden. Etwas, das dichter noch war als die Finsternis, kam auf dem Rücken des Sturms ins Zimmer geritten, betastete mit unsichtbaren Fühlern alle Gegenstände, bis es gefunden hatte, was es suchte, und fegte wieder von dannen. Der Sturm legte sich genauso plötzlich, wie er losgebrochen war, und das Zimmer, von sämtlichen Geistern verlassen, bot nunmehr den Anblick einer zerstörten menschlichen Wohnstätte, über die ein Zyklon hinweggefegt war. Keine Spur von den Kräften, die eingedrungen waren, oder von den Leidenschaften, die sie gerufen hatten. Nur jener unerträgliche Geruch nach Verwesung stieg aus der Ecke auf, wo die vermummte graue Gestalt gestanden hatte.

26

Der fürchterliche Wind hatte sich gelegt. Es war vollkommen dunkel. Veronica konnte hören, wie der alte Mann nach Streichhölzern suchte. Schließlich leuchtete eine kleine, blasse Flamme auf und durchdrang die Schatten mit schwachem Licht. Die Lampe lag, zerbrochen, in einer Ecke. Der kleine Doktor ging herum und suchte nach einer Kerze. Als er sich der eingedrückten Glastüre zuwandte, blieb er plötzlich mit einem halberstickten Schrei stehen: da stand in deren Rahmen die Gestalt eines Mannes. Sprachlos vor Erstaunen starrten die beiden auf die Erscheinung. Das flackernde Licht des verlöschenden Streichholzes ließ die Furchen in der lederartigen Haut des fremdartigen, unbewegten Antlitzes des Ankömmlings tiefer erscheinen, als sie wirklich waren. Es war ein hohlwangiges Gesicht mit vorspringenden Backenknochen, mächtigen Kinnladen und einer hohen Stirn. Die tiefliegenden, funkelnden Augen waren die eines Falken, nicht eines Mongolen, sonst hätte man den Fremden eher für einen Asiaten als für einen Europäer halten können. Auch seine geschmeidigen, geräuschlosen Bewegungen beim Betreten des Zimmers hätten für seine orientalische Herkunft gesprochen. Dennoch wußte Veronica sofort, daß dieser Mann weder ein Asiate noch ein Abendländer war, er war ein Wanderer zwischen den Welten, völlig bindungslos und frei, eine ungeheure, völlig unpersönliche, völlig beherrschte Kraft. Veronica hatte genug von den Mitgliedern der geheimen Bruderschaft gesehen, in deren Hauptquartier sie sich unerlaubterweise aufgehalten hatte, um sofort den Stempel ihrer Ordnung zu erkennen, den sie jeder Persönlichkeit aufzudrücken pflegte. Die funkelnden Augen Dr. Latimers, die katzenartigen Bewegungen

Lucas', die unpersönliche Kraft, die ihr an dem Manne mit dem strengen Gesicht aufgefallen war, alle diese Eigenschaften fand sie in höchstem Maße entwickelt in diesem wieder. Niemand brauchte ihr zu sagen, daß dieser Mann zur Bruderschaft gehörte, aber viel höher stand, viel mächtiger war als alle Brüder, denen sie bisher begegnet war.

Er überragte Lucas mindestens ebensosehr wie Lucas sie überragte, und sie erkannte, daß es ein Mann war, dem man gehorchen mußte, dem man aber auch vertrauen durfte.

Während der alte Mann sprachlos die Erscheinung anstarrte, war das Streichholz abgebrannt und wieder herrschte Dunkelheit und Stille im Raume.

Da brach die Stimme des Fremden das Schweigen.

„Kennen Sie mich?"

„Ja, Sie sind – Sie sind – der Dritte." Dr... Latimer sprach es mit stockender Stimme, als wäre er zu bewegt, um zu sprechen.

„Ganz recht. Ich bin der Dritte. Ich schlage vor, daß Sie ein Streichholz anzünden. Ich habe einiges mit Ihnen zu besprechen."

Veronica hörte, wie der Fremde auf leisen Sohlen über den Parkettboden schritt. Er ging im Dunkel so sicher umher, als würde er genau sehen, wohin er trat, und ein metallischer Klang verriet ihr, daß er die beiden bronzenen Kerzenleuchter ergriffen hatte, die auf dem Tisch neben der inneren Tür standen. Sobald Dr. Latimer das Streichholz angezündet hatte, stand er mit den Leuchtern vor ihm.

Nun konnte Veronica ihn mit Muße betrachten. Sein weiter Flauschmantel betonte seine Größe und seinen Körperbau. Als er den Mantel ablegte, kam darunter ein gewöhnlicher Straßenanzug zum Vorschein. Im Gegensatz zu vielen anderen Menschen, die sich mit dem Okkultismus beschäftigten, ging es den Mitgliedern dieser Bruderschaft, die wirklich große Macht und großes Wissen besaß, nicht darum, durch ihre Kleidung Eindruck zu machen, sondern sie trachteten vielmehr, sich in jeder Beziehung möglichst unauffällig zu benehmen, um ihren Studien ungestört nachgehen zu können. „Nur nie auffallen," hatte ihr Lucas einst gesagt, " die Gesellschaft ist eine alte Dame, auf die man allerlei Rücksicht nehmen muß, wenn man seine Ruhe haben will." Der Fremde war offenbar derselben Meinung, denn Haltung und Äußeres waren, soweit als möglich, dem Üblichen angepaßt.

Er kniete vor dem Feuerplatz nieder und scharrte die Aschenhäufchen so behutsam zusammen, als wären es Lebewesen, worauf das Feuer sofort wieder zum Leben erwachte. Dies und die Fähigkeit, mit aller Sicherheit durch die Finsternis zu schreiten, verrieten Veronica, daß er kein gewöhnlicher Mensch war, auch wenn seine Kleidung nichts Außergewöhnliches an sich hatte.

Zum ersten Mal schaute er auf das Mädchen, das bewegungslos in dem großen Stuhl saß und sich, seit der Fremde hereingekommen war, noch nicht geregt hatte.

„Kommen Sie, mein Kind", sagte er, und legte seine Hand auf ihren Arm, „Setzen Sie sich zum Feuer und wärmen Sie sich. Sie sind ja ganz kalt."

Die zarte Berührung, die nichts von plumper Zutraulichkeit an sich hatte, verriet Veronica noch mehr über den Fremden: Dr. Latimer hatte Geist und Güte in sich, aber keine Kraft; der Mann mit den harten Zügen Verstand und Kraft, aber keine Güte; der Neuankömmling aber besaß alle drei Eigenschaften. Das bestätigte ihre Vermutung, daß es ein in jeder Beziehung viel bedeutenderer Mann war, als die anderen je sein würden.

„Wenn man vom Teufel spricht...," lautet ein Sprichwort.

In dem Augenblick, als Veronica an ihren alten Widersacher, den Mann mit den harten Zügen, dachte, knirschte der Kies der Terrasse unter den Tritten eines sich nähernden Menschen, und gleich darauf stand seine breite Gestalt im Türrahmen.

Als dieser den Mann erblickte, der sich selbst der Dritte genannt hatte, sah er genauso überrascht drein, wie kurz zuvor Dr. Latimer, und Veronica hegte den Verdacht, daß er von diesem Zusammentreffen nicht besonders beglückt war. Er gehörte nicht zu denen, die gerne im Hintergrund stehen. Der Unbekannte jedoch hatte etwas Bestimmendes. Sie fühlte aber auch, daß sein Eintreffen für Dr. Latimer eine ungeheuere Erleichterung bedeutete, und daß er bereit war, ihm die Angelegenheit zu überlassen.

„Wenn Sie die Freundlichkeit hätten einzutreten, Mr. Fordice,“ sagte Unbekannte, „könnten wir die Türe schließen.“

Der Mann mit den harten Zügen brummte etwas vor sich hin und schien selbst dieser vernünftigen Aufforderung nur mit Widerwillen nachzukommen. Dennoch tat er, wie ihm geheißen und half sogar dabei, die morschen Türläden zu schließen, die buchstäblich ins Zimmer zu fallen drohten.

Es wurden weder Fragen gestellt noch beantwortet, dennoch erkannte Veronica mit ihrer geschärften Wahrnehmungsgabe, daß die drei Männer offenbar einem geheimen Ruf gefolgt und hier erschienen waren. Doch sie wußte nicht, ob der Dritte die anderen gerufen hatte, oder ob er selbst auch von einer höheren Macht geschickt worden war.

Sie waren in einem Halbkreis um das nun wieder hell flammende Kaminfeuer versammelt. Zwei Pfeifen und eine Zigarre erfüllten den Raum mit ihrem Rauch, aber noch war kein einziges Wort gefallen.

Die drei Männer schienen sich und die Sachlage abzuschätzen und in einer ihr unerklärlichen Weise miteinander zu kommunizieren. Sie hatte immer gedacht, Okkultisten wären vollendete Asketen, die weder Fleisch noch geistige Getränke noch Tabak genossen, aber Dr.Latimer hatte stets verzehrt, was ihm die Haushälterin vorsetzte, und der Dritte rauchte inzwischen eine lange schwarze Zigarre, die einen Durchschnittsmenschen umgeworfen haben würde. Sie mochten zwar mit überirdischen Dingen beschäftigt sein, waren aber den irdischen durchaus zugetan.

Endlich ergriff der Dritte das Wort: „Wir müssen die Angelegenheit so schnell wie möglich hinter uns bringen. Zeit spielt für uns die allergrößte Rolle.“

„Ich dachte, der Fall sei schon erledigt“, meinte der Mann mit den harten Zügen voller Hohn.

„Das dachte ich auch,“ schloß sich Dr. Latimer überrascht aufblickend an, „Soviel ich verstanden habe, hat sich Lucas doch in sein Geschick gefügt, indem er sich Osiris' Gericht stellte.“

„Das tat er“, antwortete der Dritte, „aber er wurde abgewiesen, weil seine Zeit noch nicht gekommen war. Sie wollten ihn genausowenig einlassen wie einen Ermordeten oder, sagen wir“, hier unterbrach er seine Rede für einen Augenblick in vielsagender Weise, „... einen Selbstmörder."

„Sind Sie vielleicht der Ansicht, daß ein nach dem Gesetz hingerichteter Verbrecher ein Ermordeter ist?" fragte der Mann mit den harten Zügen.

„Gesetz ist Gesetz", erwiderte der Dritte, „und es ist ein gesetzlicher, und somit natürlicher Tod, wenn der Menschengott ein Leben nimmt. Ob es richtig und weise war, ist eine ganz andere Frage, mit der wir uns hier nicht zu befassen haben, denn hier hat nicht das Gesetz gesprochen. Es war eine private Rache, meine Herren, und es hätte keinen Sinn, das abzuleugnen. Wir werden auch die Folgen Ihres unbesonnenen Vorgehens zu tragen haben, denn Sie haben eine Seele gezwungen, ihren Körper zu verlassen, ehe deren Zeit gekommen war, und diese Seele geht daher genauso um wie die eines Selbstmörders."

„Warum sprechen Sie immer wieder von einem Selbstmörder?" fragte da der Mann, den man Fordice genannt hatte, und sah den Dritten scharf an.

„Weil ich nicht wüßte, mit welchem Wort sonst ich einen Mann bezeichnen sollte, der freiwillig seinen Körper verlassen hat. Unsere Sprache kennt kein Wort für das, worüber wir sprechen. Denn bei all Ihrer Geschicklichkeit, meine Herren, ist es Ihnen nicht gelungen, unseren Freund zu schnappen. Er ist Ihnen entwischt."

Fordice gab einen Laut von sich, der am ehesten einem Knurren gleichkam. Er war offensichtlich eher verärgert, daß der Zauber seinen Zweck verfehlt hatte, als erleichtert, daß er kein Verbrechen auf seine Seele geladen. Sein Charakter schien in der kurzen Zeit, die Veronica ihn kannte, eine tiefgreifende Wandlung durchgemacht zu haben; das Böse, von dem Lucas seine Seele befreit hatte, schien sich bei ihm eingenistet zu haben.

„Es geht also jetzt darum, was Sie mit unserem Freunde zu tun gedenken", fuhr der Dritte fort. „Er ist ein Mitglied Ihrer Loge, meine Herren, es ist daher an Ihnen, zu entscheiden."

„Nun, es gibt einen Grund, warum er noch nicht vor den letzten Richterstuhl getreten ist. Er ist ein Vampir geworden", meinte Fordice. „Wenn man das Grab öffnete, fände man wahrscheinlich seinen Körper völlig unversehrt vor, so wie man ihn begraben hat."

„Sicher", entgegnete der Dritte. „Das ist bekannt. Es geht darum, was mit ihm geschehen soll."

„Sie wissen doch ebensogut wie ich, wie man Vampire zu behandeln pflegt", antwortete der Mann mit den harten Zügen, ohne sich ein höhnisches Lächeln zu verkneifen.

„Gewiß, das wußte ich, ehe Sie noch geboren waren", erwiderte der Dritte, dessen Gesichtszüge nun ebenfalls durch ein leises Lächeln bewegt wurden. „Aber wären Sie in Anbetracht der besonderen Umstände, unter denen der Mann zum Vampir geworden, wohl berechtigt, das gewöhnliche Vorgehen einzuschlagen? Ausgerechnet Sie?"

Das hatte gesessen. Der Mann mit den harten Zügen krümmte sich und verstummte.

„Ich war immer der Ansicht," fiel Dr. Latimer ein, „daß Justin bei all seinen Fehlern nicht ohne Grund in unsere Bruderschaft eingetreten ist, wie ich auch jetzt noch glaube, daß er seine Schuld, wenn schon nicht vollkommen, so doch zu einem sehr großen Teil gesühnt hat, da er freiwillig sein Leben hingab, um einen anderen Menschen zu retten!"

„Hat er denn nicht neue Schuld auf sich geladen, als er sich entschloß, ein Vampir zu werden?" ließ sich Fordice wieder vernehmen.

„Zugegeben. Aber glauben Sie nicht, daß er auch diese gesühnt hat, indem er freiwillig in den ‚Zweiten Tod' ging? Denken Sie daran, wir haben nicht die Macht gehabt, ihn zu zwingen, sein Gespensterdasein aufzugeben. Er hat es aus freien Stücken getan, um ein Wesen zu schonen, das er liebte. Für einen Mann in seiner Lage ist es etwas Entsetzliches, sich dem ‚Zweiten Tod' in die Arme zu werfen; er konnte nicht wissen, daß ihn dieser nicht behalten würde."

„Selbst wenn er es gewußt hätte, wäre es ein großer Entschluß gewesen," fiel der Dritte ein, „denn ruhelos und heimatlos im Zwischenreich herumzuwandern, ist viel schlimmer als in der Hölle zu brennen. Man leidet dabei alle Qualen des Fegefeuers ohne den Trost der Läuterung. Seine Seele schwebt jetzt draußen im astralen Raum, wohin Sie sie geschickt haben. – Nun ist es aber, wie ich Ihnen vorhin gesagt habe, von größter Wichtigkeit, keine Zeit zu verlieren, denn jeder Kräftezufuhr beraubt, wird Lucas nicht mehr lange imstande sein, seinen stofflichen Körper zusammenzuhalten, und es bleibt uns gerade noch die Zeit, die gewöhnlich zwischen dem Tod und dem Begräbnis verstreicht, um ihm zu helfen. Lucas muß jetzt bereits in sein Grab zurückgekehrt sein, da der erste Hahnenschrei verklungen ist. Wahrscheinlich wird er auch morgen wieder dahin zurückkehren, doch glaube ich nicht, daß er seinen Körper noch länger wird benutzen können."

„Das Beste wäre, ihn dort zu begraben, wo sich vier Wege kreuzen, und ihm einen Pfahl durch den Leib zu rennen", warf der Mann mit den harten Zügen ein, wobei er abermals sein höhnisches Lachen nicht verbergen konnte.

Der Dritte sah ihn fest an. „Reden Sie keinen Unsinn", sagte der. „Das hat mit der Sache nichts zu tun. Der Körper wird jetzt ohnehin verwesen, da Lucas dem Vampir-Dasein bereits entsagt hat. Worüber wir zu entscheiden haben, ist nur die Frage, ob wir die Geschichte ihren natürlichen Gang nehmen und Lucas als einen erdgebundenen Geist umherirren lassen sollen, bis seine Zeit einmal gekommen sein wird, oder ob wir versuchen sollen, ihn wieder in seinen natürlichen Körper zurückzubringen, der augenblicklich in tiefster Trance auf dem Friedhof begraben liegt."

„So ist er also nicht tot?" rief der alte Mann aus und richtete sich auf.

„Durchaus nicht", antwortete der Dritte. „Er hat eines der hervorragenden Kunststücke der Yogis ausgeführt, wie Stevenson es in seinem Buche „Der Junker von Ballantrae" schildert. Wenn Sie seinen Körper untersuchten, würden Sie wahrscheinlich feststellen, daß selbst die durch die Obduktion verursachten Wunden verheilt sind. Er hatte es verstanden, sich außerhalb seines Körpers aufzuhalten, als der Todesstreich fiel, und hegte offenbar die Absicht, im Trancezustand auszuharren, bis es ihm gelänge, eine Ausgrabung seines Körpers zu erreichen. Inzwischen fristete er als Vampir sein Dasein. Die Schilderung eines ähnlichen Geschehnisses können Sie in dem Buch Dracula lesen, das ein Mann geschrieben hat, der mehr darüber wußte als

Stevenson. Lucas hatte sehr geringe Aussicht auf Erfolg, es stand tausend zu eins, daß sein Versuch gelang. Da er aber imstande war, seinen Körper so lange zusammenzuhalten, wäre ihm bei fortgesetzter Anstrengung vielleicht doch Erfolg beschieden gewesen. Er ist ein mutiger Mann, und ich kann ihm um seiner Tapferkeit willen vieles verzeihen, wenn er sich auch arger Grausamkeiten schuldig gemacht hat, um sich sein Dasein zu erhalten."

Er schwieg und blickte umher, um zu sehen, welchen Eindruck seine Rede auf die Zuhörer gemacht hatte. Dr. Latimer trank die Worte förmlich von seinen Lippen. Es schien kein Zweifel daran zu bestehen, was er wünschte und ersehnte, doch er scheute sichtlich davor zurück, sich allzu große Hoffnungen zu machen, um keine Enttäuschung erleben zu müssen. Lucas hatte seinem Herzen sehr nahe gestanden, war ihm in seinem einsamen Alter ein Sohn gewesen, und er hatte ihn, ohne eine Mühe zu scheuen, all das okkulte Wissen gelehrt, das er sich in lebenslanger, fleißiger Arbeit erworben hatte, in der Hoffnung, es würde dem jüngeren Manne gelingen, das große Werk zu vollenden, dessen Vollbringung ihm selbst versagt geblieben war.

Der Mann mit den harten Zügen hatte die dem geübten Okkultisten sonst eigene unerschütterliche Ruhe verloren und zupfte nervös an seinem Schnurrbart, offenbar damit beschäftigt, sein rachsüchtiges Temperament niederzukämpfen, wütend, daß sein Urteil umgestoßen werden sollte. Daß der Fremde ihn in seiner stillen Art seine Überlegenheit deutlich hatte fühlen lassen, kränkte ihn, aber Fordice hielt Widerstand offensichtlich für zwecklos und wollte sich einen würdevollen Abgang verschaffen. Er erhob sich daher und sagte:

„Ich habe meine Meinung kundgetan, will mich aber der Ihrigen als der maßgebenderen nicht widersetzen. Die Verantwortung lastet auf Ihnen. Nur bitte ich Sie, mich zu entschuldigen, wenn ich die Folgen Ihres Entschlusses nicht mittrage."

„Ich habe nicht die Macht, Sie vor diesen Folgen zu bewahren", sagte der Dritte. „Im Gegenteil: Sie werden in einem ihrer künftigen Leben das gutmachen müssen, was Sie hier in dieser Sache verbockt haben. Wir halten niemanden wider seinen Willen zurück. Wenn Sie sich also entfernen wollen, so erteile ich Ihnen hiermit die Erlaubnis."

Daraufhin schlüpfte der Mann mit den harten Zügen in seinen schweren ledernen Motorradmantel, während seine Blicke von einem der Anwesenden zum anderen schweiften. Veronica sah er fast mitleidsvoll an, dem alten Dr. Latimer warf er einen Blick zu, der Ärger und Verachtung in gleichem Maße ausdrückte, dem Dritten aber wagte er nicht in die Augen zu schauen. Dennoch sprach er zu ihm:

„Es mag alles kommen, wie Sie es erwarten – oder auch nicht. Es mag Lucas gelungen sein, dem Dunklen Strahl auszuweichen – oder auch nicht. Jedenfalls", mit diesen Worten wandte er sich an Dr. Latimer, „wünsche ich ihm viel Vergnügen an den Andenken, die die Obduktion hinterlassen haben dürfte." Nachdem er diesen letzten Pfeil abgeschossen hatte, zog er die Tür hinter sich zu und die Zurückgebliebenen hörten bald seine Schritte in dem leeren Hause verhallen.

27

„Das ist allerdings eine sehr wichtige Frage,“ sagte der Dritte, „welche Spuren die Obduktion hinterlassen haben mag. Wir können das erst in Erfahrung bringen, wenn wir das Grab öffnen. Noch aber habe ich eine Person zu befragen, bevor wir an unser schwieriges Unternehmen gehen. Miss Mainwaring, was denken Sie von der Sache? Wollen auch Sie sich jeder Mitwirkung enthalten? In diesem Falle könnte ich Sie mit meinem Wagen irgendwohin jenseits eines fließenden Wassers bringen und Lucas daran hindern, Ihre Spur wieder aufzunehmen.“

Veronica starrte ihn einen Augenblick an, unfähig, eine Antwort vorzubringen. Der Gedanke, Lucas wiederbegegnen zu dürfen, ließ ihren Puls rascher schlagen und trieb eine leichte Röte in ihre Wangen, aber die Angst vor dem, was ein solches Zusammentreffen für sie bedeuten könnte, griff mit kalter Hand nach ihrem Herzen. Die dunklen Falkenaugen des Fremden vor ihr sahen sie mitleiderfüllt an, aber er ließ sie in Ruhe. Ihr Innerstes mußte sich zu einer Entscheidung durchringen, und niemand durfte sie dabei beeinflussen.

Doch Veronicas Antwort stand bereits fest. Zu weit war sie bereits auf dem eingeschlagenen Wege fortgeschritten, um noch umzukehren zu können, und ein millionen Jahre altes Karma hielt sie in seinem Bann.

„Ich halte zu Justin,“ sagte sie, zum erstenmal den Taufnamen ihres unheimlichen Liebhabers aussprechend. „Er wird mich brauchen, wenn er zurückkehrt.“

„Das glaube ich auch,“ sagte der Dritte. „Tatsächlich hätte es nur wenig Sinn gehabt, ihn ins Leben zurückzurufen, wenn er Sie nicht darin vorgefunden hätte, aber Ihr Entschluß mußte ein freier sein. Mitleid und Pflichtgefühl können Liebe nicht ersetzen.“ Er warf einen Blick auf seine Armbanduhr. „Es ist gerade drei Uhr. Die Sonne geht um sieben Uhr dreißig auf; wir haben also zwischen jetzt und dem zweiten Hahnenschrei noch etwa drei Stunden Zeit, das Notwendige zu tun.“

„Wie werden wir nur das Grab öffnen?“ fragte Dr. Latimer. „Wir haben keine Zeit mehr, eine behördliche Bewilligung einzuholen, und es erscheint mir unmöglich, die Arbeit heimlich durchzuführen.“

„Es gibt noch andere Mittel, ein Grab zu öffnen, als den Spaten“, antwortete der geheimnisvolle Mann mit den Falkenaugen. „Haben Sie Ihr Ordensgewand bei sich?“

„Natürlich“, erwiderte der Alte. Er nahm einen der Leuchter und verschwand in der zugigen Finsternis des ächzenden, krachenden Hauses.

Die einzig noch übriggebliebene Kerze ließ die Finsternis in dem großen Raume mit seinen schweren, schattenwerfenden Möbelstücken eher noch dunkler erscheinen, als sie zu erhellen. Der Mann, der sich selbst der D r i t t e genannt hatte, saß eine Weile da, brütete vor sich hin und starrte in das ersterbende Kaminfeuer. Die rote Glut der verkohlten, noch glimmenden Scheite warf seltsame Lichter und Schatten auf sein zerfurchtes Gesicht, so daß es aussah wie ein Götzenbild aus uralter Zeit von irgendeiner verschollenen Menschenrasse. Er schien, tief in Gedanken versunken, die Gegenwart Veronicas vollkommen vergessen zu haben, so daß diese ihn in aller Muße betrachten konnte. Sie fragte sich, was aus ihm wohl den Mann gemacht haben mochte, der er heute war. Plötzlich blickte er auf. Er schritt am Kamin vorbei auf sie zu, ließ sich auf einen der neben ihr stehenden Stühle nieder und ergriff ihre Hand.

„Mein Kind,“ sagte er, „wissen Sie denn auch, was Ihnen bevorsteht? Verstehen sie das Ganze überhaupt?“

Veronica wandte sich ihm mit ihrem leisen Mona-Lisa-Lächeln zu: „Ich verstehe mehr davon, als Sie annehmen. Ich habe Ähnliches schon früher mitgemacht.“

„Und Sie erinnern sich daran? Ja, ich sehe, daß Sie sich erinnern. Das ist gut, sehr gut! Ich glaube, wir werden imstande sein, mit Ihrer Hilfe unser Ziel zu erreichen. Lucas aus seiner Trance zu erwecken, ist einfach, ihn aber dann am Leben zu erhalten, das ist schwer. Sie werden ihn heiraten müssen, mein Kind. Sehen Sie das ein? Und sich mit einem Okkultisten einzulassen, bedeutet viel mehr als eine gewöhnliche Ehe. Sie werden den Lebensbund mit ihm nicht nur für die Erde, sondern auch für das Reich des Unsichtbaren schließen müssen, und dort drüben werden Sie der männliche Geist, der Führer sein müssen. Ihr geistiges Wesen muß sich mit seinem Verstand paaren, und Sie werden ihn zu befruchten haben, nicht er Sie. Begreifen Sie das? Er wird Ihnen im Inneren Leben keine Stütze sein, sondern Sie werden ihn in geistigem Sinne lenken müssen. Sein Wille darf nie wieder die Oberhand erlangen. Werden Sie die Kraft dazu finden, mein armes Kind? Werden Sie diesen Mann zu zügeln vermögen?"

Veronica wandte ihre Augen von ihm ab und starrte in die dunklen Schatten. Würde sie wirklich leisten können, was man von ihr verlangte? Oder hatte sie in ihrer Unerfahrenheit eine Aufgabe auf sich genommen, die weit über ihre Kräfte ging? Niemand kannte ihre eigenen Schwächen besser als Veronica; sie war sich ihrer Einfachheit und Unerfahrenheit, die sie leicht jedem, der ihr überlegen war, zum Opfer fallen ließen, nur zu bewußt; sie kannte ihre Schüchternheit, die sie hinderte, das geringe Wissen, das sie besaß, anzuwenden und den Mangel an Selbstvertrauen, der sie so hilflos und ungeschickt machte.

Dennoch fühlte sie, wie sich in ihrem Innern ein ihr bisher unbekanntes Selbstbewußtsein regte. Wie in einem Kaleidoskop zogen kleine, klare, scharfumrissene Bilder – Bilder, wie man sie sieht, wenn man umgekehrt durch ein Opernglas blickt – an ihrem geistigen Auge vorbei; sie tauchten auf und verschwanden, um immer neuen Platz zu machen, in endloser Folge. Sie sah die Vorhalle eines Tempels mit ihren in der Sonne weißleuchtenden mächtigen Säulen; dann die stille Versammlung am Boden liegender, betender Menschen, die Weihrauchschwaden und die spielenden Lichter im Innern, sah den dunklen Raum des Allerheiligsten, die dreibeinige Opferschale, aus der rotglühende Dämpfe aufstiegen, und die undeutlichen Gestalten von Elementargeistern, die sich aus dem Rauch bildeten.

Die Hand des Mannes hielt die ihrige mit eisernem Griff umklammert, seine Augen brannten sich in ihr Hirn ein.

„Oh, Pythia!" sagte er, „kannst du dich nicht erinnern?"

Es war ihr, als sähe sie ihn durch eine Schicht tiefen Wassers. Dann wurde es heller, um sein Antlitz formten sich die gestreiften Falten einer altägyptischen Kopfbedeckung, und hinter ihm wuchs eine mächtige Säule empor. Als sein Wille den ihren durchdrang, drohten seine Hände die ihren zu zerquetschen und sie fühlte sie brennend heiß auf ihrer Haut liegen.

„Oh, Priesterin der Isis, hast du vergessen?" Seine Stimme dröhnte wie Donnergrollen durch das Zimmer. Der verschwommene Pylon hinter ihm kam deutlicher zum Vorschein: er war aus rotem Sandstein. Dann verwandelte er sich in ein anderes, ähnliches Bauwerk, roh behauen, aber weiß wie Milch. Tief unter ihr, als sähe sie eine Schlucht hinab, drängten sich die Dächer von Häusern aneinander. Sie waren mit einem gelben Metall gedeckt, kein Gold, und glänzten matt in der dicken, nebligen Luft. Drohend hing die Sonne wie eine Scheibe aus rotem Kupfer am Himmel.

„Helios, Helios, Quanto Rhopantanek!" keuchte die Stimme in ihr Ohr, und das versunkene Atlantis erwachte zum Lobgesang des Sonnengottes. Sie sah die langen Prozessionen weißgekleideter Priester und erinnerte sich an den Part, den sie gespielt hatte. Sie sah die Rauchwolken aus dem heiligen Feuerberg aufsteigen und wußte plötzlich, was ihre Pflicht war. Dann hörte sie im Wechselgesang ihre Stimme antworten: „Quanto Rhopantanek Helioun!"

Sie sprang auf und breitete zum Gruß an die Sonne die Arme aus, und die uralte Anrufung der Großen Gebärenden drang über ihre Lippen:

„Führe meine Seele aus Naradeks Fluten, den trüben,
Gnädig empor zum Lichte, zum Leben und Lieben."

Der Mann, der sich der Dritte nannte, hatte sich ebenfalls von seinem Sessel erhoben und sang den Antwortgruß. In all dem Wechsel der Bilder – ob in Ägypten oder in Atlantis – war eines unverändert geblieben: sein Gesicht. Er blickte ihr tief in die Augen.

„Erinnerst du dich jetzt an mich?“ fragte er.

„Ja“, antwortete sie.

„Wie hast du mich genannt, als wir uns das letztemal trafen?“

„Ihr wart uns bekannt als der G r a f.“

Er nickte zustimmend, die Spannung wich von ihm und er ließ ab von der gewaltigen Willensanstrengung, derer er bedurft hatte.

In diesem Augenblick öffnete sich die Tür, und Dr. Latimer trat ein. In der Hand trug er eine kleine schwarze Tasche und legte sie neben eine andere in ähnlicher Form und Größe, die offenbar dem Fremden gehörte. Dann machte er sich ohne weitere Weisung daran, dem Manne, der der Dritte oder auch der Graf genannt wurde, zu helfen, die Möbelstücke beiseitezuschieben und auf dem Fußboden eine gewisse Fläche freizumachen. Ungefähr in der Mitte kniete er nieder. Er hielt ein Ende eines Bandes, während sein Gefährte das andere ergriff und mit Hilfe eines Stückes Gips am Boden einen Kreis beschrieb, der schwach leuchtend sichtbar blieb, als wenn er mit einer phosphoreszierenden Substanz gezeichnet worden wäre.

„Welche Siegel?“ fragte er dann, und kramte ein Stück Kreide aus seiner schwarzen Tasche.

„Schreiben Sie die Zeichen und Siegel der Fürsten der Heerscharen der Lüfte auf“, antwortete der Dritte, „ich will die Geister des Sturmes anrufen. Was wir nicht auszugraben vermögen, werden wir vielleicht aus der Erde waschen können, da das Grab nahe am Flußufer liegt.“

Veronica wurde durch dieses Zwiegespräch der beiden an jenes Tuch erinnert, von dem ihr Lucas erzählt hatte, das seine Gedanken auf das Studium des Okkultismus gelenkt hatte. Der Alte ließ seinen Gefährten die Zeichnung der Hieroglyphen vollenden und legte dann ein kleines Stück einer schwärzlichen Substanz in die Glut des Kaminfeuers. Als es zu brennen begann, nahm er es mit einer Zange auf und beförderte es behutsam in ein altmodisches Räuchergefäß. Dann streute er etwas darauf, das wie feiner Sand aussah. Sofort stieg aus dem Gefäß eine dichte Rauchwolke auf, die den Raum mit aromatischen Düften erfüllte und sich im Luftzug in phantastische Gebilde auflöste. Schließlich übergab er Veronica das kleine Räuchergefäß, indem er sagte: „Sie müssen das jetzt nehmen und dürfen es keinesfalls verlöschen lassen. Schwingen sie es nur immer sachte hin und her."

Als sie sich umwandten, bemerkten sie, daß der andere Mann einen kleinen Tisch in die Mittes des Kreises geschoben und ihn mit einem schwarzen Tuch altarähnlich hergerichtet hatte. In einem rubinroten kugeligen Glasgefäß mit schwimmendem Docht, der von dem geweihten Öl in dem Glas gespeist wurde, züngelte eine kleine Flamme. In ihrem rötlichen Licht konnte man eigentümlich geformte Metallgegenstände erkennen, die ringsum ausgelegt waren.

Veronicas Aufmerksamkeit war einen Augenblick lang von dem ihrer Obhut anvertrauten Räuchergefäß abgezogen worden, so daß kein Rauch mehr daraus emporstieg. Eingedenk der Warnung Dr. Latimers bemühte sie sich durch lebhaftes Hin- und Herschwingen, die Holzkohle wieder anzufachen, die den Weihrauch bald neuerlich zum Schmelzen brachte. Dann blickte sie auf, um zu sehen, ob sich im Zimmer irgendein Wandel vollzogen hatte. Die Persönlichkeit Dr. Latimers war in dem weiten schwarzen Talar und der Kapuze eines Inquisitors völlig verschwunden, während die des Dritten durch die gleiche Tracht eher noch unterstrichen wurde, denn die zurückgeschobene Kapuze umrahmte sein Antlitz. Die Krönung bildete der Kopfschmuck eines Pharao.

Er kam mit einem ähnlichen Gewand, wie Dr. Latimer es trug, in der Hand auf Veronica zu.

„Sie müssen das anziehen," sagte er, „denn Sie werden bei unserem Unternehmen eines Schutzes bedürfen."

Veronica hüllte sich in den weiten, faltigen Überwurf und fühlte sich seltsam von der Welt abgeschnitten. Er war offenbar schon öfters bei rituellen Verrichtungen gebraucht worden, denn der Duft von Weihrauch stieg ihr in die Nase.

„Sind wir bereit?" fragte der Dritte. „Haben wir alles, was wir brauchen? Wir dürfen nämlich den Kreis nicht mehr verlassen, wenn wir einmal begonnen haben, wissen Sie."

Er kam auf Veronica zu.

„Das ist Ihr Platz", sagte er, „jedesmal, wenn Sie einen Rundgang beendet haben, müssen Sie hierher zurückkommen. Und geben Sie gut acht, daß die Glut im Gefäß nicht verlischt. Hier in dieser Schachtel ist noch etwas Weihrauch. Die Holzkohle muß für das ganze Ritual reichen. Sie müssen immer im Uhrzeigersinn herumgehen, ja nicht im entgegengesetzten. Versuchen Sie nicht, den Kreis zu durchqueren. Sie müssen immerfort herumgehen und dürfen auf keinen Fall, was auch immer geschehen möge, über die Kreislinie hinaustreten. Schwingen Sie also das Rauchgefäß und schreiten Sie dreimal den Umfang des Kreises ab, aber immer im Uhrzeigersinn."

Er ging zum Altar zurück und stellte sich, den Rücken nach Osten, vor ihm auf. Das von dem schwimmenden Docht ausgehende Licht ließ die Furchen seines Gesichtes scharf hervortreten, seine tiefliegenden, unter den buschigen Augenbrauen hervorblickenden Augen leuchteten in seltsamem Feuer. Die schwarzen wallenden Gewänder ließen ihn noch größer erscheinen, als er war. Im Spiel von Schatten und rötlichem Licht stand er da wie ein Gigant, und der goldene Pharaonenkopfschmuck mit der Schlange, die sprungbereit seine Stirne krönte, schien der passende Rahmen für ein Gesicht zu sein, das weder jung noch alt war, aber in seiner Unbewegtheit auf unerklärliche Weise den Eindruck von Unsterblichkeit vermittelte. Es war, als müßten seine Weisheit und Macht durch unermeßliche Zeiträume hindurch den Aufstieg und Niedergang aller Menschengeschlechter überlebt haben.

Er streckte die Arme über seinem Haupt empor. Sein Schatten an der Decke wuchs ins Riesenhafte. In der Rechten hielt er ein Schwert. Die hochragende Gestalt mit der blitzenden Klinge erschien im Spiel der Schatten übermenschlich. Er zeichnete das kabbalistische Kreuz der Reinigung auf Stirn und Brust, und eine unirdische Stille erfüllte den Raum.

Auf ein Zeichen von ihm begann Veronica den ihr vorgeschriebenen Rundgang. Die Kapuze störte sie, sie konnte nur mit Schwierigkeit durch die Augenlöcher sehen. Die Weihrauchschwaden stiegen ihr beim Gehen ins Gesicht, und es wurde ihr bei jedem Schritt schwerer, das Gleichgewicht zu halten. Es war keine so einfache Aufgabe, den Kreis abzuschreiten, denn sie hatte das Gefühl, gegen unsichtbare Strömungen kämpfen zu müssen. Die zweite Runde fiel ihr leichter, und bei der dritten schien sie sogar eine Kraft von außen vorwärtszutreiben. Als sie zu dem ihr angewiesenen Platz zurückkehrte, sah sie, daß dort, wo sie gegangen war, ein Feuerkreis aufflammte. Während sie hinsah, verschwand er und kam wieder, und sie begriff nicht, was es war. Zuerst dachte sie, es wäre eine optische Täuschung, dann glaubte sie, es würde wirklich brennen, bis sie erkannte, daß es kein irdischer Brand war und die Erscheinung auftauchte und verschwand, während ihr Bewußtsein zwischen zwei Daseinsebenen schwankte.

Der Dritte senkte die Spitze seines Schwertes über das Symbol auf dem Altar und begann den Beschwörungsgesang. In hartklingenden Lauten drangen die Namen der einzelnen Dämonen in die Finsternis hinaus, als er sie einen nach dem anderen an ihren Eid erinnerte und sie aus den Tiefen emporrief, auf daß sie dem Meister dienten. Er beschwor sie bei Gottes geheimen Namen und den Namen der großen Erzengel der Elemente. Und bei Nennung jedes einzelnen Namens, der in tönenden Silben erklang, vollzog sich in der Atmosphäre des Zimmers eine Veränderung.

Die Dämonen des Sturmes, die Fürsten der Heerscharen der Lüfte, die Statthalter im Reich der Elemente, sie alle rief er.

„Finstere Geister des Abgrundes, gedenket des Eides, den ihr auf das Symbol geleistet! Dunkle Mächte der Tiefe, werdet gewahr, wer euch rufet!“

Die Nacht draußen war ruhig, schwarz und kalt. Im Zimmer selbst war kein anderer Laut vernehmbar als das Knistern der Scheite im Kamin und das fortwährende Krachen und Ächzen des Balkenwerks des alten Hauses. Beide Männer standen unbewegt wie Salzsäulen, und auch Veronica, in der alte Erinnerungen erwachten, blieb starr und still, denn sie hatte schon früher an magischen Ritualen teilgenommen und kannte die Kunst, völlig regungslos auszuharren.

Die Beschwörung war beendet. Im Raum herrschte Totenstille. Ein leuchtender Kraftstrom schien vom Schwert auf das Symbol am Altar überzugehen. Die Gestalt des Magiers vibrierte wie ein Dynamo, der aus rasender, dem Auge nicht mehr erkennbarer Rotation Kraft gewinnt. Schließlich fuhr ein leichter Windhauch durch die Baumwipfel und brach die Stille, wurde stärker, und sie hörten das Rascheln des welken Laubes, als es über den gefrorenen Boden gefegt wurde. Es war keine Nacht für ein Gewitter, aber der plötzlich aufspringende Wind kam Veronica wie der Vorläufer eines Unwetters vor.

Und wieder nahm der Wind mit einem wehklagenden Stöhnen an Stärke zu, und sie hörten, wie er die dürren Zweige von den Büschen brach. Dann folgten ohne vorhergegangene Warnung eine Reihe von Donnerschlägen, und es begann in Strömen zu regnen.

Einen solchen Regen hatte Veronica noch nie erlebt: er war von tropischer Heftigkeit. Da er auf festgefrorenen Boden fiel, der kein Wasser einsickern ließ, stürzte dieses bald in breiten Bächen über die Hänge hinab, rauschend wie ein Sturzbach, und nach wenigen Minuten war der Fluß zu einem tosenden Wildwasser angeschwollen.

Mit Ausbruch des Gewitters schien sich die Spannung im Raum gelöst zu haben. Es war, als ob die durch die Beschwörung ins Leben gerufenen Kräfte von dem Altar auf die Wolken übergegangen wären, wo sie sich in Blitz und Donner austobten. Die beiden Männer ließen in ihrer Wachsamkeit nach, traten an das einzige unzerstört gebliebene Fenster und schauten in den Sturm hinaus.

Wenn ein Blitz in breiten zuckenden Bändern den Himmel erhellte, sah man zwischen den entlaubten Bäumen den Fluß. Er wogte brausend daher wie ein kleines Meer und war bereits so hoch gestiegen, daß er die Straße am Ufer zu überschwemmen drohte. Plötzlich übertönte ein donnerndes Brüllen aus der Ferne das Tosen des Sturmes, gleich einem Schnellzug, der über eine eiserne Brücke rast. Der Lärm kam immer näher und entpuppte sich als schwarze, schaumgekrönte Mauer aus Wasser, die sich mit unheimlicher Schnelligkeit das Tal hinunterschob.

„Gütiger Himmel, was ist das?“ riefen beide Männer gleichzeitig aus. Das hatten sie mit ihrer Beschwörung nicht beabsichtigt.

In den gurgelnden Wassern, die dem weißen Schaumkamm folgten, tauchten mächtige Balken auf und nieder wie die Lanzen eines Heeres im Sturm; Teile eines Heuschobers wurden vorübergeschwemmt und einen sich überschlagenden Leiterwagen rissen die Fluten mit sich.

„Irgendwo stromaufwärts muß ein Damm gebrochen sein", sagte Dr. Latimer, und ein großes Schleusentor, das wie ein Floß dahergetänzelt kam, bestätigte seine Vermutung. War Lucas im Tode furchtbar gewesen, so war er bei seiner Auferstehung noch furchtbarer.

„Rasch," rief der Dritte, „wir haben keine Zeit zu verlieren. Gott weiß, was das Hochwasser im Kirchhof angerichtet hat!" Mit diesen Worten war er auch schon draußen in Sturm und Finsternis.

Veronica, die ihr Rauchfaß umklammerte, als gelte es ihr Leben, und der immer noch vermummte Alte folgten ihm auf dem Fuß.

Sie eilten durch den vom Sturm gepeitschten Wald und ließen sich von dem massigen, breiten Kirchturm leiten, dessen Umrisse sich bei jedem aufleuchtenden Blitz deutlich vom Nachthimmel abhoben. Die Bäume ächzten, stöhnten, krachten und bebten unter den heftigen Böen; abgebrochene Äste sausten wie Wurfspieße durch die Luft, und das Wasser strömte fußtief über den gefrorenen Boden, der es nicht aufzusaugen vermochte.

Die drei stolperten über die umherliegenden Steine der eingestürzten Friedhofsmauer vorwärts und langten endlich bei der Kirche an, die samt dem Totenacker auf einer leichten Anhöhe stand. Die Straße, die längs des Flusses dahinlief, hatte sich tief in die Bodenschwelle eingeschnitten. Knapp zwei Meter tief rollte der Fluß über die Straße die gemauerte Böschung entlang, die sie vom Kirchhügel trennte, und als die nächtlichen Wanderer sich der Stelle näherten, wo Lucas begraben lag, erhob sich vor ihnen plötzlich eine Säule weißen Schaumes mit großem Gepolter in die Luft; ein großer Teil des unterwaschenen Mauerwerks war mit der darauf ruhenden Einfassung in die Fluten gestürzt.

„Hier ist der Platz!" schrie Veronica, die über einen flachen Erdhaufen gestrauchelt war, der ganz am Rande des Wassers lag.

„Seien Sie vorsichtig! Kommen Sie zurück, es kann jeden Augenblick noch mehr von der Böschung weggerissen werden", rief ihr Dr. Latimer zu.

„Es geht schon los!“ sagte der Dritte und während er noch sprach, rutschten neue Erdmassen in die brodelnde Tiefe. Veronica sah im Lichte des Mondes, der gerade für einen Augenblick aus den dahinrasenden Wolkenfetzen getreten war, einen dunklen Gegenstand aus dem gelblichen Lehmboden ragen. Er begann sich zu neigen, da die Erde unter ihm weggewaschen wurde, während gleichzeitig der Regenguß die daraufliegenden Erdklumpen wegspülte, so daß man bald die Umrisse erkennen konnte: es war ein Sarg, der eben im Begriff stand, sich langsam aufzurichten, um über die Böschung in die Fluten zu gleiten.

Der Dritte, der mit einem einzigen Satz das ausgewaschene Grab erreicht hatte, konnte gerade noch den Metallgriff am Fußende des Sarges packen, der im Mondlicht matt glänzte. Die Böschung brach rasch weg, aber der Mann hatte in einiger Entfernung vom Rande Fuß fassen können und zog den schweren Kasten mit erstaunlicher Kraft zu sich. Dann sah Veronica, wie er in größter Eile mit einem metallenen Werkzeug den Sargdeckel aufsprengte. Das weiche, dünne Holz gab leicht nach. Bevor ihn noch die steigenden Wasser erreicht hatten, kletterte der Dritte, eine lange weiße Gestalt in seinen mächtigen Armen tragend, aus dem Grab heraus, und ein aufleuchtender Blitz ließ Veronica die Gesichtszüge Lucas' in den Leichentüchern erkennen. Die Ruhe des Todes lag auf ihnen, aber die Verwesung hatte ihnen nichts anhaben können.

28

Durch die lärmerfüllte Finsternis traten sie den Rückweg an. Grell flackernde Blitze erhellten von Zeit zu Zeit den Kirchhof mit seinen langen Reihen von Grabsteinen und den vom Sturm niedergedrückten düsteren Eibenbäumen. Der Erdboden war mittlerweile völlig durchweicht. Die zwei Männer schwankten und rutschten bei jedem Schritt mit ihrer Last aus und überließen es dem Mädchen, ihnen zu folgen so gut es konnte. Veronica, die noch immer das Räuchergefäß schwang, das aus unerklärlichen Gründen nicht verloschen war, hoffte und betete, daß niemand im Ort aus den Fenstern schaute und den kleinen Zug in dem von Zeit zu Zeit hervorbrechenden Mondlicht sähe. Was die Landbewohner von dieser schwarzgekleideten, gespenstischen Prozession gedacht hätten, konnte sie sich nicht vorstellen, aber sie wußte, man würde sie sofort wieder mit dem abgelegenen Haus in Verbindung bringen, und daß die eher stumpfsinnige Bevölkerung der Gegend auf einem Punkt angelangt war, der zu einem Akt der Lynchjustiz führen konnte.

Sie waren noch weit von dem Gehölz entfernt, das ihnen Schutz vor Entdeckung bieten würde, als sich ihre Befürchtungen erfüllten. In der Nähe wurde ein Fenster aufgestoßen und sie vernahmen das Öffnen und Schließen einer Tür. Der Wind trug ihnen die Laute zu, denn Geräusche aus der entgegengesetzten Richtung hätte man wohl kaum hören können. Sie mußten aus dem Hause Dr. Butlers herrühren, dessen Garten an den Kirchhof stieß.

„Schnell, schnell!" schrie sie ihren Begleitern zu. „Es kommt jemand." Sie strebten dem schützenden Wald zu. Eine Reihe sich im Sturme biegender Eibenbäume wies ihnen den Weg. Als sie durch die Bresche in der Mauer stiegen, warf Veronica einen Blick zurück und sah zu ihrer Bestürzung in der Ecke des Kirchhofs eine elektrische Taschenlampe aufleuchten. Ihre Begleiter eilten weiter, sie aber blieb stehen, denn sie mußte sehen, wer käme und was er entdeckt hatte. Der Mond brach jetzt voll durch die Wolken.

Ganz deutlich sah sie die wohlbeleibte Gestalt Dr. Butlers, der mit einem weiten Regenmantel bekleidet war. Welch seltsames Verhängnis, welch unerklärliche Verkettung von Umständen ließ diesen Mann immer gerade dann erscheinen, wenn sich etwas ereignete, was mit Lucas im Zusammenhang stand?

Plötzlich blieb er stehen, als hätte er etwas gehört und blickte um sich, als wollte er die Richtung, aus der der Klang gekommen war, feststellen. Was mochte es wohl sein? Dann setzte er sich wieder in Bewegung und kam geradewegs auf ihr Versteck zu. Ein Wirbelwind hatte ihm von der Seite des Gehölzes her den Weihrauchduft zugetragen. Sie verkroch sich wie ein gejagtes Tier im Gebüsch, versteinert und unfähig, sich zu rühren. Der Mann kam bis auf ungefähr einen Meter an die Bäume heran und blieb dann unschlüssig stehen. Die Luftwirbel um die Eibenbäume hatten die Spuren des Weihrauchduftes hinweggetragen. Er war kein primitiver Wilder, dem die Nase sichere Auskunft zu geben vermochte. Sie bemerkte seine Unentschlossenheit. Plötzlich warf er, sich in der Dunkelheit allein wähnend, die Arme in die Höhe und stieß eine unzusammenhängende Flut von Gebeten und Flüchen aus, in der auch ihr eigener Name sowie die Namen von Lucas und Alec fielen. Dann wandte er sich um und stolperte über die Grabhügel in Richtung seines Hauses davon, seinen Kummer und Verdacht mit sich nehmend, um schweigend darüber zu brüten.

Veronica erhob sich aus ihrem Versteck und folgte dem halbverwüsteten Pfad durch das Gehölz. Plötzlich kam ihr zu Bewußtsein, daß sie in der Dunkelheit mutterseelenallein war und das Unwetter alle unsichtbaren Geister der Hölle auf sie losgelassen hatte. Der Sturm war nicht nur ein Orkan mit Wind und Regen, sondern eine gespenstische Bedrohung. Das Dunkel schien aus einer Unzahl von Dämonen zu bestehen, die nach ihr griffen. Es war, als reckten sich Hände aus dem Dunkel, die nach ihr faßten. Die Finsternis war fühlbar wie Schichten eines schwarzen, weichen Gewebes aus Stoff. Doch gerade, als sie sich der geheimnisvollen Wesen bewußt wurde, die in der Nacht ihr Unwesen trieben, trat ein Umschwung ein. In das Heulen und Tosen des Sturmes begann sich eine Musik zu mischen, die immer stärker wurde, allmählich die Dissonanz der vielfältigen Einzellaute übertönte und sich zu einer harmonischen Einheit verband. Dann begann auch der rhythmische Gesang zu verklingen und kurze Zeit danach herrschte völlige Stille. Der Sturm war ebenso plötzlich vorbei, wie er gekommen war. Veronica hörte die Tropfen von den Bäumen fallen, aus allen Richtungen kamen schwache Luftwirbel und unzählige vom Regen gebildete Bäche rauschten durch das Dunkel. Die plötzliche Stille nach dem ohrenbetäubenden Lärm des Sturmes hinterließ ein Singen in den Ohren. Als die Blitze aufhörten, gewöhnten sich die Augen an die Dunkelheit, die durch das schwache Licht des abnehmenden Mondes etwas gemildert wurde. Veronica hastete den schlüpfrigen Pfad weiter und watete oft bis zu den Knien im Wasser. Sie drängte sich durch das triefende Gebüsch und kam die Stufen, die vom Rasenplatz auf die Terrasse führten, gerade in dem Augenblick herauf, als Dr. Latimer durch die Glastüre heraustrat, um sich auf die Suche nach ihr zu machen.

Offenbar hatte man im Billardzimmer des alten Hauses bereits die feierliche Beschwörung zur Bannung der gerufenen Geister abgehalten, denn der Altar war seiner Symbole entkleidet und die Lampe ausgelöscht.

Lucas' Körper lag auf dem Sofa neben dem Kamin. Die Leichengewänder waren durch ein schwarzes Kleid, wie es die Ordensbrüder trugen, ersetzt, die Erdspuren entfernt worden. Das schwarze Haar, das lang und wirr im Grab gewachsen war, hatte man, so gut es ging, geschnitten und geglättet. An seinem Äußeren war nichts, was sie erschrecken konnte, nur die Augen waren tief eingesunken, was dem Gesicht einen unsagbar leblosen Ausdruck verlieh. Sonst hätte man glauben können, daß er schlief.

Der Dritte, der noch immer seine nassen Kleider trug, stand neben dem Fenster und hatte anscheinend auf ihre Ankunft gewartet.

„Gehen Sie schnell und ziehen Sie sich trockene Sachen an“, sagte er. „Wir haben nicht allzuviel Zeit für die Wiedererwekkung, sie muß vor dem ersten Hahnenschrei vollzogen sein. Beeilen Sie sich!“

Das ließ sich Veronica nicht zweimal sagen. Sie flog in ihr Zimmer hinauf, riß sich hastig die triefenden Kleider vom Leib und war wieder im Billardzimmer, ehe noch der alte Dr. Latimer mit seinen zitternden Fingern die eigene Toilette beendet hatte. Der Dritte stand noch immer neben Lucas' leblosem Körper. Als sie sich jetzt schüchtern dem Sofa näherte, legte er den Arm um sie und zog sie dichter zu dem Toten hin, den sie, wie er ihr gesagt hatte, heiraten sollte. Gemeinsam sahen sie jetzt auf das starre Gesicht mit den eingesunkenen Augen hinunter.

Veronica war zu verwirrt und betäubt, um sich bewußt zu werden, was sie für den Mann, der vor ihr lag, eigentlich empfand. Die Tatsache, daß die Verwesung ihn nicht angegriffen hatte, überzeugte sie, daß es sein würde, wie Dr. Latimer gesagt hatte: Lucas lag nur in einer tiefen Trance, aus der es eine Auferstehung gab. Alle Erinnerungen an seinen Tod und seine Beerdigung waren verschwunden. Sie sah in ihm einen bewußtlosen Mann, der in kurzer Zeit sein Bewußtsein wiedererlangen, und mit dessen sonderbarem, bösen Temperament sie wieder zu kämpfen haben würde. Sie erinnerte sich jetzt an alles, was er ihr gewesen und was er ihr angetan hatte, und hätte sie nicht der Arm dieses seltsamen Menschenbezwingers, dieses Adepten, Heiligen, Zauberers oder was immer er sonst sein mochte, festgehalten, sie hätte ihr Gesicht wie Ahab* zur Wand gekehrt und ihren Geist aufgegeben. Aber in diesen Magier setzte sie ihr ganzes Vertrauen. Er würde mit Lucas fertigwerden, obwohl er dazu ihrer als Instrument bedurfte. Sie würde ihn nicht im Stich lassen. Ob ihre Liebe zu Justin oder ihr Grauen vor ihm größer war, vermochte sie nicht zu sagen, aber der geheimnisvolle Adept beherrschte sie vollkommen, nicht durch Befehle, sondern durch seinen Geist.

Auch der alte Mann trat jetzt zu ihnen, und der Dritte bat ihn, sich an die andere Seite des Kamins zu setzen, während er

---

* Ahab – israelischer König 875–854 v.Chr. (1. Kön. 16–22)

Veronica gebot, sich an dem Fußende des Sofas niederzulassen, so daß ihr Gesicht das erste wäre, was der Tote sähe, wenn er die Augen wieder öffnete. Dann beugte er sich über den leblosen Körper und machte dieselben streichenden Bewegungen mit der Hand wie ein Hypnotiseur, wenn er seinen Patienten wieder in die Gegenwart holen will.

Er brauchte nicht lange zu warten. Beim dritten oder vierten Mal lief ein Schauer durch Lucas' Körper, er machte den Versuch, sich zu erheben, fiel dann aber wieder in die Starre zurück. Seine Gewebe waren noch nicht wiederbelebt. Es war nur eine galvanische Einwirkung der Hand des Magnetiseurs auf die Nerven gewesen, die sich bemerkbar gemacht hatte. Der Dritte legte jetzt seinen Handteller auf die Brust des Toten, hob ihn und senkte ihn wieder. Nach wenigen Augenblicken folgte der Brustkorb diesen Bewegungen. Der Atem hatte eingesetzt. Kurz darauf verlor das Gesicht seine wächserne Blässe und nahm wieder eine normale Färbung an, obwohl es bleich blieb wie die Haut eines Menschen, der lange im Dunkeln gelebt hat. Das Herz schlug wieder.

Der Dritte wandte sich jetzt an Veronica.

„Sprechen Sie zu ihm", sagte er. „Rufen Sie ihn bei seinem Namen. Bringen Sie ihn zu sich!"

Veronica beugte sich etwas vor.

„Mr. Lucas", sagte sie zögernd.

Die Hand des Dritten fiel schwer auf ihre Schulter.

„Das wird nicht genügen", sagte er. „Sie müssen ihn mit Liebe zurückrufen, sonst wird er nicht kommen."

Veronica kämpfte mit ihren Gefühlen. Das Grauen, das sie vor dem unbelebten Gesicht und dem früheren Verhalten des Toten empfand, hatte sie wieder gepackt. Das konnte sie nicht lieben. Es war alles umsonst. Da kamen ihr die Worte des alten Mannes in den Sinn: „Er starb an Ihrer Stelle. Er ging freiwillig in den Tod, um Sie zu retten." Wenn Lucas sie nicht geliebt hätte, würde er jetzt dort nicht leblos liegen. Sie mußte ihn als ringende Menschenseele lieben, wenn sie ihn auch nicht als Mann lieben konnte. Der Wille des Dritten bezwang sie. Es war ihr schlechteres Ich, das sich fürchtete, – ihr besseres liebte, und, da sie es erkannte, mußte sie dem besseren folgen.

Sie neigte sich noch weiter über das Sofa.

„Justin," sagte sie mit sanfter Stimme, und noch einmal: „Justin!" Über das Gesicht des Liegenden zuckte es. Er bewegte sich mühselig, als wären seine Glieder erstarrt und verkrampft. Dann setzte er sich langsam auf, aber sein Gesicht hatte noch immer den Ausdruck eines Schläfers, und seine Augen waren geschlossen.

„Können Sie es über sich bringen, ihn zu berühren?" flüsterte der Dritte Veronica zu.

Sie trat neben das Sofa und nahm Lucas' Hände in die ihren. Sie fühlten sich kalt an wie die Haut einer Schlange, und wie Schlangen wandten sich seine eisigen Finger zu festem Griff um ihre Hand. Sie sah, daß Lucas' Nägel so lang gewachsen waren wie die eines Chinesen. Der Mann, der der Dritte genannt wurde, trat jetzt hinter Lucas und legte ihm seine beiden Handflächen an die Schläfen.

„Lucas! Justin Lucas!" rief er dabei mit vibrierender Stimme, die wie die Baßtöne eines Cellos klang.

Die Lippen des einer Maske gleichenden Gesichtes öffneten sich langsam und brachten ein heiseres Gemurmel hervor.

„Weißt du, wer ich bin?" fragte die Stimme des Mannes, der sich über den Auferstandenen gebeugt hatte.

Ein schwaches Kopfnicken antwortete.

Der Dritte ließ Lucas' Kopf los, richtete sich auf und wartete, den Ellbogen auf den Kaminsims gestützt, darauf, daß der Erwachende sein volles Bewußtsein wieder erlangte. Das ausdruckslose Gesicht, das einem gemeißelten Bild auf einem Sarkophagdeckel glich, verlor, als das Blut wieder schneller durch die Adern floß, nach und nach seine geisterhafte Blässe. Aus den Händen, die Veronica in den ihren hielt, wich die Kälte des Todes. Lucas kehrte mit jedem Augenblick mehr zum Leben zurück. Da schien er plötzlich der Hände gewahr zu werden, die er in den seinen hielt. Er tastete daran herum, als wollte er sich über ihre Beschaffenheit klar werden.

„Bist du das, Veronica?" fragte er.

Veronica konnte nicht sprechen, aber ihre Hände zitterten in den seinen. Er beugte sich vor, zog langsam zuerst die eine, dann die andere an seine Lippen und sank in die Kissen zurück.

Lange Zeit herrschte Schweigen. Halb kniete Veronica, halb kauerte sie neben dem Lager, auf dem Lucas regungslos lag, als wäre er tot. Aber es war doch anders als früher. Irgendwas an ihm hatte sich verändert. Er sah jetzt nicht mehr wie ein Schlafender oder Toter aus, sondern wie ein Ruhender, nur sein Gesicht mit den geschlossenen, eingesunkenen Augen erinnerte noch an einen Toten.

Schließlich sprach er wieder.

„Was ist aus dem Mann geworden, der hier war, als ich wach wurde?"

„Er ist noch hier", antwortete Veronica.

„Wo?"

„Dort am Kamin."

Lucas wendete langsam den Kopf:

„Ich kann in dieser Finsternis nichts sehen. Kann man nicht Licht machen?"

Die verblüffte Veronica wußte nicht, was sie antworten sollte, denn der warme, helle Schein der Lampe fiel voll auf sein Gesicht und erleuchtete das ganze Zimmer. Der Dritte kam über den Teppich vor dem Kamin auf das Sofa zu, nahm Lucas' Kopf in seine Hände und lüftete sanft zuerst das eine, dann das andere Augenlid. Die Augenhöhlen waren leer. Er und Dr. Latimer sahen sich an.

„Bei der Obduktion geschehen", sagte der Dritte.

Lucas ließ seine Füße vom Sofa gleiten und setzte sich aufrecht an den Rand.

„Müssen wir im Dunkeln bleiben?" fragte er. „Kann man denn nicht Licht machen?"

Der Dritte legte die Hand auf seine Schulter.

„Für dich, mein Sohn, wird es kein Licht mehr geben", sagte er.

„Was meinen Sie damit?" stieß Lucas heiser hervor.

Niemand antwortete. Da faßte er nach seinen Augen – er griff in leere Höhlen unter den Lidern.

„Ist das Zimmer erleuchtet?" fragte er schließlich.

„Hell erleuchtet", antwortete der Dritte.

Lucas saß, das Gesicht in die Hände vergraben, eine Weile schweigend da. Endlich sprach er wieder:

„Ich darf mich nicht beklagen. Es ist gerecht."

„Brav, mein Sohn!" rief der Dritte. „So spricht ein Mann. Dir wird bald das innere Licht leuchten."

Veronicas Grauen vor Lucas war in dem Augenblick verschwunden, als sie erfuhr, daß er blind war. Sie kniete neben ihm nieder und beobachtete besorgt sein Gesicht.

Er wandte gewohnheitsgemäß das Haupt, als wollte er sich im Zimmer umschauen.

„Bist du da, Veronica?" fragte er schließlich.

„Ja, ich bin hier", hörte er sie neben sich flüstern.

Er streckte ihr seine Hand entgegen und sie ihm die ihre, aber er verfehlte sie und berührte ihr Haupt. Einen Augenblick lang blieb seine Hand auf ihrem Kopf ruhen, dann umschlang er ihre Schultern. Er öffnete die Lippen, als wollte er etwas sagen, besann sich jedoch wieder. Nach und nach dämmerte ihm die Tragweite seiner Blindheit auf. Er würde seinen Plan nicht mehr ausführen können.

Dem Tode war er entronnen, aber es war doch nur ein Lebendigtotsein, zu dem er auferstanden war.

Auf dem Gehöft in der Nähe hoben die Hähne zu krähen an.

„Mein Abendläuten", sagte Lucas und lächelte schmerzlich. Dann verfiel er wieder in Schweigen.

Der Dritte nahm seinen Ellbogen vom Kaminsims, zog einen der großen Ledersessel herbei und ließ sich darauf nieder.

„Mein Sohn, die Vergangenheit ist vorbei, unwiderruflich vorbei", sagte er. „Laß uns jetzt an die Zukunft denken. Hast du irgendwelche Pläne?"

„Keine", erwiderte Lucas. „Macht mit mir, was ihr wollt."

„Aber ich habe viele Pläne, mein Sohn, und, da du dein Schicksal meinen Händen anvertraust, will ich dich beim Wort nehmen. Du mußt deine Arbeit wieder aufnehmen."

Lucas antwortete nicht.

Der Dritte fuhr fort: „Wie du weißt, war ich viele Jahre fern von Europa, allzuviele fürchte ich. Der Orden ist beinahe zu Asche heruntergebrannt, aber du, mein Sohn, hast versucht, das Feuer wieder zu Leben zu erwecken."

Lucas lächelte: „An Lebenszeichen hat es zeitweilig nicht gefehlt."

„Du hattest recht, mein Sohn, er brauchte einen frischen Impuls, aber du allein konntest das nicht schaffen", gab der Dritte zurück. „Dazu bedarf es dreier Menschen, um im heiligen Dreieck zu arbeiten: der positiven und der negativen Kraft und eines Vermittlers zwischen beiden. Du, mein Sohn, bist die positive Kraft."

„Ich war einmal eine positive Kraft," meinte Lucas, „aber man kann doch nicht sagen, daß ich es jetzt noch bin."

„Du irrst", belehrte ihn der Dritte. „Du bist zwar im physischen Sinn negativ geworden, aber positiv im spirituellen, also dem Bereich, in dem wir arbeiten wollen, und Veronica, die durch deine Kraftlosigkeit im physischen Bereich positiv wurde, wird wieder zu deiner Ergänzung bei der Arbeit im Geistigen."

„Was hat Veronica damit zu tun?" fragte Lucas. „Der Orden nimmt doch keine Frauen auf."

„Das ist ja die Wurzel allen Übels", erwiderte der Dritte. „Der Orden muß auch Frauen zulassen. Es war der größte Fehler, sie auszuschließen. Das ist im Mittelalter geschehen. Zwei Kräfte müssen in der Bruderschaft herrschen. Stärke und Schönheit, Gerechtigkeit und Milde, denn unausgeglichene Barmherzigkeit bedeutet Schwäche und Rechtsprechung ohne Milde Grausamkeit und Unterdrückung. Ich schlage vor, Veronica einzuweihen, und dann sollten wir – du, ich und sie – ganz im Stillen, ohne Wissen des Ordens, jenen Ausgleich der Kräfte bewirken, der ihm neues Leben bringen wird. Sind Sie dazu bereit, Veronica?"

„Ich bin zu allem bereit, was recht ist", antwortete sie.

„Dann schlage ich vor, daß ihr heiratet", sagte der Dritte, sich an Lucas wendend.

Lucas warf den Kopf wie ein scheuendes Pferd in die Höhe, besann sich aber dann.

„Was sagt Veronica dazu?" fragte er sehr leise.

„Sie gab ihre Zustimmung, ehe wir uns an die Arbeit machten, dich ins Leben zurückzurufen."

Lucas schlang seinen Arm fest um das Mädchen.

„Ist das wahr, Veronica?" flüsterte er.

Als Antwort schmiegte sie sich enger an. Da vergaß er die Zuschauer und barg sein Haupt in ihrem Haar.

Nach einer Weile hob er wieder den Kopf.

„Ich würde sehr gerne noch einen anderen Menschen sehen, einen Mann, der immer sehr gut zu mir gewesen ist, Dr. Latimer", sagte er.

„Ich bin ja hier, Justin", sagte der alte Mann.

Lucas streckte seine Hand aus und die zitterndern alten Finger legten sich hinein. Eine Zeitlang saß er schweigend da, den Arm um Veronica geschlungen und seine Hand in der des alten Mannes.

Als er wieder den Kopf hob, lag ein anderer Ausdruck auf seinem Antlitz.

„Es ist gewaltig, was wir vorhaben", sagte er.

„Ja, mein Sohn, viel gewaltiger, als du dir jetzt vorstellen kannst", erwiderte der Dritte.

„Das weiß ich", sagte Lucas und versank wieder in nachdenkliches Schweigen. „Was habe ich eigentlich getan, um solch ein Glück zu verdienen?"

„Du hast deine Fehler eingesehen und ohne zu murren dafür gebüßt", erwiderte der Mann, den sie den Dritten nannten. „Du hast den Mut zur Umkehr gefunden und bist über glühende Kohlen den Weg zurückgegangen, ohne zu zucken, ohne zu wanken. Du hast die Prüfung bestanden, mein Sohn, und bist wieder auf dem rechten Pfad. Die Tore sind weit offen. – Tritt ein!"

Dion Fortune

MONDMAGIE

Das Geheimnis der Seepriesterin

ist die in sich abgeschlossene Fortsetzung der *Seepriesterin* und führt den Leser tiefer in die Magie und die Geheimnisse des Tantra.

Die Autorin läßt ihn die Mysterien der Mondmagie erfahren, praktiziert von einer geheimnisvollen Frauengestalt – Morgan Le Fay – hier verkörpert durch Lilith, die Ur-Frau – die geheimnisvoll verschwundene Seepriesterin.

Die faszinierende Fortsetzung des ersten Bandes für alle Leser, die sich von der Seepriesterin und ihrem Geheimnis haben bezaubern lassen.

256 Seiten, broschiert

DM 25,00

ISBN 3-926374-21-7

Smaragd Verlag

Dion Fortune

DURCH DIE TORE DES TODES INS LICHT

Tod ist eine universelle Erfahrung. Niemand kann ihr entgehen. Früher oder später trifft der Tod jeden von uns und alle, die wir lieben. Was aber macht diesen natürlichen Vorgang so furchtbar? Die meisten Sterbenden schlafen doch ganz friedlich ein, wenn ihre Zeit gekommen ist. Warum also fürchten wir uns vor dem Tod, was macht uns so viel Kummer und Angst?

Durch dieses Buch gewinnen wir Verständnis und Einblick in das, was wirklich geschieht, wenn sich die Seele endgültig vom physischen Körper löst. Die Autorin enthüllt all ihr geheimes Wissen, das der höchsten Stufe der ägyptischen Mysterien entspricht.

Durch die Tore des Todes ins Licht bringt all jenen Trost, die einen geliebten Menschen verloren haben und sich mit dem Thema Sterben auseinandersetzen möchten.

Aus der Reihe Bewußt-Sein
DM 19,00
80 Seiten, broschiert

ISBN 3-926374-29-2
Smaragd Verlag

Dion Fortune's

HANDBUCH FÜR SUCHENDE

enthüllt die vielen kleinen magischen Riten, die jeder von uns ausüben kann, um mit den alltäglichen Problemen des Lebens besser umgehen zu können.

Dion Fortune lehrt diese Dinge nicht wie Kochrezepte, sondern erklärt die okkulten Prinzipien, auf denen sie beruhen, so daß jeder, der sie anwenden möchte, dies mit ‚Verstand' tun kann.

Themen wie Gedankenkraft, Karma, Reinkarnation und Magnetismus in der Weltanschauung einer der bedeutendsten spirituellen Persönlichkeiten des 20. Jahrhunderts.

Aus der Reihe Bewußtsein

DM 19,00
92 Seiten, broschiert

ISBN 3-926374-30-6
Smaragd Verlag

Alan Richardson

Priesterin - Leben und Magie der Dion Fortune

Mit einer Hommage von Hans-Dieter Leuenberger

Dion Fortune (1890 - 1946) war das Pseudonym von Violet Firth und eine der bedeutendsten spirituellen Persönlichkeiten des 20. Jahrhunderts – die Alternative der Frauen zu Aleister Crowley.

Der Smaragd Verlag veröffentlicht erstmalig in deutscher Übersetzung die erste und einzige Biographie über diese faszinierende Frauengestalt. So verbreitet, geschätzt und anerkannt das schriftstellerische Werk ist, das uns *Dion Fortune* hinterlassen hat, so wenig wußte man bisher über ihre Person – nicht zuletzt, weil sie selbst sich darin gefiel, den Schleier des Geheimnisses über ihr Privatleben zu breiten ...

Alan Richardson hat in akribischer Kleinarbeit Spurensuche betrieben und legt nun die mit viel Humor und Sachkenntnis geschriebene Lebensgeschichte einer ‚Eingeweihten' vor, die den Sinn und die Aufgabe ihres Lebens darin sah, als Priesterin der Isis zu wirken und ihr reiches Wissen auf dem Gebiet westlicher Geheimwissenschaft weiterzugeben.

Alan Richardson gewährt uns Einblicke in die Geheimen Orden der damaligen Zeit wie die von Helena Petrowna gegründete Theosophische Gesellschaft, den Golden Dawn und *Dion Fortunes* eigene *Society of the Inner Light* (Gemeinschaft des Inneren Lichts) und läßt uns teilhaben an ihren Auseinandersetzungen mit so umstrittenen Zeitgenossen wie Charles W. Leadbeater, Moina und Samuel Mathers, und, last not least, dem berühmt-berüchtigten Aleister Crowley. Die bewegende Lebensgeschichte der *Dion Fortune* – genauso außergewöhlich und spannend wie ihre Romane.

304 Seiten, broschiert
DM 34,—

ISBN 3-926374-25-X
Smaragd Verlag